Knaur.

Über den Autor:
Jo Kramer hat nach einem geisteswissenschaftlichen Studium, das ihn langweilte, einige Jahre als Handwerker gearbeitet. Heute lebt er als freier Autor in Hamburg.

Jo Kramer

Der Mann danach

Roman

Knaur Taschenbuch Verlag

*Für die Genehmigung zum Abdruck der Gedichtzitate
möchten wir uns bei den Verlagen bedanken.*

Besuchen Sie uns im Internet:
www.knaur.de

FSC
www.fsc.org
MIX
Papier aus verantwortungsvollen Quellen
FSC® C083411

Originalausgabe Juli 2011

Redaktion: Dr. Heike Fischer
Umschlaggestaltung: ZERO Werbeagentur, München
Umschlagabbildung: FinePic®, München
Satz: Adobe InDesign im Verlag
Druck und Bindung: CPI – Clausen & Bosse, Leck
Printed in Germany
ISBN 978-3-426-50702-5

2 4 5 3 1

Teil eins

Jonas und die Frauen

Es ist Unsinn
sagt die Vernunft
Es ist was es ist
sagt die Liebe …
Erich Fried

I

Johnny

Mein Name ist Bachmann, Jonas Bachmann. Aber die Kundinnen nennen mich nur Johnny. Das liegt an dem Halbchinesen. Er hat mir diesen Namen verpasst. Der Halbchinese – er hasst es, wenn ich ihn so nenne – ist mein Kumpel Cornelius. Und gleichzeitig mein Boss. Mir drückt er immer die ganz speziellen Fälle auf. Dann heißt es, das sei ein Fall für Johnny, seinen besten Mann.
»Du hast da so ein Talent«, sagt er immer. »Das ist wie Voodoo.«
Das halte ich zwar für Blödsinn, aber er ist nun mal der Boss.
Es war halb neun Uhr morgens, als ich an der Tür meiner neuen Kundin klingelte. Die Frau, die mir öffnete, trug einen weißen Bademantel und flauschige Puschen. Ihre blonden, schulterlangen Haare waren zerwühlt, das Gesicht war noch ein wenig zerknittert.
»Ich habe verschlafen«, nuschelte sie.
»Macht nichts«, gab ich zurück, während sie mich einließ. »Ich komme schon zurecht.«
»Möchten Sie einen Kaffee?«, fragte sie.

»Gerne.«
Ihre Puschen machten leise, schleifende Geräusche auf den Dielen, als sie den langen Flur Richtung Küche ging. Sie hatte sich mir als Maria vorgestellt, also redete ich sie mit Vornamen an, blieb aber beim Sie. Eine zu große Vertrautheit gleich zu Beginn ist selten sinnvoll.
Ich ging geradeaus in das leere Zimmer, stellte mein Werkzeug ab und sah mich um. In den Ecken und dort, wo das Bett gestanden hatte, lagen Wollmäuse auf dem Parkett. Helle, viereckige Stellen an den Wänden zeigten, wo vorher Bilder gehangen hatten. Die Jalousie am Fenster hatte der Typ dagelassen. Die würde als Erstes entsorgt werden. Danach käme der ganze Rest.
Ich schloss kurz die Augen und sog die etwas abgestanden riechende Luft ein. Dann nickte ich mir selbst zu. Es war eine einfache Sache. Das hier würde ein Routine-Voodoo werden.
Als ich das erste Mal hier gewesen war, um Aufmaß zu nehmen, war das Zimmer noch möbliert gewesen, obwohl der Kerl schon bei seiner Neuen wohnte. Arbeitete anscheinend beim Fernsehen. War mir aber egal. Schließlich war ich nicht für die Abendschau zuständig, sondern fürs Entsorgen.
Für das Entsorgen von Beziehungsruinen.
Als Maria, mittlerweile angezogen, mit dem Kaffee kam, war der Fußboden bereits komplett mit Plastikfolie ausgelegt.
»Sieht aus wie in einem Mafiafilm«, meinte sie.
»Wen wollen wir denn erschießen?«, fragte ich.
»Ach, ich wüsste da schon jemanden.«
Sie hielt sich ganz gut. Machte kleine Witze, lächelte.

Aber ich merkte, dass es ihr schwerfiel. Die Wundheit stand nicht nur in ihren Augen. Sie hatte die Haltung eines Menschen, der einen Tritt bekommen hat und sich nun langsam wieder aufrichtet, immer noch unsicher, ob das alles war oder ob noch ein Schlag kommt.

Als ich den Kaffee von ihr entgegennahm, kreuzten sich unsere Blicke. Sie hatte helle Augen und ein rundes Gesicht mit einem kräftigen, sinnlichen Mund. Ihr blondes Haar war aus der Stirn gekämmt, ein etwas nachlässig wirkender, seitlicher Scheitel teilte es. Es war ein offenes Gesicht, das Marias Gefühle nicht verbergen konnte. Und die sprachen zu mir in diesem kurzen Blick, erzählten von verletztem Stolz und der Angst, für immer allein einschlafen zu müssen.

Da hatte ich mit einem Mal Lust, dem Kerl, der das angerichtet hatte, gegenüberzutreten. Um ihm auf meine Weise klarzumachen, was ich von ihm hielt.

Etwas überrascht von diesem Impuls, wandte ich mich ab und nippte an meinem Kaffee. Es hatte keinen Sinn, sich solchen Rächer-Fantasien hinzugeben. Ich war hier, um einen Job zu erledigen. Je unbeteiligter ich dabei blieb, desto besser konnte ich entscheiden, was hier zu tun war.

»Wissen Sie denn schon, was Sie mit dem Zimmer machen wollen?«, fragte ich.

Sie erzählte mir, was sie sich vorstellte, und ich bot ihr an, im Anschluss an die Renovierung die Regale zu montieren. Schon dass wir die Aufstellung planten und Maße nahmen, lenkte sie von ihrem Kummer ab. Ich überzeugte sie davon, doch schon einmal einkaufen zu fahren. Baumärkte und Einrichtungshäuser haben auf die meisten Frauen eine ziemlich belebende Wirkung. Außerdem

hatte sie dann etwas zu tun und stand mir nicht im Weg rum.
Als sie losgezogen war, setzte ich mich mit dem Kaffee auf die Fensterbank und ließ den Raum auf mich wirken. Ich mag diesen Moment der Ruhe, bevor die Arbeit losgeht. Er ist wie der Beginn einer Reise, bei der man nicht immer genau weiß, wo sie hinführt.
Ich vermutete nämlich, dass es nicht dabei bleiben würde, nur dieses eine Zimmer neu zu machen. Aber natürlich wollte Maria erst mal wissen, ob ich gute Arbeit machte. Das war okay. Ich wusste, dass ich gut war. Es war die einzige Sicherheit, über die ich verfügte.
Manchmal wunderte es mich, dass die frisch verlassenen Frauen ausgerechnet mich in ihre Wohnungen holten, um die Spuren ihrer gescheiterten Liebe zu beseitigen. Immerhin befanden sie sich in einer extrem verletzlichen Situation, und ich halte mich nicht für einen Kerl, der auf den ersten Blick vertrauenerweckend wirkt. Ein bisschen zu schräg, ein bisschen zu südländisch für einen Deutschen. Der Schwiegersohntyp bin ich jedenfalls nicht. Cornelius meinte, es läge daran, dass ich den Frauen das Gefühl vermittelte, ich würde sie verstehen. Und zwar wortlos.
»Du bist derjenige, der ihre wunde Seele kühlt, wenn die Hitze des Kampfes vorbei ist«, hatte mein Boss mit theatralischem Pathos verkündet. »Du bist der Mann danach.«
Ich bin mir nicht sicher, ob das ein Kompliment war. Cornelius redet manchmal einen ziemlich halbesoterischen Müll. Aber er hat eine gute Nase fürs Geschäft. Ich hingegen habe eine Nase dafür, was nötig ist, wenn ein

gemeinsames Leben zerbrochen ist, und was nicht. Ich denke, darin besteht das ganze Geheimnis.
Was hier, in diesem Zimmer, nötig war, lag auf der Hand: alles rausreißen und neu machen. Während ich die Tapeten einweichte, beschäftigte sich ein Teil meines Denkens aber schon mit der Komposition der ganzen Wohnung. Was wäre atmosphärisch nötig, um Maria das zu geben, was ihr fehlte?
Ihr ging es erst mal nur darum, die Spuren einer gescheiterten Beziehung zu beseitigen. Die leeren Vierecke der Bilder, die dunklen Stellen an den Türen oberhalb des Türgriffs, der schwarze Fleck dort an der Wand, wo der Fernsehmann beim Lesen im Bett seinen Kopf angelehnt hatte. Doch die Spuren eines gemeinsamen Lebens bestehen nicht nur aus sichtbaren Flecken, sondern auch aus dem, was Maria in diesem Leben nicht hatte sein können, weil sie sich für ihn zurückgenommen hatte.
Ich versuchte, mich an das zu erinnern, was ich in ihren Augen gesehen hatte. Nicht die Wundheit, sondern das, was darunter lag. Was sie selbst vielleicht noch nicht erkannt hatte. Und ohne dass ich wusste, warum, dachte ich auf einmal: ›Mut.‹
Mut wozu?
Mut, um aus sich herauszukommen? Sich zu äußern? Zu lachen. Zu leben. Zu lieben. Zu sein?
Bilder purzelten diesen Worten hinterher: Wind auf der Haut, Musik, eine lachende Gitarre, ein sehnsüchtiges Lied, Fühlen, Leben, Sonne, Farbe.
Farbe!
Ohne meine Arbeit zu unterbrechen, ließ ich in meinem Geist die Räume der Wohnung in neuem Licht erstehen.

Nicht nur in kaltem Weiß, sondern in warmen, heiteren Farbtönen. Ich sah ungebranntes Siena, eine milde, versöhnliche Farbe wie die Erinnerung an einen schönen Urlaub. Dem Flur bekäme ein sonniges Gelb sehr gut, und zu den Möbeln im Esszimmer konnte ich mir ein helles Havanna vorstellen. Ja, das war die Sehnsucht, die ich in Maria gespürt hatte. Aber das war noch nicht alles. Das Wesentliche, was hier zu tun war, das hatte ich noch nicht gefunden.

Während ich die Tapeten von den Wänden schälte, fragte ich mich, wie mutig Maria wohl sein könnte.

Ein paar Stunden später gönnte ich mir eine Pause. Mit einem Sandwich setzte ich mich ans offene Fenster und schaute in den Hinterhof, dessen Bäume fast so hoch waren wie die umstehenden Häuser. Einige standen so dicht zusammen, dass ihre Äste übereinanderlagen. Es sah aus wie die zärtliche Berührung von Liebenden.

An den Stämmen rankte sich dunkel der Efeu empor. Es hatte geregnet am Morgen. Die Luft roch frisch und erdig. Auf den Blättern glitzerten noch vereinzelt Wassertropfen im Licht. Es war ein Moment voll stiller Magie, und ich verlor mich ein wenig darin. Vielleicht ein wenig zu sehr. Denn ich liebte das junge Grün des Frühsommers, das noch weit entfernt war von der trägen Sattheit der heißen Jahreszeit. Dieses Grün war voller Versprechen, und ich dachte gerade, dass es jetzt, da es vom Regen benetzt worden war, nahezu übermütig funkelte. So übermütig …

… wie die Augen von Lydia.

Verdammt! Die Erinnerung sprang mich an wie ein hungriges Tier. Ich versuchte, das Bild von Lydia abzuschütteln, bemühte mich, an etwas anderes zu denken. Doch überall in diesem schillernden Grün sah ich ihre grünen Augen. Also machte ich mit mir selbst, oder besser, mit dem gefühlsduseligen Weichei in mir, einen Deal. Ich kannte das Weichei nämlich, es würde mich sonst nicht in Ruhe lassen. Ich würde ihm seine paar Minuten Lydia geben. Es brauchte das wie der Säufer seinen Schluck aus der Pulle. Danach aber musste wieder Ruhe sein. Mister Weichei stieg sofort drauf ein. Ich konnte nur hoffen, dass er mich nicht wieder verarschte.

Als mich die Erinnerung dann mit voller Wucht traf, presste es mir die Brust zusammen. Ich atmete tief dagegen an, schloss die Augen und hielt es aus. Sofort glaubte ich, wieder in dem großen Atelier zu sein. Der Geruch von Terpentin und Ölfarbe hing in der Luft. Staubteilchen schwebten in den Lichtbahnen, die durch die hohen Fenster einfielen. Damals nannte mich noch niemand Johnny, damals gab es auch noch keine Kundinnen, keinen Cornelius, kein Danach.

Ich hockte oben auf der Leiter, in meine Arbeit versunken. Das konnte stundenlang so gehen, ohne dass mich jemand störte. Bis ich auf einmal diese Stimme hörte. Ich sah runter, und da stand sie am Fuß der Leiter. Ich weiß noch, dass ich gedacht habe, was das denn für eine bescheuerte Frage sei. Dann sah ich in ihre grünen Augen. Und dachte gar nichts mehr.

Und weil ich nicht antwortete, wiederholte sie ihre Frage. Ich begriff sie immer noch nicht.

»Kann ich den Kopf haben?«

II

Lydia

Als Maria am späten Nachmittag zurückkam, waren die Wände kahl, und im Treppenhaus standen drei Müllsäcke mit Tapetenresten.

»Oh«, sagte sie nur und schaute einigermaßen verstört auf den nackten, rissigen Putz.

»Ab Morgen wird es wieder schöner.« Ich verkniff mir ein Lachen, als ich ihren zweifelnden Blick sah, räumte noch ein wenig auf und machte Schluss für diesen Tag.

Auf dem Nachhauseweg fiel der Job langsam von mir ab. Ich hatte trotz des Feierabendverkehrs das Autofenster runtergelassen und begann mich auf den Abend zu freuen. Eine Dusche, ein Drink und …

… und dann?

Mit einem Mal fing unter der Oberfläche der alltäglichen Dinge das hungrige Tier wieder an zu rumoren. Es hatte grüne Augen, und ich hatte es anscheinend doch nicht ausreichend gefüttert. Also entschied ich, dass das nicht der richtige Abend war, um allein zu Hause zu sitzen. Ein lauer Abend im Hinterhof bei den Halb- und Viertelchinesen wäre vielleicht besser.

Ich parkte vor dem Laden für chinesische Lebensmittel. Madame Li beobachtete mich durch das hohe Fenster. Ich lächelte und winkte ihr zu, aber sie sah mir nur finster hinterher, als ich durch die Toreinfahrt ging. Madame Li hatte mich noch nie zurückgegrüßt.
Cornelius traf ich im Hof, als er gerade den Grill aus dem Schuppen holte.
»Hey Jonas, Lust auf Koteletts?«, fragte er.
»Und ob, ich geh nur rasch duschen.«
Während ich mir den Dreck von der Haut spülte, verschwand das beklemmende Gefühl, das sich, wie mir nun klar wurde, seit dem Morgen knapp unterhalb meines bewussten Denkens eingenistet hatte. Während ich mich abtrocknete, hörte ich durch das geöffnete Fenster ein paar Amseln im Hof herumzetern. Es klang nach dem Sommer, der vor uns lag; nach Musik, die durch geöffnete Fenster drang. Es erzählte von langen, milden Abenden, an denen die Straßen bevölkert waren und Frauen in luftigen Kleidern umherspazierten. Diese Bilder ließen mich das, was mich bedrückt hatte, schnell wieder vergessen.
Als ich in den Hof runterkam, schaffte ich es gerade noch, Pia auszuweichen, Cornelius' jüngster Tochter, die auf ihrem quietschrosafarbenen Kinderfahrrad haarscharf an mir vorbeistrampelte.
»Hallo Onkel Jonas«, kreischte sie.
Cornelius stand am Grill und fächerte Luft in die Kohle. Kleine Rauchzeichen stiegen in die Luft. »Mach uns mal ein Bier auf.«
Nachdem wir beide unseren ersten Schluck genommen hatten, fragte er mich nach Maria.

»Läuft prima«, sagte ich, »alles nach Plan. Könnte mir vorstellen, dass sie den Auftrag erweitert.«
»Soso«, meinte er. »Was hat sie für einen Job?«
»Sie arbeitet im Jugendamt.«
»Ah, ein sicherer Job.«
»Schätze, ja.«
Nach einer Weile sagte er in einem Ton, der mir einen Tick zu beiläufig war: »Sie ist eine nette Frau, oder?«
»Hm.«
»Und attraktiv.«
»Hm.«
»Und wie es aussieht, ist sie im Moment ...«
»Cornelius?«
»Ja?«
»Hör auf damit!«
Er wandte sich mir zu, vermutlich, um zu protestieren, aber im gleichen Moment erblickte er etwas hinter mir und rief: »Laura! Wo willst du hin? Wir wollen gleich essen.«
Seine Älteste stakste mit dem Handy am Ohr über den Hof Richtung Durchgang. »Ja, sofort!«
Cornelius verzog das Gesicht.
»Also, diese Maria ...«, begann er erneut, unterbrach sich aber wieder mit einem entschiedenen: »Pia!«
»Ja, sofort!«, echote die und radelte ihrer älteren Schwester hinterher.
»Also ...«, wiederholte mein Kumpel, während er seiner Kleinen hinterherschaute, »... äh, ja.«
»Ist das Demenz oder verträgst du kein Bier mehr?«
»Hab du erst mal zwei Töchter. Da musst du deine Sensoren überall haben.«

»Wie sollte ich denn zu zwei Töchtern kommen?«
»Na, das ist ganz einfach. Also, hör zu, die Frauen haben etwas im Bauch, das nennt sich Gebärmutter. Da musst du …«
»Schon gut, ich habe verstanden. Prost!«
Wir setzten uns auf die Bank und streckten die Beine aus. Im Grill glühte langsam die Kohle durch, und in einer Schale auf dem Tisch warteten eingelegte Nackenkoteletts darauf, auf den Rost zu kommen. Wir tranken schweigend und genossen den Abend in der Oase unseres zerzaust-verwilderten Hinterhofes.
Die Häuser, die den Hof umgaben, waren nicht einheitlich; Altbauten, deren leicht verwitterte Fassaden die Patina von Jahrzehnten aufwiesen. Sie gehörten fast alle Cornelius – und seiner Mutter, Madame Li, deren winzige Wohnung mit Gartenzugang am anderen Ende des Hofes lag. Cornelius' Vater, ein deutscher Diplomat außer Dienst, hatte sich schon vor zwanzig Jahren von ihr getrennt. Was mich nicht wunderte, da ich sie nie anders als schlecht gelaunt erlebt hatte. Aber das konnte auch an mir liegen. Vielleicht mochte sie mich ganz einfach nicht. Vielleicht misstraute sie mir aber auch nur. Wie dem auch sei, ich nahm es jedenfalls nicht ganz ernst.
»Hm«, machte Cornelius schließlich dumpf und bedeutungsschwer.
»Was: hm?«
»Jonas, ich mache mir Gedanken über dich.«
»Über mich? Du hast zwei unkontrollierbare Töchter, reicht dir das nicht zum Gedankenmachen?«
»Der Edle ist gnädig, ohne Aufwand zu machen«, verkündete er mit erhobenem Zeigefinger, um dann etwas

weniger theatralisch fortzufahren: »Ich frage mich, wie lange du noch so weiterleben willst.«
Das war genau die Sorte von Gespräch, auf die ich keine Lust hatte. Glücklicherweise rettete mich Marita, die gerade mit einer großen Schale in den Händen aus der Terrassentür trat.
»Hör auf, Jonas auf die Nerven zu gehen«, beschied sie ihrem Mann. Dann sah sie sich um. »Wo ist Pia?«
»Mit dem Fahrrad weg«, antwortete Cornelius und wies mit dem Daumen über die Schulter Richtung Tordurchgang. Marita bedachte ihren Mann mit einem ungemütlichen Blick. Seine Angabe war ihr entschieden zu unpräzise.
Die beiden waren ein gut aufeinander eingespieltes Paar mit einer klaren Aufgabenverteilung. Cornelius war Chef auf der Baustelle. Bei allen anderen Dingen hatte Marita das Sagen. Ich schätze, dass Cornelius das so gewohnt war, bei seinen Eltern muss es ähnlich gewesen sein. Glücklicherweise war Marita aber nicht so ein Drachen wie Madame Li.
»Hast du ihr gesagt, dass wir bald essen?«, fragte Marita mit leicht drohendem Unterton.
Wie auf Kommando kam in diesem Moment Pia in den Hof geradelt. Cornelius, der sichtlich erleichtert war, einem Rüffel entgangen zu sein, verzichtete auf eine Antwort und wandte sich wieder mir zu.
»Ich glaube nämlich nicht, dass du mit deinem Leben so zufrieden bist, wie du vorgibst.«
Ich lehnte mich zurück und trank mein Bier. Cornelius war ein komischer Kerl. Ein prima Kumpel, aber er hatte einen Knall.

Es fiel ihm einfach schwer zu akzeptieren, dass ich mir mein Leben selbst ausgesucht hatte. Dass ich sehr gern allein lebte.

»Dass du nur so tust, als ob du gerne alleine lebst. Aber das ist nicht der wahre Jonas.«

Als Nächstes würde er das Hohelied des Familienglücks anstimmen. Das machte er am liebsten. Ein Mann ohne Familie war für ihn wie ein herrenloser Hund.

»Ich glaube nämlich, dass du dir in deinem Inneren nichts sehnlicher wünschst als eine eigene Familie. Aber gleichzeitig fürchtest du, von der Zuneigung anderer abhängig zu sein.«

»Pia, hast du Laura gesehen?«

»Ja, Mama.« Cornelius' Jüngste drehte gerade ein paar riskant enge Kreise auf dem Kopfsteinpflaster vor dem Holzschuppen. »Die telefoniert immer noch«, piepste sie in einem Ton, der verriet, wie unvernünftig sie das Verhalten ihrer älteren Schwester fand.

»Du bist jetzt achtunddreißig, es wird Zeit …«, fuhr Cornelius unbeirrt fort.

»Laura hat eine Handyrechnung wie Joschka Fischer«, kommentierte Marita, bevor sie wieder in der Wohnung verschwand.

»… musst dich einlassen. Und zwar gerade dann, wenn du glaubst, dass du das nicht kannst. Genau das ist der Moment, wo du …«

In diesem Moment kam Loui angeflitzt. Während der schwarze Terrier begeistert hinter Pia herraste, die ihrerseits quiekend zu entkommen versuchte, schoss mir durch den Kopf, dass hier anscheinend gerade das gesamte Figurenensemble unserer Hinterhofmenagerie aufschlug. Nur um mir den Blues zu vertreiben. Ich war beeindruckt.

»… es tun musst. Du musst aus dir herauskommen, auf die Menschen zu …«

Loui war irgendwann einmal im Hof aufgekreuzt, abgemagert, zerzaust und ohne Hundemarke. Cornelius hatte den Hund ins Tierheim bringen wollen, aber seine Mädchen waren dagegen gewesen, und Cornelius hatte nachgegeben.

»Übergangsweise«, hatte er erklärt, »bis der Besitzer sich meldet.«

Der hatte sich natürlich nie gemeldet. Pia taufte den Hund Loui, weil sie gerade »Das Dschungelbuch« gesehen hatte und den Affenkönig so toll fand. Loui erholte sich schnell und erwies sich als pfiffiges Kerlchen, bis er sich eines Tages vor unseren Augen auf den Rücken warf. Cornelius und ich starrten auf den sich rekelnden Hund hinab.

»Meinst du, sie stört sich an dem Jungennamen?«, fragte ich.

Cornelius hatte nicht geantwortet, er musste wohl erst mal verdauen, dass er nun mit vier Frauen in einem Haushalt lebte.

»… lass diesen alten Jonas hinter dir. Mach dich gerade und gib dieser …«

Pia hatte offenbar eingesehen, dass sie keine Chance gegen die flinke Hündin hatte. Sie warf ihr Fahrrad in die Ecke und holte ein Frisbee aus dem Schuppen. Loui drehte fast durch, als sie ihr geliebtes Spielzeug sah.

Pias Wurf misslang gründlich. Loui schnappte sich das Teil mit einem eleganten Sprung. Dann galoppierte sie

mit ihrer Beute davon, Pia kreischend hinterher. Das alles war besser als Fernsehen.
»... also, was ist mit ihr?« Cornelius sah mich auffordernd an.
»Mit wem?« Ich hatte das Gefühl, irgendetwas verpasst zu haben.
»Mit dieser Sophia?«
»Wer ist Sophia?«
»Deine Kundin, mein begriffsstutziger Freund. Läuft da etwas zwischen dir und ihr?«
»Sie heißt Maria.«
»Wie auch immer. Sie scheint doch eine patente Frau zu sein. Also?«
»Oh Mann, Cornelius, die Frau hat gerade eine beschissene Trennung hinter sich. Da holt sie sich doch nicht gleich den nächsten Kerl in die Bude.«
»Wäre ja nicht das erste Mal«, brummte er.
»Warum habe ich nur das Gefühl, dass du auf etwas ganz Bestimmtes hinauswillst.«
Cornelius legte mir die Hand auf den Arm und nickte mit besorgtem Gesicht.
»Die Wahrheit kann nicht besser versteckt sein als die eigene Nase, wenn man gen Himmel schaut«, verkündete er schließlich gewichtig.
»Alter, du solltest noch etwas trinken. Ich hole dir mal ein neues Bier«, sagte ich und erhob mich.
»Cornelius«, rief Marita aus der Wohnung, »was ist mit dem Grill?«
»Dem geht's großartig.«
Pia kam angerannt, als ich ihm gerade die Flasche reichte.
»Ich habe Hunger!«

»Mein Rudel will Fleisch«, erkannte Cornelius und stand auf. Mit dem Teller in der einen Hand und der Grillforke in der anderen sah er mich an: »Wirst du über das nachdenken, was ich gesagt habe?«

»Klar«, sagte ich und fragte mich flüchtig, was genau er mir denn gesagt hatte. »Ehrenwort.«

Er legte die erste Lage Koteletts auf den Grill. »Pia, hol deine Schwester.«

»Ja, Papa, komm Loui.« Die beiden rannten los.

Während das Fleisch auf dem Grill brutzelte und einen appetitlichen Duft verbreitete, redete Cornelius weiter auf mich ein: »Ich sage dir das doch nur, weil du mein Freund bist und …«

Ich lehnte mich zurück, ließ ihn reden und genoss einfach die friedlich-verrückte Atmosphäre des Abends. Marita kam mit einem Tablett, auf das sie Brot und kleine Schalen mit Ketchup und anderen Soßen gestellt hatte. Pia kehrte mit Laura im Schlepptau zurück.

In einem Punkt hatte Cornelius ja recht: Ich mochte diese Abende in der Familie. Etwa zweimal im Monat holte ich mir hier unten bei ihm meine Packung ab. Was er nur nicht begreifen wollte, war, dass es mir damit reichte.

Es gibt Menschen, die sich nur wohl fühlen, wenn sie Teil einer Gruppe sind. Und es gibt Menschen, die gerne allein sind. Zu denen gehöre ich. Meistens jedenfalls. Das macht einen Rudelmenschen wie Cornelius ganz fickerig.

Mir selbst ist dieser Drang fremd, andere Menschen zu irgendeiner Lebensweise überreden zu wollen. Dazu habe ich viel zu viel Achtung vor dem persönlichen Schicksal jedes Einzelnen. Das ist wahrscheinlich auch der Grund, warum mich die frisch getrennten Frauen in

ihrer Nähe ertragen. Weil ich sie das sein lasse, was sie sind. Weil ich ihnen sogar ihr Unglück lasse.
Eine der größten Unsitten unserer Zeit ist der Zwang zum Glück. Wehe, du bist nicht glücklich! Dann hast du etwas falsch gemacht. Und schon geht es ab zum Therapeuten. Alle Welt tut so, als wenn es nicht nur ein Recht auf Glück gäbe, sondern sogar eine Pflicht dazu. Stimmt aber nicht. Wenn ein Mensch sein Leben so lebt, dass es ihn unglücklich macht, ist das verdammt noch mal seine Entscheidung. Jeder Mensch hat das Recht auf sein eigenes Unglück.
Weltverbesserer hassen diese Wahrheit.
»Onkel Jonas, warum hast du keine eigenen Kinder?«
Ich stopfte mir gerade eine Ladung Salat in den Mund, als Pia fragte. Darum konnte ich nicht gleich antworten. Was mir ganz recht war.
»Weil er nicht verliebt ist«, antwortete Laura an meiner Stelle und blinzelte mir zu. Die Vierzehnjährige probierte gerade aus, wie sie auf Männer wirkte. Manchmal stieg ich darauf ein, weil ich wusste, dass es Cornelius fuchsig machte. Im Moment aber hatte ich den Mund voller Tomaten und Feldsalat. »Mmpf …«, machte ich daher nur.
»So wie du und Kevin?«, fragte Pia ihre Schwester eifrig. »Bekommst du dann auch bald ein Kind?«
Laura lief rot an. »So ein Quatsch«, fauchte sie zurück.
»Wer ist Kevin?«, fragte Cornelius alarmiert.
»Lauras Freund, mit dem sie immer telefoniert«, denunzierte Pia fröhlich ihre peinlich berührte Schwester.
»Laura, ich will sofort wissen …«
»Jetzt mach hier keinen Aufstand«, schaltete sich Marita ein.

»Das ist der Nachteil, wenn man mit Frauen zusammenlebt«, beschwerte Cornelius sich bei mir.
»Mmpf …«
»Du alte Petze.«
Froh, dem Fokus der Aufmerksamkeit entkommen zu sein, machte ich mir noch ein Bier auf.
Später saßen wir träge und mit vollem Bauch um den Tisch. Pia hatte es sich auf Cornelius' Schoß bequem gemacht und hörte sich an, wie er ihr die Sternbilder erklärte. Er bekam gar nicht mit, dass sie einschlief. Aber Marita, die sie ihm irgendwann aus dem Arm hob. Laura war schon wieder telefonieren gegangen. Nach Reden stand mir nicht mehr der Sinn, also verabschiedete ich mich.
Ich war schon fast im Treppenhaus, als Cornelius mir nachrief: »Hey Jonas!«
Ich blieb stehen und wandte mich um. ›Jetzt kommt der berühmte letzte Satz‹, dachte ich. »Was ist?«
»Denk dran, was ich gesagt habe.«
»Was hast du denn gesagt, du alter Halbchinese?«
»Mach dich gerade, Jonas.«

Ich war froh, als ich in meinen vier Wänden angekommen war. Keiner, der auf mich einredete und mir erzählte, wie und was ich alles sein sollte. Hier konnte ich einfach nur ich sein. Ich setzte mich in die Küche, legte die Füße auf die Fensterbank und schenkte mir einen Whisky ein. Langsam zog wohltuende Trägheit in meine Gedanken ein. Der Whisky trug dazu bei. Als der nämlich in meinem Magen ankam und merkte, dass da alles voll war, machte er sich gleich auf den Weg dorthin, wo er hingehörte: in den Kopf.

Nach einer Weile tauchte in der Ecke des Küchenfensters ein Stück Mond auf. Ich prostete ihm zu. Er reagierte nicht. Machte er nie, wahrscheinlich hatte ich es mir mit ihm verdorben. Blöder Sack.

»Hey, das war nicht meine Schuld«, rief ich ihm zu. Aber das war ihm egal, er guckte so gleichgültig wie eine Hure, nachdem man sie bezahlt hatte. Oder wie eine Frau, die einen durchschaut hat. Denn das war ja wohl klar, dass der Mond eine Frau war.

Der Mond. Unsinn. Die Franzosen kennen die Wahrheit, die Italiener, Spanier und Portugiesen auch. Das da oben ist ein weiblicher Klops. Und DIE Sonne ist natürlich männlich. DIE macht nicht so komische Zicken wie abnehmen und zunehmen. DIE ist einfach da, klar und zuverlässig. Es ist dieses andere Ding, das uns den Schlaf raubt. Mir jedenfalls.

»Ich habe mir, verdammt noch mal, das Herz für sie rausgerissen«, rief ich dem Mond in seinen komischen Hof. Oder der Mondin mit ihrem komischen Hof.

Das juckte die nicht im Geringsten.

»Kann ich den Kopf haben?«

»Klar, kannst alles haben. Was soll's? Nimm mein Herz, meinen Kopf, meine Seele.«

Der Teil in mir, der noch nüchtern war, merkte, wie das hungrige Tier erneut seine Krallen ausfuhr. Das Mistvieh hatte die ganze Zeit still abgewartet, bis ich allein war. Aber so schnell sollte es mich nicht kriegen. Ich stand auf, um eine CD einzuwerfen. ›Bloß nichts Rührseliges‹, dachte ich, ›sonst heule ich hier noch den Mond an.‹ Ich nahm Rabih Abuh-Khalil, arabischen Jazz. Nix mit lieblich. Das sollte helfen. Tat es aber nicht. Das Tier war

schon zu mächtig. Als ich wieder am Fenster saß, kamen die Bilder. Also ließ ich es geschehen.
Sie kamen nicht fein säuberlich oder gar chronologisch geordnet daher, sondern in einer wirren Abfolge von Deutlichkeit und Intensität. Manche Bilder glichen sich, obwohl sie gar nichts miteinander zu tun hatten. Die Zeit in Amsterdam – lachende Gesichter, regennasser Asphalt und Licht, das aus niedrigen Fenstern auf die Straßen fiel – schien beinah fremd und mit mir so wenig zu tun zu haben wie das Jahr, in dem ich dort Kunstgeschichte studiert hatte. Doch je mehr die Bilderfetzen in Beziehung zu jenem Tag im Atelier standen, umso deutlicher wurden sie. Die fiebrige Sucht, mit der ich auf den Wänden meiner Wohnung nächtelang Skizzen von Tieren, Menschen oder Landschaften gezeichnet hatte. Die bebende Aufregung, als ich die Mappe für die Kunsthochschule zusammenstellte. Und schließlich der erste Tag in diesen verschachtelten Gängen mit ihren hellen Ateliers und geschäftigen Werkstätten. Von da an pulsierte bereits alles in Erwartung.
Dort lernte ich den Umgang mit Farben. Ich liebte es, sie mir selbst anzurühren, Pigmente, Löse- und Bindemittel zusammenzumischen. Und ich liebte die großen Flächen. Eines Tages stand ich auf der Leiter und arbeitete an einem Vogelkopf. Jedenfalls war das das Ausgangsmotiv. Doch es wollte sich meiner Vorstellung nicht fügen, hatte etwas Bedrohliches, ja sogar Unheimliches angenommen. Ich hatte das beunruhigende Gefühl, dass da etwas Fremdes aus der Leinwand hervortreten wollte. Und ich war mir nicht sicher, ob ich diesem Fremden nachgeben sollte oder nicht, als ich mit einem Mal eine Stimme vernahm.

»Kann ich den Kopf haben?«
Unten, neben der Leiter, stand eine Frau. Sie hatte grüne Augen und weiße, krustige Kleckse an den Händen und den Unterarmen. Sogar am Kinn war eine weiße Spur zu sehen, die vor meinen Augen die Geste ihrer Hand entstehen ließ, mit der sie daran entlanggewischt war.
Lydia war Bildhauerin. Sie formte aus Gips menschliche Körper, die mitten in der Bewegung erstarrt zu sein schienen. Es war geradezu verblüffend, wie es ihr gelang, den Eindruck zu erwecken, einfach nur die Zeit angehalten zu haben. Und dass der Körper in der nächsten Sekunde weiterwirbeln würde. Ihre neueste Idee war es, ihre Gestalten mit Tierköpfen zu versehen. Dafür brauchte sie einen Entwurf. Meinen.
Ihre Skulpturen und meine Bilder schienen sich gesucht und gefunden zu haben. Uns selbst ging es nicht anders. Ich konnte nicht aufhören, sie zu betrachten. Mit den Augen des Malers versuchte ich an Lydias Äußerem auszumachen, was mich so sehr an ihr faszinierte, die feinen Äderchen an ihren Schläfen, der Schwung ihres Mundes, die kräftigen Unterarme. Doch ich begriff bald, dass ich sie nicht nur mit den Augen sah, sondern vor allem mit dem Herzen. Ich merkte es daran, dass die Farben satter wurden, nicht nur die ihrer Haut oder ihrer unglaublichen Lippen. Die ganze Welt um mich herum wurde mit jedem Tag praller und erfüllter. Und diese Welt malte ich.
Die Bilder, die in dieser Zeit entstanden, waren so voller Leben, dass sie zu bersten schienen. Mit jeder Begegnung intensivierten sich unsere Gefühle. Eines Abends saßen wir in ihrem Atelier, tranken Rotwein und redeten uns

die Köpfe heiß. Lydias grüne Augen funkelten im Kerzenlicht, und die Schatten unserer Körper zeichneten sich zwischen denen ihrer Skulpturen riesengroß an der Wand ab. Dann flossen zwei dieser Schatten ineinander. Ihr Mund schmeckte herb und wild. Wir liebten uns auf einer Decke auf dem Boden, und unser schneller Atem ließ die Kerzen flackern, sodass die Schatten der Figuren einen immer wilderen Reigen aufführten. Es war, als würde alles Statische durch unsere Lust zum Leben erwachen. Und wir wären das Zentrum eines Universums, das wir soeben mit unserer Liebe erschufen. Als uns die Woge mit sich forttrug, war mein letzter Gedanke, dass die Schöpfung ein Akt der Ekstase gewesen sein musste. Ich erwachte spät in der Nacht. Lydia schlief in meinem Arm, die Kerzen waren heruntergebrannt. Ich weiß noch, dass ich das Gefühl hatte, beobachtet zu werden. Ich schaute mich vorsichtig um. In meinem halb wachen Zustand verdächtigte ich sogar kurz die Skulpturen, als hätte der Zauber dieser Nacht sie wirklich zum Leben erweckt. Dann aber fiel mir das eigentümlich bleiche Licht auf, das den Raum erfüllte. Als ich aufsah, erblickte ich die Mondin durch das Oberlicht. Sie schien zu lachen. Ich konnte ja nicht ahnen, dass ich in dieser Nacht einen heiligen Pakt mit ihr geschlossen hatte.

III

Maria

Maria war vollauf zufrieden, als das ehemalige Zimmer des Fernsehmannes in frischem Weiß erstrahlte.
Sie fragte mich nach meiner Meinung, was die anderen Zimmer betraf. Ich riet ihr, schrittweise vorzugehen, nicht nur wegen der Möbel und Bücher, die hin und her geräumt werden mussten. Sondern auch, um ihr Zeit zu geben, damit sie ihren Stil finden konnte.
Es wurde zu einem Ritual zwischen uns, dass wir morgens einen Kaffee tranken und dabei über die nächsten Arbeiten sprachen. Sie begann, über die Farbgestaltung nachzudenken. Ich ermutigte sie, oder besser gesagt: Ich schubste sie ein wenig an, damit sie ihre Zaghaftigkeit überwand. Sie schleppte irgendwelche Zeitschriften mit Hochglanzfotos an, das meiste davon war nicht zu verwirklichen. Aber ich versuchte, ihre Vorstellungen so weit es ging umzusetzen. Drei Wochen später war die ganze Wohnung neu gestaltet.
Und in gewisser Weise traf das auch auf Maria zu.
Als Letztes hatten wir uns ihr Schlafzimmer vorgenom-

men. Dort hatte ich ein wenig auf Risiko gesetzt. Jetzt standen wir an der Wand gegenüber dem Bett.
Wir standen schon fast eine Minute dort, und sie hatte noch kein Wort gesagt.
»Man muss sich erst mal daran gewöhnen«, meinte ich.
»Nein, das ist es nicht«, sagte sie, ging ein paar Schritte zurück, dann zur Seite, legte den Kopf schief und grinste mich schließlich an: »Es ist toll.«
Mir fiel ein ziemlicher Stein vom Herzen.
Dass Maria die Wand mochte, bewies nicht nur, dass meine Arbeit nicht umsonst gewesen war, sondern auch, dass etwas mit ihr passiert war. Dass ihr diese Gestaltung gefiel, bedeutete, dass da wieder Kraft in ihrem Herzen war. Sonst hätte sie nicht ausgehalten, was sie vor sich hatte.
Die Wand war nämlich rot. Sehr rot.
Ich hatte ein spezielles Verfahren angewendet, das Clavé hieß und aus der Kunstmalerei stammte. Dabei werden Pigmente in einer klaren Bindeflüssigkeit aufgelöst und als Lasur in mehreren Schichten auf die untapezierte und unbehandelte Wand aufgetragen. Mit jeder Schicht dieser halb durchsichtigen Lasur gewinnt die Farbe an Tiefe und Leuchtkraft. Der unebene Untergrund bleibt dabei erkennbar.
Diese Wand erzählte dem Betrachter eine Geschichte, die Geschichte einer Erneuerung. Und zwar ohne etwas zu unterschlagen. Dass sie Maria gefiel, zeigte mir, dass das Gleiche mit ihr geschehen war. Der Voodoo hatte wieder funktioniert.
Maria ließ sich rückwärts auf das Bett fallen und betrachtete die Wand aus der Perspektive, aus der sie sie künftig

öfter sehen würde. Ich begann, meine Sachen zusammenzuräumen.
»Jetzt sind wir fertig, nicht wahr?«, fragte sie.
»Ja.« Ich hockte am Boden, sie lag immer noch auf dem Bett, die Ellbogen aufgestützt. Sie hatte helle Wollsocken an. »Ich mach noch Klarschiff, dann bin ich weg.«
»Ich finde, wir sollten das feiern. Trinken Sie einen Champagner?«
›Was soll's‹, dachte ich, ›ein Glas und gut.‹
»Klar«, gab ich zurück.
»Fein.« Maria sprang auf.
Nachdem ich alles eingepackt hatte – der größte Teil war ohnehin schon im Auto –, sah ich mich noch mal um. Es ist ein gutes Gefühl, wenn der Job getan ist. Vor allem, wenn nicht nur der handwerkliche Teil gelungen ist, sondern die Kundin auch das Gefühl bekommen hat, danach wieder neu anfangen zu können. Bei Maria schien das der Fall zu sein.
Als ich zu ihr ins Wohnzimmer kam, öffnete sie gerade den Champagner. Aus den Lautsprechern erklang leise Salsa-Musik.
»Wir sollten uns duzen«, sagte sie und goss ein.
»Okay«, meinte ich, als wir anstießen.
»Heißt du wirklich Johnny?«
»Na ja, ist eben ein Spitzname.«
»Ich finde, er passt zu dir.«
Wir setzten uns auf das Sofa und plauderten über die gemeinsame Zeit. Nach dem zweiten Glas meinte sie, dass sie es wirklich toll fände, wie ich ihr immer zugehört hätte. Dabei legte sie mir kurz die Hand auf den Arm. Ich genoss es immer noch, den Auftrag abgeschlossen zu ha-

ben, und war sehr entspannt. Maria erzählte von ihren Plänen, der Champagner schmeckte, und ehe wir uns versahen, war die Flasche leer.
»Ich habe noch eine im Kühlschrank«, meinte sie vergnügt. Ich sah ihr nach, wie sie in Richtung Küche verschwand, und fragte mich, ob ich nicht langsam mal abhauen sollte. Immerhin war ich mit dem Auto da. Aber ich fühlte mich wohl hier auf dem Sofa. ›Was soll's‹, dachte ich, ›dann lasse ich das Auto eben stehen.‹
Es geschah ungefähr, als wir die Hälfte der zweiten Flasche geleert hatten. Gerade noch hatten wir über die Namen der Ikea-Möbel gewitzelt, diese ganzen Ekbys, Träbys und Ivars, als ihr Blick sich auf einmal nach innen kehrte. ›Da muss gerade irgendetwas angestoßen worden sein‹, dachte ich. Eine Weile sagte sie gar nichts, dann wandte sie sich mir unvermittelt zu.
»Glaubst du, er kommt zurück?«, fragte sie.
In den ganzen drei Wochen hatte sie die Trennung kein einziges Mal erwähnt oder über das Leben gesprochen, das sie hier mit ihrem Ex geführt hatte. Bis zu diesem Moment. Jetzt schaute sie mich mit einem Blick an, als erhoffte sie sich Erlösung von mir. Eine ganz bestimmte Erlösung. Sie wollte Hoffnung, wollte irgendetwas, woran sie sich festhalten konnte. Wovon sie träumen könnte und das ihr Herz jedes Mal, wenn das Telefon klingelte, einen kleinen Satz machen lassen würde. Es war keine Bitte mehr, es war ein Flehen.
Ich erwiderte ihren Blick und sagte genau ein Wort:
»Nein.«
»Aber vielleicht hat er ja …«
»Nein!«

Ihre Mundwinkel zuckten, und der Ausdruck, der in ihren Augen stand, war der eines verwundeten Tieres. Darum wiederholte ich noch einmal, aber nun ganz leise: »Nein.«

Dabei hielt ich sie mit den Augen fest und ließ ihr Zeit, es zu begreifen. Man darf ein solches »Nein« nicht aufweichen. Es muss ganz tief runtersinken auf den Grund der Seele, hart und rund wie ein Kiesel.

»Schon gut, du hast ja recht«, sagte sie schließlich und nahm einen großen Schluck aus dem Glas, vielleicht, weil sie noch etwas anderes runterschlucken musste.

Dieses ganze Gerede, dass man sich seinen Kummer von der Seele reden soll, halte ich für Blödsinn. Ich habe es nämlich mal probiert, und es hat nicht funktioniert. Hinterher war der Schmerz immer noch da. Ich glaube sogar, dass er durch dieses ganze Reden noch schlimmer wird. Denn Kummer schwimmt immer obenauf. Das Beste ist es, ihm die Aufmerksamkeit zu verweigern. Dann treibt er irgendwann davon.

»Es fühlt sich so beschissen an«, flüsterte Maria und ließ ihren Kopf an meine Schulter sinken.

»Ich weiß«, gab ich leise zurück und ließ sie weinen. Mir war klar, dass ich mittlerweile kein Unbeteiligter mehr war. Ihren Schmerz glaubte ich in meinen eigenen Eingeweiden zu spüren. Irgendwo dort stieß er auf den Zorn. Der war immer da. Auch wenn der Kummer schon lange vergangen ist.

Jede Trennung ist ein Verrat. Und ich bin davon überzeugt, dass derjenige, der einen Menschen verlässt, das auch weiß. Dementsprechend dämlich sind dann auch meist die Begründungen: »Es liegt nicht an dir, aber …

ich verdiene deine Liebe nicht … du bist zu gut für mich …«

Das ist alles Schrott. Es ist ein Verrat.

Ein Verrat an der Liebe.

Die fragt nämlich nicht nach diesem ganzen Scheiß. Wenn die Liebe nur jene Menschen zusammenbringen würde, die nach irgendeinem Muster auch zusammenpassen, wäre sie ein Computerprogramm. Ist sie aber nicht. Die Liebe ist unberechenbar. Sie fordert unendlich viel. Aber sie gibt auch im Überfluss. Sie schert sich nicht um Nationalitäten, Alter oder politische Überzeugung. Sie haut einfach dazwischen. Sie verzeiht alles. Nur eines nicht: den Verrat. Wer die Liebe einmal verrät, muss lange büßen.

›Vielleicht ist es das, was man den Verlassenen sagen sollte‹, dachte ich, während ich Marias Hand hielt und sie sich langsam wieder beruhigte. Dass nicht sie diejenigen sind, die sich dieses Verrates schuldig gemacht haben, und deshalb keine Schuld an ihrem Unglück haben. Dass auch Maria keine Schuld trägt. Aber das würde sie mir nicht glauben. Und ich war der Letzte, der ihr das beibringen könnte. Ich glaubte es ja nicht mal mir selbst.

Marias Augen schimmerten noch ein wenig feucht, als sie aufschaute. Ich las darin etwas, was ich selbst empfand, schon seit langem. Darum war es ganz einfach, sie zu küssen. Ihre Lippen waren weich, und ihre Zunge war verwirrt. Sie duftete nach Frau, veredelt durch den bitteren Geschmack ihrer Tränen. Unter meinen Händen erwachte ihr Körper, und ich spürte in ihr, was immer und unter allen Umständen überleben will: Lust. Es war nicht nur Lust auf Sex. Es war Lust auf Leben, auf Atmen, Lachen, Tanzen und Fülle. Das alles blieb nämlich zuerst auf der Strecke, wenn etwas zerbrach. Aber es war das Erste, was wieder erwachte.

Erneut sahen wir uns an. Es war ein stummes Ja, mit dem wir uns erhoben und, ohne zu zögern, aber auch ohne zu eilen, den Flur entlang zum Schlafzimmer gingen. Dem Zimmer mit der blutroten Wand. Die schien zu pulsieren im gedämpften Licht. Und unsere Haut schimmerte in diesem Glühen, als wir unsere Kleidung abstreiften.

Wir waren vorsichtig. Tastend ließen wir geschehen, dass unsere Körper sich kennenlernten. Versicherten einander mit den Augen und den Lippen, dass es wahr war, bevor wir uns in einer Weise berührten, die sonst nur Liebenden vorbehalten war. Wir waren wie Reisende, die ein Stück des Weges zusammen gingen. Doch solch flüchtige Begegnungen können mehr Reichtum bergen als tausend Schwüre.

Die Laute der Lust sind immer neu. Ich vernahm sie so deutlich und klar, wie ich die Hitze ihres Atems an meinem Ohr spürte. Maria zog mich auf sich, umklammerte mich, forderte mich. Und als ich reagierte und mich in sie drängte, krallte sie ihre Fingernägel in meine Haut. Dann wieder riss sie meinen Kopf an den Haaren hoch und bohrte ihren Blick in meinen. Wir staunten beide über das, was mit uns geschah. Und gleichzeitig umgab uns die Verzweiflung wie ein feuriger Kokon.

Mir war klar, dass ich nicht die Antwort auf Marias Sehnsucht war. Ich war der, der sie ihre Sehnsucht für einen Moment vergessen ließ. Die Sehnsucht nach etwas, das sie nicht mehr bekommen konnte. Jetzt wollte sie nur eine Antwort auf ihre Lust. Die konnte ich ihr geben.

Mehr nicht.
Später sah ich dem Licht des Mondes zu, das durch das Fenster fiel und die Umrisse ihres zusammengerollten Körpers unter der Bettdecke in unmerklich langsam wandernden Schatten neu zeichnete. ›Wie gerne würde ich eine schlafende Frau malen‹, dachte ich und spürte den alten Schmerz in der Brust. »Diesmal gibt es keinen Deal«, flüsterte ich ins Dunkel und erhob mich behutsam, um Maria nicht zu wecken.
Ich trat ans Fenster und schaute zu der bleichen Scheibe hoch, die mich wieder einmal nicht schlafen ließ. Sie zeigte sich so abweisend wie eh und je.
Ich verließ die Wohnung, ohne Maria zu wecken oder eine Nachricht zu hinterlassen. Ich war sicher, dass sie das auch nicht erwartete. Ich würde sie nicht anrufen, und sie würde nicht darauf hoffen. Es war nur eine Nacht gewesen, aber sie war voll und rund wie der Mond. Jedes weitere Wort würde ihre Vollkommenheit zerstören. Der Mond ist eine grausame Geliebte.
Und die, die ihm versprochen sind, sind es auch.

IV

Laura

Es klingelte. Es war Samstag. Es war elf Uhr morgens. Das war entschieden zu früh, um an meiner Tür zu klingeln. Und es war entschieden zu früh, einer heulenden Vierzehnjährigen gegenüberzustehen.

»Heiliger Strohsack! Laura, was ...?« Weiter kam ich nicht. Die älteste Tochter von Cornelius stürmte an mir vorbei, pfefferte ihren Rucksack in die Ecke und ließ sich auf den Stuhl am Küchentisch plumpsen.

»Das ist so gemein«, stieß sie hervor und schniefte den Rotz hoch.

Ich rupfte ein Stück Küchenpapier für sie von der Rolle. Dann setzte ich Kaffee auf, ich brauchte jetzt erst mal dringend meine erste Koffeindosis. »Was ist los?«, fragte ich, nachdem sie sich ausgeschneuzt hatte.

»Kevin«, sagte sie in einem Ton, als hätte sie Zahnschmerzen. »Wir wollten doch zusammen zu der Party gehen. Aber jetzt geht er mit Melanie hin. Diese gemeine Kuh! Tut immer lieb und nett zu mir, und ich habe ihr immer alles anvertraut. Aber sie war nur auf ihn aus! Und jetzt hat sie ihn rumgekriegt und hat alles versaut.«

Ich konnte nicht behaupten, dass ich irgendetwas davon kapiert hatte.
»Wer ist Kevin?«, fragte ich also, während ich den Kaffee aufgoss.
Sie sah mich ungläubig an. »Kevin? Der ist total süß, er ist mein Freund.« Dann schluchzte sie wieder. »Nein, er war mein Freund, jetzt geht er mit Melanie. Onkel Jonas, was soll ich nur tuuun?«
Ich versuchte, das alles auf die Reihe zu kriegen, aber irgendetwas sperrte sich.
»Wie alt bist du noch mal?«
»Fünfzehn«, greinte sie. »Warum?«
Ich rechnete nach. »Du bist vierzehn.«
»Ich bin fast fünfzehn.«
»In zehn Monaten.«
»Eben. Onkel Jonas, was soll das?«
Ich sah ein, dass wir so nicht weiterkamen. Aus einem Grund, den ich nicht verstand, war das kleine Mädchen, das gestern noch auf meinem Schoß herumgeklettert war und Teletubbies cool fand, zu einem Teenager geworden, der einen Freund hatte und vermutlich statt auf Teletubbies auf Piercings abfuhr. Ich sah mir Laura im Lichte dieser Erkenntnis etwas genauer an und stellte fest, dass sie zu einem verdammt hübschen Mädchen geworden war. Diese euroasiatische Mischung hatte wirklich Zunder. In einer Art Vision sah ich bereits unzählige gebrochene Männerherzen ihren Weg pflastern.
»Okay«, sagte ich langsam, während ich mir einen Kaffee einschenkte und mich Laura gegenüber an den Tisch setzte. »Dann noch mal von vorne, aber langsam bitte, meine Synapsen sind noch im Wochenendmodus.«

Es sprudelte nur so aus ihr heraus. Das meiste war Müll, aber die Kerninformation besagte, dass dieser Kevin der heißeste Junge an ihrer Schule war. Alle Mädchen fuhren auf ihn ab. Ich erinnerte mich an diese smarten Typen aus meiner eigenen Schulzeit, sie hatten mich immer ungeheuer genervt. War aber auch eine Menge Neid dabei gewesen. Auf alle Fälle hatte dieser Kevin sich also vor etwa drei Wochen an Laura rangemacht, die anscheinend sofort hin und weg gewesen war.

Ohne dass sie es explizit erwähnte, tauchte in meinem Geist eine Situation auf, in der ein Kondom eine Rolle spielte. Oder auch nicht. War es diese Vorstellung, die mir nicht passte? Oder dass dieser Kevin nun mit Lauras bester Freundin rummachte?

»Dieser Kevin ist ein Idiot«, sagte ich. »Dem solltest du keine Träne nachweinen.«

Laura heulte auf. Ich rupfte noch ein weiteres Stück Haushaltspapier von der Rolle. Während sie es vollschnodderte, versuchte ich, Grundierung in diese ganze Geschichte zu kriegen. Als Erstes fragte ich mich, warum sie mit diesem Problem zu mir kam. Es konnte ihr ja wohl kaum jemand vom besonderen Charakter meiner Jobs erzählt haben. Dass ich gewissermaßen immer dann gerufen wurde, wenn eine Frau verlassen worden war. Oder vielleicht doch?

Mir kam der Gedanke, dass Cornelius möglicherweise aus reiner Unachtsamkeit irgendetwas gesagt hatte, was die Kleine missverstanden hatte. Vielleicht etwas in der Art, dass ich mich um verlassene Frauen kümmerte. Das würde zu Cornelius passen. Nur, spielte das eine Rolle? Jetzt war sie hier, und das Einzige, was ich entscheiden musste, war, ob ich etwas tun wollte oder nicht. Denn

eines war klar: Kluge Sprüche würden hier nicht weiterhelfen. Es musste irgendeine Aktion her.
Ich schlürfte meinen Kaffee und versuchte mich zu erinnern, was für Gefühle ein chaotisches Teenagerhirn wohl durchtobten. Nach einer Weile kam ich zu dem Schluss, dass eine ganze Menge verletzter Stolz dabei war. Laura war erniedrigt worden. Wenn ich dieses Gefühl abschwächen könnte, wäre der Liebeskummer wahrscheinlich nur noch halb so wild. Ganz langsam keimte in mir eine Idee.
»Sag mal, dieser Kevin geht jetzt also mit deiner ehemals besten Freundin Melanie auf die Party heute Abend?«
Laura nickte schniefend.
Ich fragte sie, wie es dort aussah. Es sollte eine Gartenparty werden. Ein Eckhaus, breite Auffahrt, alle würden sehen, wer kommt. Hörte sich an wie bei einer Filmpremiere. Ich hakte nach. Klar, jeder würde sich auffummeln, Satin, gegeltes Haar, Fotos, Handykameras, damit man hinterher angeben konnte.
Das war gut, sehr gut sogar. Die Party sollte um halb acht losgehen, der Zeitpunkt, zu dem sie wahrscheinlich alle aufgelaufen waren, wäre also zwischen halb neun und neun, dunkel genug, es könnte klappen.
»Also, du gehst da natürlich hin«, sagte ich.
Sofort brach sie wieder in Tränen aus. »Das halte ich ni-ni-nicht aus. Alle werden mich auslachen.«
»Das glaube ich nicht. Jedenfalls nicht, wenn wir es so machen, wie ich es vorhabe.«
Laura sah mich groß an: »Echt?«
»Hm, ja, steh mal auf.«
Sie stand auf.
»Dreh dich mal.«

Sie wusste es noch nicht, aber sie hatte eine Figur, für die sie eigentlich einen Waffenschein gebraucht hätte. Es könnte funktionieren.

»Das geht, aber ich muss das erst mit deinen Eltern besprechen.« Laura zog eine Flunsch.

»Keine Diskussion. Ich helfe dir, aber es läuft nach meinen Regeln.«

Als ich ihr erklärte, was sie sich für den Abend an Klamotten besorgen sollte, machte sie große Augen.

»Das erlaubt mir Papa nie!«

»Eben deswegen muss ich mit ihm reden. Und nun zieh mal Leine. Ich habe was zu tun. Und um halb acht bist du fertig, keine Sekunde später, klar?«

Sie musste mir natürlich noch um den Hals fallen und irgendwelchen Unsinn stammeln. Als sie weg war, wischte ich mir die Teenagerspucke von der Wange und starrte auf die vollgerotzten Papierknäuel auf meinem Küchentisch. Anscheinend war ich gerade mal wieder im Begriff, mich zum Idioten zu machen.

Marita lachte, als ich ihr am Telefon von meinem Plan erzählte.

»Du bist ein Spinner«, sagte sie, »aber ich mach mit.«

»Bringst du es deinem Gatten bei?«

»Wer sonst?«

Die Sache mit dem Outfit konnte ich getrost Marita überlassen. Sie würde auch Cornelius eine Herztablette verabreichen, bevor er seine Tochter zu Gesicht bekam. Ich machte mich inzwischen auf den Weg zu Anton.

Anton hatte eine kleine, aber exklusive Autowerkstatt am Hafen. In seinen jungen Jahren war er durch die USA getourt und hatte an allem rumgeschraubt, was Räder besaß. Jetzt montierte er mit seinen tätowierten Armen an den aufgemotzten Schlitten der Kiez-Jungs rum. Ich traf ihn in seiner Werkstatt, die dreimal so groß war wie seine Wohnung, die aus einer Küche gleich dahinter und zwei Zimmern im ersten Stock bestand.

»Jonas«, rief er, als er mit dem Oberkörper aus dem Motorraum eines Mustangs auftauchte. Er bot mir ein Bier an, ich lehnte ab. Dafür köpfte sich Anton selbst eine Flasche.

»Du siehst so aus, als wenn du was von mir willst«, sagte er, nachdem er die Flasche mit einem Zug halb geleert hatte.

Ich wies in die hintere Ecke, wo sein roter Liebling stand. »Ich muss heute Abend ein wenig bluffen.«

Anton verzog sein Gesicht und kratzte sich die dichtbehaarte Brust. Es passte ihm nicht, aber ich wusste, dass er zustimmen würde. Anton schuldete mir mehr als einen Gefallen, nachdem ich ihn einmal mit einem falschen Alibi vor dem Knast bewahrt hatte. Aber er musste sich noch ein wenig zieren. Ich versprach ihm eine Flasche besten Whiskys. Er zögerte immer noch, also legte ich noch eine zweite drauf. Da war er dann einverstanden. Ich sagte ihm, dass ich den Wagen um sieben Uhr abends abholen würde. Als Nächstes ging ich zu Jenny.

Jenny hatte einen Friseursalon, eine Stimme wie Janis Joplin und eine eindeutige Orientierung auf Frauen. Abgesehen davon teilten wir noch einen etwas rüden Sinn für Humor miteinander. Als ich ihren Laden wieder verließ, hatte ich nicht nur eine neue Frisur, sondern auch Bauchschmerzen vom vielen Lachen.

Um halb acht kam ich in einem ochsenblutroten Jaguar XJS Coupé, Baujahr 88, in unseren Hinterhof gefahren.

Cornelius fiel fast aus seinem Campingstuhl. Als ich ausstieg, stierte er mich mit offenem Mund an. Er erkannte mich nicht, also nahm ich die Sonnenbrille ab.

»Jonas«, stammelte er, während er sich langsam aufrichtete, »was hast du mit deinen Haaren … und was ist das für ein …?« Er wies auf das Sportcoupé, dessen überlange rote Kühlerhaube phallisch in den Hof ragte. Ehe ich antworten konnte, kam Laura durch die Terrassentür. Und jetzt war es an mir, die Luft anzuhalten.

Das kurze rote Kleid haftete so eng wie eine zweite Haut an ihrem Körper. Die schwarzen Netzstrümpfe waren die perfekte Antwort auf ihr langes, seidig schwarzes Haar. Langsam stöckelte sie in wahnsinnig aufregenden Stilettos auf uns zu. Ein Kunstwerk. Das Einzige, was noch nicht stimmte, war ihr unsicheres Lächeln.

Laura ignorierte ihren Vater völlig, sie sah erst mich an, dann das Auto.

»Wow«, machte sie.

Cornelius stand da wie vom Blitz getroffen, sein Unterkiefer bewegte sich auf und ab, doch er brachte keinen Laut heraus.

»Alles klar so weit?«, fragte ich ihn besorgt.

Sein Kopf flog zu mir herum, ich hörte es regelrecht klicken: meine Aufmachung, das Auto, seine Tochter.

»Wo ist mein Samuraischwert?«, röchelte er schließlich.

»Lass den Quatsch«, sagte ich. »Japaner haben Samuraischwerter. Du bist Chinese. Die Chinesen hassen alles, was japanisch ist.«

»Marita«, ächzte er, »schnell, meine Schrotflinte!«

Seine Frau, die ihrer Tochter gefolgt war, amüsierte sich königlich.

»Jonas, du siehst aus wie aus einem Fünfzigerjahrefilm«, prustete sie.
Tatsächlich hatte Jenny mir eine James-Dean-Frisur verpasst. Dazu trug ich eine schwarze Lederjacke, den Kragen hochgeschlagen, ein weißes T-Shirt, Jeans und meine mexikanischen Boots. Die würde natürlich niemand sehen. Überhaupt würde man wenig von mir sehen, und schon gar nicht, was für ein alter Sack ich war. Das alles war nur für die Show.
»Ich komme mir total komisch vor«, sagte Laura mit kleiner Stimme.
Ich nahm ihre Hand, zog sie an mich und wirbelte sie einmal um die eigene Achse.
»Heute Nacht bist du die Frau, die jede sein möchte«, raunte ich ihr zu, »und die jeder haben will. Du bist die Königin der Nacht.«
Dann setzte ich die Sonnenbrille wieder auf und öffnete Laura die Beifahrertür. Sie stieg ein, als hätte sie eine Jeans an. Woraufhin ich entschied, ihr auf dem Weg zur Party noch ein paar königliche Instruktionen zukommen zu lassen. Dann musste ich mich erst mal um Cornelius kümmern, der in heller Panik auf mich einredete. Ja, ich hatte meine Fünfundvierziger dabei; ja, ich würde jeden über den Haufen schießen, der Laura auch nur nahe kam. Und ja, ich würde sie um elf Uhr wieder hier abliefern. Väter können eine echte Pest sein.
Hatte ausgerechnet ich das gerade gedacht?
Während wir bei geöffneten Fenstern langsam durch die Straßen fuhren, machte ich Laura mit den Details meines Planes vertraut.
»Es darf natürlich niemand wissen, wer ich bin«, erklärte

ich ihr. »Sie werden vor Neugier platzen, aber du darfst keine ihrer Frage beantworten, ich muss ein Rätsel für sie bleiben. Immer nur lächeln und schweigen.«

Ich würde mit dem Wagen so vorfahren, dass alle uns sehen konnten, aber keiner zu dicht an uns dran war. Dann käme der wichtigste Moment, der, in dem Laura ausstieg und sich von mir verabschiedete.

»Alles muss in ihren Köpfen stattfinden, wir zeigen ihnen nur, was sie denken sollen.«

Laura war so nervös, dass sie kaum noch sitzen konnte.

»Keine Sorge«, beruhigte ich sie, »wir üben das erst mal. Wir haben noch Zeit, ich bin extra früh gekommen.«

Vor allem hatte ich unseren kleinen Auftritt nicht im Beisein ihrer Eltern proben wollen. Das hätte zumindest Cornelius völlig überfordert. Also steuerte ich eine Tankstelle an und parkte in der Ecke, wo Luft und Kühlwasser nachgefüllt werden konnten. Dort waren wir einigermaßen ungestört.

»Also«, wandte ich mich Laura zu, »ich fahre die Auffahrt hoch. Es wird schon dämmern, die Scheinwerfer sind an und blenden etwas. Keiner wird deshalb genau erkennen können, wer im Auto sitzt. Dann kommt der große Moment: Du steigst aus. Aber du hüpfst nicht einfach raus. Es ist dieser Moment, in dem du die Königin erschaffst.«

Die Noch-nicht-ganz-Königin sah mich zweifelnd und unsicher an.

»Laura«, sagte ich beschwörend, »du bist eine unglaublich schöne junge Frau. Du brauchst nicht zu spielen, du brauchst es bloß aus dir rauskommen zu lassen. Komm, wir trainieren.«

Wir fingen an zu üben. Ich korrigierte ihre Haltung, ihr

Tempo und sagte ihr, worauf sie achten sollte. Beine zusammen, Kopf gerade, Schultern nach hinten, aber nicht hochziehen. Slow Motion. Lächeln. Und: gerade in die Augen schauen.

Es dauerte nicht lange, bis sie es draufhatte. Ich lobte sie, zeigte ihr meine Bewunderung und ließ sie spüren, welche Wirkung sie ausübte. Es begann ihr Spaß zu machen.

»Uff«, machte sie schließlich nach dem achten Ausstieg und Catwalk, »ich habe fürchterlichen Durst, Onkel Jonas.«

»Na gut«, sagte ich, »dann machen wir jetzt die Generalprobe. Wir fahren da vor«, ich wies auf den Verkaufsraum der Tankstelle, »und du steigst aus, so wie wir es geübt haben. Dann gehst du rein und besorgst uns zwei Colas. Ich möchte, dass du langsam gehst, dass du jeden Schritt genießt. Alle Männeraugen werden dir folgen, aber du wirst sie nicht beachten. Du wirst den Blick aber auch nicht senken. Du bist die Königin, okay?«

Laura nickte atemlos.

Ich startete die 12-Zylinder-Maschine und rollte langsam vor. Am Eingang hielt ich und nickte ihr zu: »Showtime.«

Der Verkäufer sah höchst interessiert durch die Scheiben zu uns raus. Seine Augen weiteten sich, als Laura mit langsamer, lasziver Bewegung ihre Füße in den High Heels auf den Asphalt setzte. Ich sah ihr nach, wie sie sich der automatischen Tür näherte, und beobachtete sie dabei wie ein Trainer, der seinen Boxer in den Ring steigen sieht.

Sie ging nicht nur, sie schwang. Von Unsicherheit keine Spur mehr, jeder Schritt kam aus der Hüfte, sanft und geschmeidig. Sie bewegte sich so unschuldig und so sinnlich wie eine Katze. Es sah unglaublich sexy aus. Ich war sicher, dass sie es schaffen würde.

Zufrieden mit mir und meinem Werk stieg ich aus und lehnte mich an die Motorhaube. Während ich den Sonnenuntergang betrachtete, dachte ich, dass ich wahrscheinlich gerade ein Bild wie aus der Werbung abgab: ein Typ mit Haartolle in schwarzer Lederjacke und Boots vor einem roten Sportwagen. ›Was soll's‹, dachte ich und beschloss, es ebenfalls zu genießen.
In diesem Moment fuhr ein Wagen an die Zapfsäule. Der jungen, brünetten Frau, die nun ausstieg, war ich mit Sicherheit aufgefallen, denn sie bemühte sich allzu deutlich, nicht zu mir herüberzusehen. Umso ungenierter betrachtete ich sie. Sie trug Jeans und ein braunes, leichtes Lederjackett. Sie war sehr schlank, und ihre Schuhe hatten flache Absätze. Was vermutlich dem Umstand geschuldet war, dass sie sehr groß war, fast so groß wie ich. Und ich gehörte wirklich nicht zu den Zwergen.
Sie führte den Tankstutzen ein und betrachtete konzentriert die Benzinuhr. Dadurch hatte ich Gelegenheit, ihr Gesicht zu mustern. Eine kecke Nase, ein fein gezeichneter Mund, den sie ein wenig zusammenkniff. Die Farbe ihrer Augen konnte ich nicht erkennen, aber sie wirkten dunkel. Eine Strähne ihres kurzen, braunen Haars fiel ihr in die Stirn. Sie war auf eine unauffällige Weise schön. Allerdings hatten ihre Gesichtszüge etwas Angestrengtes. Ich nahm eine Spannung in ihr wahr, als wäre sie gegensätzlichen Kräften ausgesetzt. ›Eine gefesselte Amazone‹, dachte ich auf einmal und spürte den irrationalen Impuls, ihr zu sagen, dass sie sich befreien sollte, um diesen schönen Abend, an dem die Luft mild und voller Versprechen war, aus vollem Herzen zu genießen.

Und als hätte dieser Gedanke die Entfernung zwischen uns überbrückt, zuckten ihre Augen plötzlich zu mir herüber. Eine kleine, atemlose Ewigkeit lang schauten wir uns an, ich spürte einen Sog und ein Ziehen unterhalb meines Rippenbogens. Dann klackte der Einfüllstutzen und unterbrach den Kontakt. Während sie ihn wieder einhängte und den Tankverschluss zuschraubte, huschte ihr Blick immer wieder zu mir herüber, dabei flatterten ihre Lider ein wenig.

Mir ging auf, in was für einer Maskerade ich hier stand. Das ließ mich unwillkürlich grinsen. Ihr Mund zuckte, als wollte sie lächeln. Dann aber runzelte sie stattdessen die Stirn, unterschiedliche Empfindungen huschten über ihr Gesicht. Keiner gelang es, sich festzusetzen. Bis ich hinter mir die automatische Tür aufgehen hörte. Ich wandte mich um. Und erstarrte.

In den wenigen Minuten, die sie im Verkaufsraum gewesen war, schien sich die vierzehnjährige Laura in ein mir unbekanntes Raubtier verwandelt zu haben. Es war der gleiche Gang wie vorhin, das gleiche Lächeln, und dennoch hatte sich etwas geändert. Sie kam nicht einfach nur auf mich zu, sie kam nur auf MICH zu. Ihr Blick, ihr Lächeln, jede Bewegung waren purer Sex. Ich fragte mich, was, zur Hölle, mit ihr los war. Und plötzlich schoss es mir durch den Kopf: Sie wusste es.

Sie hatte es in den Augen des Verkäufers gesehen, in denen der anderen Männer. Sie hatte die namenlose Sehnsucht und ihr unverhülltes Begehren erkannt. Und wenn zudem noch eine Frau da drinnen gewesen war, hatte sie auch den Neid und den Hass bemerkt. Und jetzt wusste sie, dass sie die Königin der Nacht war.

Sie trat ganz dicht an mich heran, beugte sich zu mir. Ich spürte ihren Schenkel an meinem Bein, ihre Hand legte sich auf meine Brust, als sie sich an mich schmiegte und ihre Lippen über meine Wange strichen.
Alles Weitere geschah innerhalb eines Atemzuges. Mein Blick fiel über Lauras Schulter auf die fremde Frau, die uns fassungslos anstarrte. Dann verhärtete sich ihr Gesicht. In ihren Augen stand Verachtung, ja, geradezu Abscheu angesichts dessen, was sie sah. Ein Kerl Ende dreißig, ein blutjunges Mädchen – es musste so aussehen, als ob ... Ich begriff, dass hier gerade etwas richtig schieflief. Aber ich kapierte nicht im Mindesten, wieso mir das etwas ausmachte. Wieso ich nicht wollte, dass diese Frau jetzt etwas völlig Bescheuertes von mir dachte. ›Das ist doch verrückt‹, sagte ich mir, wollte Laura beiseiteschieben. Ich fasste sie an den Hüften, doch diese Geste missverstand sie und kicherte an meinem Hals. Ehe ich noch irgendetwas tun konnte, wandte die fremde Frau sich ab und lief mit zusammengekniffenem Mund Richtung Kasse.
Laura trat einen Schritt zurück und strahlte mich an. Jetzt war sie wieder das vierzehnjährige Mädchen.
»Und, Onkel Jonas?«, fragte sie. »War ich gut?«
Ich bemühte mich um ein anerkennendes Grinsen. Es gelang mir nur halb.
»Verdammt gut«, sagte ich. »Du warst wirklich verdammt gut.«

V

Carla

»Ich habe eine Scheißangst.«
Laura knetete nervös ihre Finger. Wir standen mit laufendem Motor in der Auffahrt, die Scheinwerfer beleuchteten den mit Girlanden geschmückten Garten wie Bühnenlichter und ließen die Gesichter, die sich uns zugewandt hatten, bleich erscheinen. Wir hingegen waren im Wageninneren für die anderen nur undeutlich erkennbar.
»Kannst du nicht mit reinkommen?«, fragte sie mich bittend.
Ich schüttelte den Kopf: »Das würde alles versauen. Ich gebe hier den achtzehn- oder neunzehnjährigen Superboy, der alles für dich tut, aber nun wieder seinen geheimnisvollen Geschäften nachgehen muss. Wenn ich da mit reingehe und die meine Onkelvisage sehen, bist du für alle Ewigkeiten unten durch. Tut mir leid, Kleines, es geht nur ganz oder gar nicht. Was ist, sollen wir wieder abhauen?«
»Nein«, rief sie erschrocken.
»Dann geh da jetzt rein«, befahl ich, »und sei mein Supergirl.«

Sie atmete tief ein und stieß die Luft wieder aus.
»Okay«, sagte sie.
»Bist du so weit?«
»Ja.«
»Dann los.«
Wie ich vorausgesehen hatte, waren wir mittlerweile von allen bemerkt worden. Mit Sicherheit hatten einige Laura auch schon erkannt. Und mit Sicherheit fragten sich alle, wer, zum Teufel, der Typ hinter dem Steuer war. Ich hatte die Sonnenbrille aufbehalten und lehnte entspannt im Ledersitz.
»Das Wichtigste«, hatte ich Laura eingeschärft, »ist unser erster Auftritt. Wenn der zündet, kannst du dich für den Rest des Abends entspannen.«
Nun beugte sie sich zu mir, um sich mit einer offensichtlich intimen Geste zu verabschieden. Als ich ihr Gesicht dicht vor mir hatte und in ihre riesengroßen Augen sah, überlagerten sich auf einmal die zwei Lauras. Ich sah das Mädchen, das sie gerade noch gewesen war, und gleichzeitig die Frau, die sie schon sehr bald sein würde. Und so widersprüchlich wie diese beiden Gesichter waren auch meine Gefühle. Das kleine Mädchen gehen zu sehen machte mich ein wenig traurig. Und die kommende Frau, an der ich heute Abend ein wenig mitgewirkt hatte, machte mich stolz. Sie lächelte und flüsterte: »Danke, Onkel Jonas.« Dann gab sie mir einen raschen Kuss auf den Mundwinkel, ich wusste nicht, ob er von dem Mädchen kam oder von der Frau.
Sie musterte mich forschend. Ahnte sie etwas von meinen Gedanken?
»Raus jetzt«, sagte ich.

Dann begann sie mit ihrem Auftritt. »Viel Glück«, flüsterte ich in die Luft und fuhr forsch von der Auffahrt zurück auf die Straße. Bevor Laura unter die Girlande trat, wandte sie sich noch mal um und winkte. Ich winkte zurück und trat auf das Gaspedal. Es war ein bisschen dick aufgetragen, aber das waren nun mal Kids. Und der Sound von dreihundertelf feuerroten Pferden in Verbindung mit dem Anblick dieser eurasischen Sexbombe würde etwas mit ihrem Kleinhirn anstellen, dem ihr ohnehin nicht besonders stabiler Intellekt nichts entgegenzusetzen hatte.

Nachdem ich meinen Beitrag zu Lauras Seelenheil geleistet hatte, entspannte ich mich. Jetzt war sie dran, aber ich hatte so eine Ahnung, dass sie es nicht nur nicht verpatzen würde, sondern dass sie an diesem Abend ihre ganze Macht als Frau erfahren würde. Während ich Richtung Hafen fuhr, befragte ich meine innere moralische Instanz, ob ich nicht gerade ein Monster erschaffen hatte. Aber ich bekam keine Antwort, vermutlich pennte die Alte gerade wieder.

Wir hatten abgemacht, dass ich gegen elf wieder vorfahren würde, um Laura abzuholen, natürlich ebenfalls, ohne mich zu erkennen zu geben. Ich hatte also fast drei Stunden Zeit totzuschlagen. Nun gibt es Schlimmeres, als an einem lauen Sommerabend in einem roten Sportwagen durch die Stadt zu kurven. Doch leider war mir aus einem Grund, den ich nicht ganz begriff, die Lust am Posieren ein wenig abhandengekommen.

Ich nahm endlich die blöde Sonnenbrille ab und machte das Radio an. Ich suchte nichts Bestimmtes, einfach nur ein wenig Musik, etwas Leichtes, als Gegengewicht zu dieser komischen Schwere in meinem Hinterkopf. Ich wollte nicht darüber nachdenken, aber ich hatte das Gefühl, dass diese Schwere nicht erst seit heute da war. Heute fiel sie mir nur auf. Aber warum? Doch nicht etwa deswegen, weil mich diese Unbekannte an der Tanke so verächtlich angesehen hatte? Ist schon seltsam, sich in den Augen anderer Menschen falschherum gespiegelt zu sehen.

Ich fuhr ein Weilchen am Hafen entlang, betrachtete die Menschen in den Cafés, wie sie sich lachend zueinander beugten. Wie Knie unter dem Tisch fast unabsichtlich aneinanderstießen. Aus den Beachklubs wehte diese glatt polierte Lounge-Musik herüber, und ein paar Jungs überquerten in knappen, muskelbetonenden Unterhemden die Straße. Auf der anderen Seite des Flusses kurvten blinkende Lichter herum, der Hafen schlief nie.

Ich fuhr zum Kiez hoch, grelles Geschäft und ewiges Suchen. Suchen nach Vergnügen, nach Lust, nach Glück, nach Liebe. Es war nichts Schlimmes daran, ich war selbst drin gewesen in diesem Strom. Er elektrisierte, er bebte, er trug durch die Nacht. Zum Schluss blieb oft nur ein Penny in der Hand. Ja und? Lachend ging die Sonne auf, und das Rad drehte sich von neuem. Es war meine Stadt, und ich liebte sie. Aber an diesem Tag wurde ich meine Melancholie einfach nicht los.

Mit einem Mal fiel mir Maria ein, und der süße Duft ihrer Haut hing auf einmal in der Luft, als wäre sie vor einer Sekunde hier gewesen. Es zog mich zu ihr, sodass ich schon daran dachte, sie anzurufen. Ich schüttelte den Kopf. ›Mach bloß keinen Blödsinn‹, rief ich mir in Gedanken zu. Ich war mir sicher, dass Maria nichts von mir erwartete. Unsere gemeinsame Nacht würde ihren Zauber dadurch behalten, dass sie das blieb, was sie war: einzigartig. Sie enthielt alles, was Maria in dieser Phase brauchte.

»Aber was ist mit dir?«, fragte eine Stimme in mir. Enthielt diese Nacht auch das, was ich brauchte?

Ich schüttelte wieder verärgert den Kopf. Was war in letzter Zeit nur los mit mir, dass ich mir über diesen Mist so viele Gedanken machte? Ich drehte am Suchknopf des Radios, um irgendwo etwas zu finden, das mich von meinen trüben Gedanken abbrachte. Schließlich fand ich Carla Bruni mit »Quelq'un m'a dit« und ließ es laufen. Das sagte mir schon einiges über meine Stimmung.

Mittlerweile war es Nacht geworden. Die Lichter schienen sich aneinanderzuklammern, um in der Dunkelheit zu bestehen. Ich hatte genug von dieser schillernden Fassade gesehen und erweckte mit dem Fuß wieder die schnurrende Wucht des Motors. Dunkel lockte der Park gegenüber dem Millerntor. Nur die Scheinwerfer der entgegenkommenden Autos kitzelten noch meine Iris.

»Quelq'un m'a dit, que tu m'aimais encore …« *Irgendjemand hat mir erzählt, dass du mich noch immer liebst …*

Ich schnaubte aus. Davon träumten wahrscheinlich alle Verlassenen. Ich nicht. Kurz ließ ich die Frage durch meinen Kopf wandern, ob es mir denn überhaupt gefallen hätte, wenn es so wäre. Vielleicht, aber es würde nichts ändern.

Ich ließ die Lichter hinter mir. Endlich. Dann sah ich hinter der großen Kirche den Mond aufgehen. Nein, die Mondin. Aus irgendeinem Grund freute es mich, sie wiederzusehen. »Dann los«, sagte ich, so, wie ich es Laura gesagt hatte, und folgte ihr. Das machte zwar keinen Sinn, aber es war mir egal. Vielleicht war das ja genau der Zauber, den ich brauchte. Zumindest tat es gut, in Bewegung zu sein.

Als ich an einer Ampel hielt, fiel mir an der Bushaltestelle auf der anderen Straßenseite ein Pärchen auf, das unter der zuckenden Neonleuchte stand. Es war klar, dass die beiden zusammengehörten, aber sie besaßen nicht mehr die Hitze der frisch Verliebten.

»Serait-ce possible alors?«

Kann es wirklich wahr sein?

›Nein‹, dachte ich, ›das war es nicht.‹

Aus den Augenwinkeln bemerkte ich, wie die Ampel auf Gelb und dann auf Grün sprang. Ich blieb, wo ich war. Irgendetwas an diesen beiden Fremden rührte mich.

Sie waren jung, Mitte zwanzig, und ich versuchte mir vorzustellen, was für ein Leben sie wohl führten. Waren sie schon lange zusammen? Lebten sie in einer gemeinsamen Wohnung? Hatten sie etwas gefunden, wofür es sich lohnte, zusammen zu sein? Oder würde ich irgendwann in eine Wohnung kommen, wo mir diese Frau mit verheultem Gesicht die Tür öffnete?

Als die Ampel wieder auf Rot sprang, wurde mir klar, dass ich den Glauben an die Liebe verloren hatte.

»Le temps qui glisse est un salaud …«

Die Zeit ist ein Lump … Das zumindest stimmte.

Wahrscheinlich hatte ich einfach nur zu oft den Dreck und die Scherben einer gescheiterten Liebe weggekehrt. Kein Wunder, dass ich vom Glauben abgefallen war. Ich war nicht allzu unglücklich mit diesem Zustand. Nur führte er dazu, dass ich manchmal alleine durch die Nacht

stromerte und fremde Leute beobachtete. Wahrscheinlich lebten die beiden dort auch nur noch nebeneinander her, nicht miteinander.
Grün.
Da ging ein Frösteln durch die Frau, sie zog die Schultern hoch. Ihr Freund trat hinter sie, öffnete seine weite Jacke und hüllte sie mit seinen Armen und der Jacke ein. Die Frau lehnte ihren Kopf an ihn und schloss die Augen. Es war eine Geste vollkommenen Vertrauens. Und bei diesem Anblick zerriss es mich.
Rot.
»On me dit que nos vies ne valent pas grand chose ...«
Ja, verdammt, das hatte ich auch schon gehört, dass unser Leben nicht viel zählt. Ein Furz im Universum. Was sollte es denn auch zu etwas Besonderem machen? Die Liebe? Was war die Liebe? Der Dreck, den ich aus den Wohnungen kehrte?
Ich weiß nicht, woher die Stimme kam. Aus dem Radio kam sie jedenfalls nicht, da trällerte immer noch die Gattin des französischen Präsidenten ihren rührseligen Mist in die Nacht. Und sonst war kein anderer da. Vielleicht war es ja die Stimme des Mondes, der in Wirklichkeit eine Mondin war. Ich wusste es nicht, aber ich hörte, was die Stimme sagte:
»Du bist auf der falschen Straßenseite, Johnny. Hier wirst du nicht finden, was du suchst. Du musst auf die andere Seite, Johnny. Und wenn du glaubst, dass du das nicht kannst, ist das genau der Moment, wo du es tun musst.«
Ich war nicht im mindesten dazu bereit, mir von einer bescheuerten Geisterstimme das Leben erklären zu lassen.

»Was soll der Quatsch?«, gab ich zurück. »Schau dir die beiden doch an! Ich verwette meinen Arsch, dass die anderweitig liiert sind und sich heute zum Fremdgehen getroffen haben.«
Es reichte mir wirklich. Als die Ampel wieder auf Grün sprang, legte ich den Gang ein. Mit einem letzten Blick sah ich, dass die Frau sich ihrem Begleiter mit einem glücklichen Lächeln zuwandte. Das musste ich mir nun wirklich nicht mehr reinziehen und gab Gas. Aber es war zu spät. Die Bilder hatten sich längst in mein Hirn gebrannt. Und dort tickten sie weiter, so ruhig und romantisch wie eine Zeitbombe.
»Pourtant quelqu'un m'a dit …«
Trotzdem hat mir jemand erzählt …

VI

Maja

Lauras Auftritt war ein voller Erfolg. Zur verabredeten Zeit fuhr ich vor, stieg aus, blieb aber hinter der geöffneten Autotür stehen und hupte. Als sie die Auffahrt runterkam, erkannte ich schon, dass es gut gelaufen war. Kaum saß sie im Auto, sprudelte es auch schon aus ihr heraus. Alle, wirklich ALLE hatten sie toll gefunden. Sie hatte getanzt, sie hatte geflirtet, und natürlich war auch Kevin wieder angekrochen gekommen. Während Melanie sie mit giftgrünen Blicken bedacht hatte.

»Aber weißt du, Onkel Jonas, ich finde, er ist gar nicht so toll. Später habe ich mich nämlich noch mit Paul unterhalten, und weißt du was? Der ist vielleicht süüß!«

Ich war froh, als ich sie wieder zu Hause abliefern konnte. Sie faselte noch irgendetwas vom tollsten Onkel der Welt, warf mir eine Kusshand zu und stöckelte dann ganz unköniglich Richtung Tordurchgang davon, in Gedanken vermutlich vollkommen bei einem unglaublichen süßen Typen namens Paul. Ich brachte den »Jag« in die Werkstatt zurück. Anton wartete schon. Die beiden Flaschen »Glenlivet« leerten wir dann gemeinsam. Ich schätze aber, dass ich weniger als eine Flasche abbekam. Den Sonntag bekam ich auch irgendwie rum, und am Montag arbeitete ich in Cornelius' Truppe mit.

Wir hatten es nicht weit. In einem Seitentrakt von Cornelius' Häuserblock war der Dachstuhl vom Schwamm befallen. Unser Chef fluchte wie ein Müllkutscher, weil ihm dieser Job kein Geld brachte. Schließlich gehörte ihm das Haus, aber für uns spielte das keine Rolle. Drei Wochen lang holten wir das befallene Holz raus und bauten neu auf. Ich genoss jeden Tag, an dem keine heulende oder sonst wie belastete Frau in meiner Nähe war. Nachts schlief ich wie ein Stein, morgens ging ich ohne irgendwelche trüben Gedanken wieder auf die Baustelle. Wir begrüßten uns mit dummen Sprüchen, machten unsere Arbeit an der Kreissäge und im Gebälk, futterten mittags in einem Imbiss Bratkartoffeln und Schnitzel und sahen, wie unsere Arbeit nach und nach Gestalt annahm. Es war, verdammt noch mal, eine gute Zeit. Aber auch die schönste Zeit geht mal zu Ende.

Bei mir war es an einem Sonntagmorgen, und eigentlich hätte es auch genau der Sonntag nach der Nacht sein können, in der ich mit Anton in der Werkstatt versackt war. Das jedenfalls ging mir als Erstes durch den Kopf, als das Telefon mich aus dem Schlaf holte.

»Hast du etwa noch geschlafen?«, vernahm ich Cornelius' Stimme an meinem Ohr.

»Natürlich nicht«, nuschelte ich. »Wer würde denn an einem Sonntagvormittag um … warte … elf Uhr dreißig noch schlafen?«

»Ledige Egoisten, die keinerlei Sinn für ein fröhliches Frühstück im Kreise ihrer Liebsten haben.«

»Cornelius«, stöhnte ich gequält, »was willst du?«
»Gestern hat eine neue Kundin angerufen. Sie hat nach Johnny gefragt. Kannst du dir ihre Wohnung heute noch anschauen?«
»Muss das sein? Es ist Sonntag!«
»Einmal sehen ist besser als hundertmal hören.«
»Wann wirst du endlich mit diesen Sprüchen aufhören? Weißt du, dass das unter Folter fällt?«
»Ja, natürlich, ich bin Chinese. Wir haben die Folter erfunden. Schreib dir ihre Telefonnummer auf.«
Eine Stunde später war ich so weit, dass ich die Nummer wählen konnte, die Cornelius mir diktiert hatte. Ich verabredete mich mit der neuen Kundin auf fünf Uhr nachmittags. Nachdem ich aufgelegt hatte, dachte ich darüber nach, welche ersten Eindrücke ich bei diesem Gespräch gewonnen hatte. Zumindest durchwachsene.
Es gab nämlich noch einen weiteren Grund, warum ich mit einer Kundin niemals über ihre Trennung sprach: weil es durchaus geschehen konnte, dass ich bei näherer Kenntnis des Falles zu dem Schluss kam, dass sie mindestens genauso viel Mist gebaut hatte wie ihr Kerl. Wenn nicht sogar noch mehr. Das wollte ich aber gar nicht wissen. Manchmal jedoch entwickelte man auch ein Gefühl für so eine Konstellation. Und ein solches Gefühl hatte ich bei diesem Telefonat gehabt.
Als ich ihr dann später gegenüberstand, verstärkte sich das noch. Sie hatte so einen Ausdruck im Gesicht, als wäre alle Welt an ihrem Unglück schuld. Nur sie nicht. Ich glaube nicht, dass ich zu diesem Zeitpunkt schon eine Ahnung hatte, was noch auf mich zukommen würde. Alles, was ich dachte, war, dass dies kein einfacher Job werden würde.

Sie guckte ein wenig irritiert, als sie die Lederjacke und den Helm in meiner Hand bemerkte. Ich hatte einen Motorradausflug gemacht und war auf dem Rückweg bei ihr vorbeigefahren.
»Johnny Bachmann«, stellte ich mich vor.
»Sonja Trauernicht«, sagte sie, wobei mir ihr Nachname schon am Telefon wie eine etwas skurrile Aufforderung vorgekommen war. Aber bei so einem Namen waren blöde Witze das Letzte, was man hören wollte.
Ich legte meinen Helm auf einer Kommode ab und folgte ihr durch den Flur. Ich war fest entschlossen, auch bei diesem Job so unbeteiligt wie nur irgend möglich zu bleiben.
Das hielt so lange, bis ich in die Küche kam.
»Das ist Hella«, sagte meine Kundin.
»Hallo«, sagte ich, und die Frau am Tisch nickte mir zu. Dann schaute ich genauer hin. Diese kurzen, braunen Haare, die großen, dunklen Augen, dieser fein gezeichnete Mund, der ein wenig verkniffen wirkte, das hatte ich alles schon mal gesehen. Ich kam nur nicht drauf, wo. Ihr schien es ähnlich zu gehen. Sie guckte mich erstaunt an, runzelte die Stirn, blinzelte, ein verwirrter Ausdruck huschte über ihr Gesicht. Und mit einem Mal fiel der Groschen.
Und zwar sowohl bei ihr als auch bei mir.
Einen winzigen Augenblick lang zuckte ein kleiner freudiger Impuls durch meine Brust. Sie war die Amazone von der Tanke! Und wie schon an jenem Abend verspürte ich auch diesmal das Bedürfnis, ihre sorgenvolle Miene mit einem Scherz aufzuhellen. Dann aber geschah etwas Komisches mit diesem Gesicht.

Ihre Augen weiteten sich, ihre Nasenflügel bebten und ihre Kiefer- und Wangenknochen traten hervor, so sehr presste sie die Lippen zusammen. Daraufhin fiel mir ein, welche Erinnerung sie an unsere erste Begegnung haben musste, und der freudige Funke in mir erlosch so schnell, wie er gekommen war. Was sie gesehen hatte, war ein Enddreißiger im James-Dean-Look vor einem ochsenblutroten Jaguar, dem eine unglaublich scharf aufgemachte Vierzehnjährige um den Hals gefallen war. Blöder konnte ein erstes Zusammentreffen kaum ablaufen.

»Möchten Sie einen Tee?«, fragte Sonja Trauernicht, der dieses Wiedererkennen vollkommen entgangen war.

»Nein, danke«, sagte ich und ließ mich der Brünetten gegenüber am Tisch nieder. Deren Gesicht war mittlerweile zu einer eisigen Maske erstarrt. Ich kam zu dem Schluss, dass ich im Moment nicht das Geringste machen konnte, um den falschen Eindruck, den sie von mir haben musste, zu korrigieren. Es war mit Sicherheit das Beste, dieses Gespräch so geschäftsmäßig wie möglich zu führen. Eine gemütliche Teerunde sah jedenfalls anders aus.

Ich wandte meine Aufmerksamkeit Sonja Trauernicht zu und hörte mir an, was für Arbeiten sie erledigt haben wollte. Sie hatte ein nicht unattraktives, aber etwas spitzes Gesicht. Mir fiel auf, dass sie mich nicht anschaute, während sie redete, sondern auf ihre Hände herabsah. Dafür ließ die andere mich nicht aus den Augen. Während ich mir Notizen machte, spürte ich förmlich, wie der Blick dieser Hella meine Haut versengte. Mein anfängliches Bedauern über das Missverständnis verging angesichts dieser offenkundigen Feindseligkeit. Ich merkte, dass mich ihr vorschnelles Urteil ärgerte. So wandte ich mich ihr schließlich zu und erwiderte offen ihren Blick. Ich sah, dass sie wütend war, und das ärgerte mich noch mehr, sodass wir uns ein paar Sekunden lang über den Tisch hinweg anblitzten, ohne dass die ausschließlich mit sich selbst beschäftigte Sonja auch nur das Geringste mitbekam.

Als Hellas Lider zu flattern anfingen, beendete ich das Duell.

»Ich würde mich gerne umsehen und ein paar Maße nehmen«, wandte ich mich wieder an Sonja Trauernicht und klappte das Notizbuch zu.

»Brauchen Sie mich dabei?«, fragte die in einem Ton, als ob es ihr lieber wäre, wenn sie sich nicht um diese trivialen Dinge zu kümmern bräuchte. Was mir nur recht war.

»Nein«, antwortete ich und stand auf. Sollten die Mädels ihre schlechte Laune doch alleine austoben. Im Übrigen war es mir tatsächlich lieber, wenn ich meine ersten Eindrücke alleine sammeln konnte. Es ging ja nicht nur um die Quadratmeter und die Anzahl von Türen. Während ich zu dem vorderen Zimmer ging, versuchte ich herauszufinden, welche Maßnahmen hier nötig waren.

Obwohl die Wohnung fünf Zimmer hatte, machte sie auf mich einen beengten Eindruck. Die Einrichtung war nicht gut durchdacht. Schränke, Regale und Sitzgelegenheiten standen sich gegenseitig im Weg. Alle Wände waren mit Bildern oder Postern behängt, die so gar nichts mit den Menschen, die hier wohnten, zu tun zu haben schienen.

Wenn Menschen sich trennen, ist das selten ein sauberer Schnitt, sondern meist ein grober und schmerzhafter Riss. Schließlich war die Wohnung gemeinsam gestaltet worden, und der, der blieb, hatte auch immer die Erinnerung an diese Gemeinsamkeit vor Augen. Meine Aufgabe besteht deshalb auch darin, die Elemente zu erkennen, die zu der Kundin gehören. Oft sogar, bevor ihr diese selbst bewusst wurden. Das ist der Voodooanteil meiner Arbeit. Und im Grunde das Wichtigste. Hier würde ich einen mächtigen Voodoo machen müssen.

Im Wohnzimmer lief der Fernseher. Davor saß ein Mädchen von etwa acht Jahren tief in einem Sessel versunken, die Beine baumelten in der Luft. Ich sagte »Hi«, aber sie sah nicht einmal auf. Also ignorierte ich sie.

Ich schaute mich um und dachte: ›Verkrustet.‹

In dieser Wohnung hatten verschiedene Leben ihre Spuren hinterlassen, die überall kleben geblieben waren, so wie Essensreste an einem Teller. Die Tapeten waren mehrfach überstrichen worden. Trotzdem sah man eine waagerechte Linie in zwei Metern Höhe. Bis zu dieser Höhe hatte irgendjemand mal eine andere Farbe aufgetragen. Ein Fensterrahmen war noch in dem Hellbraun gestrichen, das man in den Achtzigerjahren so gerne verwendet hatte. Aus dieser Zeit schien auch das Sofa zu stammen. Und die Fotogalerie an der Wand. Auf einem der Bilder posierte eine deutlich jüngere Sonja Trauernicht barbusig am Strand von Gomera. Vielleicht war der unrasierte Typ neben ihr ja derselbe, der sie samt dem Kind nun zurückgelassen hatte. Aber was ging mich das schon an?

»Findest du Tante Sonjas Brüste schön?«

Ich sah nach unten, die Kleine aus dem Fernsehsessel stand neben mir.

»Sind ganz okay, warum fragst du?«

Sie zuckte mit den Schultern. »Ich kriege bestimmt auch schöne Brüste, wenn ich groß bin.«
»Klar«, sagte ich, »aber wieso Tante? Ich dachte, sie wäre deine Mutter.«
Sie prustete. »Doch nicht Tante Sonja.«
Die Kleine gehörte also zu der Amazone.
»Wie heißt du?«, fragte ich.
»Maja, und du?«
»Johnny.«
»Cool! Hast du ein Motorrad?«
»Ja.«
»Nimmst du mich mal mit?«
»Nein.«
»Warum nicht?«
Warum nicht? Ich versuchte mir die Reaktion der Amazone vorzustellen, wenn ihre Tochter hinter mir auf das Motorrad steigen würde. Es gelang mir nicht wirklich, aber eines war klar: Ich würde jede Menge Ärger bekommen.
»Weil ich nicht glaube, dass deine Mutter das erlauben würde«, sagte ich.
»Mama ist doof.«
Es gibt so Momente, in denen der Fluss des Lebens die Richtung wechselt. Oder auch nicht. Das hängt ganz davon ab, was man tut. Hätte ich jetzt einfach nur »Aha« gesagt und mich wieder um meinen Kram gekümmert, wäre der Fluss wahrscheinlich in seinem Bett weitergeflossen. Ich hätte diesen Job gemacht und wäre danach wieder meiner Wege gegangen. Aber ich war angeknackst, hatte zu viel gegrübelt. Hatte mich nachts mit dem Mond unterhalten, der eine Mondin war. Und Stimmen gehört,

die mir sagten, dass ich irgendwo rübergehen und mich einlassen sollte. Aber musste ich ausgerechnet mit einer Achtjährigen anfangen?

In diesem Moment also änderte ich mein Leben. Mit einem einzigen Wort:

»Warum?«

Dieses Wort schien etwas Eigenartiges mit Maja anzustellen. Ihre Augen wurden groß, ihre Nasenflügel zitterten, und ihre Mundwinkel zogen sich nach unten. Dann quoll es aus ihr heraus wie aus einer aufgeplatzten Frucht.

»Weil Mama nicht wollte, dass wir eine Familie bleiben. Dabei habe ich doch alles gemacht, wie Papa gesagt hat. Aber er hat gesagt, dass ich böse bin, weil Mama nicht zugehört hat. Dann ist er fortgegangen. Ich HASSE sie.«

Die Situation verkomplizierte sich schlagartig. Ich hatte es nicht nur mit einer, sondern mit zwei verlassenen Frauen zu tun. Genau genommen sogar mit drei. Das überforderte selbst mich. In diesem Moment kam die Amazone rein.

»Nanu, worüber redet ihr denn?«, fragte sie misstrauisch.

»Über Tante Sonjas Brüste«, plapperte die Kleine erschrocken drauflos, »und über Motorräder. Johnny hat nämlich …«

»Maja. Geh sofort in die Küche!« Der Blick, mit dem Majas Mutter mich bedachte, hätte einen weniger robusten Kerl bereits ins Jenseits befördert.

»Och, Mamaaa …«

»Maja – sofort!«

Grummelnd schob die Kleine ab: »Ich habe aber keine Lust, in der Küche zu sitzen. Das ist langweilig.«

»Hören Sie«, sagte ich zu der Mutter, als wir alleine waren, »das ist jetzt richtig falsch rübergekommen.«
»Nein«, gab sie kalt zurück und kam einen Schritt auf mich zu. »SIE hören jetzt mir zu.«
Sie beugte sich angriffslustig vor, als wollte sie mir im nächsten Moment ihre Krallen ins Gesicht schlagen. Sie war wirklich groß, fast so groß wie ich.
»Ich habe schon von Ihnen gehört, Johnny Bachmann. Sie tauchen immer dann auf, wenn es den Frauen richtig beschissen geht. Sie pfuschen in ihren Leben herum und kassieren dafür ab. Ich habe Sonja vor Ihnen gewarnt, aber sie will unbedingt, dass Sie den Job machen. Also gut, aber ich werde Sie im Auge behalten. Ich bin Architektin und habe Typen wie Sie schon oft erlebt. Sie werden meine Freundin nicht über den Tisch ziehen. Und Sie werden hier keinen Pfusch abliefern. Dafür sorge ich.«
Auch das noch: eine Architektin! Diese Klugscheißer waren der natürliche Feind aller Handwerker. Kurz durchschoss mich der Gedanke, den Job sausen zu lassen und einfach durch die Prärie zu reiten, bis dieser Mist aus meinem Kopf verschwunden war. Aber ich hatte nicht die Absicht, mir so etwas bieten zu lassen. Außerdem hatte der Halbchinese gesagt, dass das genau der Punkt war, an dem ich ansetzen sollte. »Immer wenn du meinst, abhauen zu müssen, musst du weitergehen. Mach dich gerade, Johnny!« Ich wusste zwar überhaupt nicht mehr, was der Spinner damit meinte, aber eines wusste ich: Von dieser durchgeknallten Else würde ich mich nicht verjagen lassen.
Ich beugte mich ebenfalls vor, sodass wir uns wie zwei Kampfhähne gegenüberstanden.

»Lady«, sagte ich, »Sie können hier überwachen, was Sie wollen. Aber stehen Sie mir dabei nicht im Weg rum. Ich habe einen Job zu erledigen.«

Sie sah mich wütend an. Und erst da fiel es mir auf: Ihre braunen Augen hatten einen grünen Rand. Da wusste ich: Das hier würde nicht einfach werden.

VII

Hella

Die nächsten Tage arbeitete ich noch mit Cornelius und den anderen Jungs im Dachstuhl. Mit Sonja – auch wir waren beim Vornamen und beim Sie geblieben – hatte ich abgemacht, dass ich erst am übernächsten Montag bei ihr anfangen würde. Sie hatte einiges vorzubereiten und zu räumen. Und mir verschaffte diese Zeit die Möglichkeit, meine innere Ruhe zurückzugewinnen. Trotzdem konnte ich nicht verhindern, dass mir die Begegnung mit der Amazone namens Hella im Kopf rumspukte. Und ich muss gestehen, ich war immer noch aufgebracht.

Nach ein paar schweißtreibenden Tagen hatte sich der ganze Aufruhr in mir aber wieder gelegt. Und als ich am Montag mit meinem Werkzeug bei Sonja Trauernicht anrückte, war ich von einer Gelassenheit, um die mich der Dalai Lama beneidet hätte.

Ich hatte beschlossen, mich auf rein handwerkliche Aufgaben zu beschränken. Kein Voodoo, kein behutsames Ergründen verborgener Wünsche und keine rote Clavé-Wand im Schlafzimmer. Sollte doch die Architektin für die Stilberatung sorgen. Solange mir niemand andere Anweisungen gab, würde ich alles in einem strengen Weiß machen.

Vom ersten Moment an trat ich betont nüchtern und wortkarg auf. Und ich bestand darauf, die Türen zu den beiden vorderen Räumen, in denen ich anfangen wollte, geschlossen zu halten. »Wegen des ganzen Drecks, Sie wissen schon.«

»Ja, natürlich«, erwiderte Sonja etwas irritiert, als hätte sie etwas anderes erwartet. »Es ist sowieso schon ein solches Chaos, Sie glauben ja nicht …«

»Ich leg dann mal los«, unterbrach ich sie und warf die Schleifmaschine an. Sie schloss eiligst die Tür hinter sich.

Ein paar Stunden arbeitete ich völlig ungestört vor mich hin. Gegen Mittag hörte ich die Türglocke läuten und vernahm kurz darauf Stimmen im Flur, kümmerte mich aber nicht weiter drum. Ich hatte es mit uralten Kabeln zu tun und einem Putz, der besser an den alten Tapeten als an der Wand haftete. Dann ging mit einem Mal die Tür auf. Als ich mich umwandte, stand da ein Typ, der mich so empört anschaute, als hätte ich ihm gerade einen unanständigen Antrag gemacht. ›Aha, Sonjas Ex‹, dachte ich.

Nun finde ich, dass derjenige, der einen Raum betritt, als Erster Guten Tag sagen sollte. Dieser Ex aber stand einfach nur da. Also guckte ich zurück und sagte ebenfalls nichts.

Der Ex hatte meine Größe, aber deutlich mehr Gewicht. Kräftig, ehemaliger Sportler, allerdings etwas in die Jahre gekommen. Augen, die keinen Zweifel kannten, eklige

Lippen. Er sah aus wie der erwachsen gewordene heißeste Typ der Schule. Ich hatte gerade beschlossen, ihn zu ignorieren und mit meiner Arbeit weiterzumachen, als er doch noch den Mund aufmachte.

»Sie renovieren also«, sagte er und schaffte es, das wie einen Vorwurf klingen zu lassen.

Ich fand, dass das eine ziemlich blöde Frage war. Aber um nicht unhöflich zu sein, brummte ich ein: »Hm.«

Er glotzte mich immer noch an, schien auf irgendetwas zu warten. Langsam fing er an, mir auf die Nerven zu gehen. Darum wandte ich mich wieder meiner Arbeit zu. Sonja und er mussten wirklich ein Spitzenpärchen abgegeben haben.

»Wie lange brauchen Sie denn?«, fragte er dann.

Er hatte das Kinn etwas vorgeschoben. Ich hatte keine Ahnung, was der Typ von mir wollte, aber ich hatte nicht die Absicht, mich vorführen zu lassen.

»Wer, bitte schön, sind Sie?«, fragte ich daher nur.

Mister ehemaliger Schönling lief langsam rot an.

»Hören Sie mal …«, stieß er hervor, aber ich unterbrach ihn.

»Ich werde hier nicht fürs Reden bezahlt, also halten Sie mich bitte nicht von der Arbeit ab.«

Danach ignorierte ich ihn. Er schnaufte noch ein wenig rum. Dann drehte er sich um und knallte die Tür hinter sich zu. Kurz darauf hörte ich auch die Wohnungstür zufallen.

»Arschloch«, sagte ich zu der Wand und verschwendete dann keinen weiteren Gedanken mehr an ihn.

Eine halbe Stunde später ging die Tür wieder auf. Sonjas Kopf ragte durch den Türspalt.

»Ich muss mal kurz ins Büro, bin in zwei Stunden wieder da.«
»Okay.«
»Ach übrigens, Maja ist hinten und macht Hausaufgaben.«
Ich sah von meiner Arbeit auf: »Da habe ich aber nichts mit zu tun, oder?«
»Nein, nein«, beeilte sie sich zu sagen, »natürlich nicht. Es ist mir nur ganz lieb, wenn jemand hier ist, solange ich weg bin. Ihre Mutter holt sie später ab.«
»Ich mach hier nicht den Babysitter.«
»Das brauchen Sie auch nicht. Sie … soll nur nicht allein sein. Die Kleine wird Ihnen nicht in die Quere kommen. Maja macht nie Probleme.«
Ehe ich noch etwas sagen konnte, fiel die Tür hinter ihr ins Schloss. Während ich auf die Stelle starrte, wo Sonja eben noch gestanden hatte, ging mir flüchtig der Gedanke durch den Kopf, dass man nie jemandem trauen sollte, der mit diesem »Kein Problem«-Quatsch ankam. Aber ich machte mir zu diesem Zeitpunkt noch nicht wirklich Sorgen. Im Gegenteil, ich fand, dass ich die Situation bisher ziemlich gut im Griff hatte, und ich war fest entschlossen, cool zu bleiben und diese Geschichte sauber über die Bühne zu bringen. Vielleicht war ich mir etwas zu sicher. Als nämlich der Anschlag kam, traf er mich völlig unvorbereitet.
Ich hockte gerade rittlings auf der Stehleiter und besserte einen Riss über der Tür aus, als diese auf einmal aufgestoßen wurde und mit voller Wucht gegen die Leiter knallte.
»Hey!«, rief ich erschreckt und konnte meine Finger gerade noch in den Spalt hinter dem Türrahmen krallen, um

mich festzuhalten, sonst wäre ich samt Leiter durch die Luft geflogen.
»Was, zur Hölle ...« Ich sah durch den Türspalt nach unten. Dort stand Maja.
»Hallo Johnny«, rief sie fröhlich. »Lass mich rein.«
»Das geht nicht. Ich arbeite, das siehst du doch.«
»Das macht nichts.« Sie quetschte sich durch den Türspalt.
»Solltest du nicht Hausaufgaben machen?«
»Bin fertig.«
Sie sah sich im Zimmer um. »Schon viel besser«, konstatierte sie.
Ich folgte ihrem Blick und sah auf die kahle, scheckige Wand, die herunterhängenden Kabel und auf den Berg alter Tapeten in der Mitte des Zimmers.
»Du hast einen komischen Geschmack«, sagte ich.
Sie ging zu dem Eimer mit dem angerührten Haftputz, steckte die Hand in die Masse und zog einen klebrigen Klumpen raus. »Igitt«, rief sie entzückt.
Mir lag ein ziemlich scharfer Spruch auf den Lippen, irgendein knapper, knallharter Befehl, in dem die Worte »Kinder«, »Baustelle« und deren Unvereinbarkeit vorkamen. Aber in einer überhaupt nicht hilfreichen Überschneidung von Wirklichkeit und Erinnerung sah ich sie wieder mit bebenden Lippen neben mir stehen; ein Mädchen, das nicht verstand, wieso sein Vater fortgegangen war und es zurückgelassen hatte.
›Du verdammtes Weichei‹, schimpfte ich in Gedanken mit mir, während ich die Leiter runterkletterte. Ich nahm ihre Hand, klaubte den Putzklumpen heraus und ließ ihn wieder in den Eimer klatschen. Sie kicherte und wollte

sich gerade bücken, um das Spiel zu wiederholen, aber ich stoppte sie.
»Maja!«, sagte ich deutlich und sah ihr dabei fest in die Augen.
»Ja?«
»Du hast genau zwei Möglichkeiten«, erklärte ich ihr in entschiedenem Ton, »entweder du steckst deine Nase wieder in die Schulbücher«, meine Hand zeigte in Richtung Tür, was ihr gar nicht gefiel, »oder aber du setzt dich dort hin«, jetzt wies ich auf den Farbeimer, der in der Mitte des Zimmers stand, »und bleibst dort. Du kannst reden oder den Mund halten oder in der Nase bohren, aber du bleibst da sitzen.«
»Okay.« Sie ging zu dem Eimer, setzte sich drauf und guckte mich an. »So?«
Ich nickte und machte mich wieder an meine Arbeit. Sie fing an draufloszuplappern, von ihrem Vater, bei dem sie den Sonntag verbracht hatte und der jetzt eine Wohnung mit Terrasse hatte. Übergangslos ging es dann weiter zu ihrer Freundin, neben der sie in der Schule saß, deren Bruder, der Schlagzeug spielte, und zu dem türkischen Gemüsemann an der Ecke, der ein grünes Auto hatte, genauso grün wie die Tapete in ihrem Zimmer …
Ich hörte ihr nicht wirklich zu, es war wie Radio. Nicht wirklich störend, aber auch nicht so, dass man es bedauert hätte, wenn jemand den Stecker rausgezogen hätte. Jedenfalls kam sie mir nicht in die Quere. Vielleicht sagte ich deswegen nichts, als sie in dem Werkzeugkoffer neben ihr rumkramte.
»Was ist das?«, fragte sie und hielt einen Stechbeitel hoch.

Ich zeigte ihr, wie man mit dem Beitel aufgeplatzten Lack und loses Holz entfernen konnte. Das gefiel ihr. Sie redete unverdrossen weiter, während sie am Fenster rumkratzte. Es ging um einen Urlaub an der Ostsee, um ein Boot und Kirschkuchen. Irgendwann nahm ich ihr den Beitel aus der Hand, und sie entdeckte die Acrylspritze. Ich nahm sie ihr weg und gab ihr den Beitel zurück. Zwei Stunden nachdem Sonja mich mit der völlig unproblematischen Maja alleine gelassen hatte, klingelte mein Handy.

»Ich bin hier aufgehalten worden«, erklärte mir meine Kundin in leicht gehetztem Tonfall.

»Macht doch nichts«, gab ich zurück, »ich bin für heute sowieso fast fertig. Wir sehen uns dann morgen.«

»Hat Hella Maja schon abgeholt?«

»Nein.«

In der einen Sekunde, die sie zögerte, bevor sie weitersprach, stieg eine dunkle Ahnung in mir hoch. Bevor ich sie jedoch konkretisieren konnte, redete Sonja auch schon hektisch auf mich ein: »Können Sie nicht noch ein wenig bleiben und auf Maja achten? Sie ist im Moment ein wenig labil, und Hella möchte nicht, dass sie alleine ist, vor allem nicht, wenn sie kurz zuvor bei ihrem Vater war. Selbstverständlich können Sie mir diese Zeit als ganz normale Arbeitszeit in Rechnung stellen. Ich beeile mich und komme so schnell wie möglich zurück.«

»Das werde ich auf kei…«

»Danke, danke, Sie sind toll. Bis später.«

»Hören Sie …« Aber sie hatte die Verbindung bereits unterbrochen. Ich wählte ihre Nummer, sie hatte das Handy abgeschaltet. Das konnte doch wohl nicht wahr sein!

»Kratze, kratze, kleine Katze«, summte Maja.
»Hast du die Telefonnummer deiner Mutter?«, fragte ich sie.
»Klar«, antwortete sie, langte in ihre Hosentasche und zog einen Zettel hervor. Ich wählte die Nummer, die dort notiert war.
»Guten Tag, Sie sprechen mit der Mailbox von …«
Während ich mir die Ansage von Majas Mutter anhörte, stand die Kleine vor dem Fenster und guckte mich an. An ihren Unterarmen und dem gelben T-Shirt hingen ein paar Splitter abgekratzten Lacks, und in ihren Augen stand ein verlorener Ausdruck. So als hätte sie gerade einen Schlag abbekommen. Und als wüsste sie nicht, ob das schon alles war oder ob noch etwas nachkäme. Die Ahnung, die mich bei dem kurzen Telefonat mit Sonja gepackt hatte, verdichtete sich zur Gewissheit: Es lief beileibe nicht so, wie ich es geplant hatte.

»Toll, bei Mama darf ich nie vorne sitzen.«
Ich warf einen Blick auf den Beifahrersitz und wusste sofort, warum. Maja saß so tief unten im Sitz, dass der Sicherheitsgurt sie im Fall eines Crashs vermutlich erwürgt hätte. Und ich hatte auch schon eine ziemlich genaue Vorstellung davon, wer dann als Nächstes erwürgt werden würde. Aber das war mir vollkommen egal. Ich war nämlich sauer. Richtig sauer. Denn Sonja Trauernicht hatte mich reingelegt.
Ich mochte es gar nicht, wenn man mich reinlegte. Und wenn die Gute geglaubt hatte, dass ich jetzt in ihrer Wohnung sitzen bleiben würde, bis sie geruhte, nach Hause zu kommen, hatte sie sich geirrt. Denn eines war klar:

Wenn jemand dich verarschen will, musst du sofort gegensteuern. Sonst macht er es immer wieder. Aber das würde nicht auf dem Rücken der Kleinen ausgetragen werden. Deswegen hatte ich sie mitgenommen.
Ihre Mutter wusste Bescheid, zumindest würde sie Bescheid wissen, wenn sie ihre Mailbox abhörte. Wahrscheinlich würden dann zwar sowohl Majas Mutter als auch Sonja Trauernicht auf mir rumhacken. Aber das war mir auch egal. Dann war eben Schluss, und irgendein anderer aus Cornelius' Truppe konnte den blöden Job zu Ende bringen. Vielleicht war es sogar genau das, was ich mir von dieser Aktion erhoffte.
Maja klappte das Handschuhfach auf und griff zielsicher zu der Ledertasche mit dem Leatherman.
»Was ist das?«
»Etwas, das kleine Mädchen beißt, wenn sie nachgucken.«
Sie kicherte und holte das Kombiwerkzeug hervor. Das war in Ordnung, es würde sie beschäftigen, und die Verletzungsgefahr war relativ gering. Während sie sich die Fingernägel abbrach, um die einzelnen Werkzeuge auszuklappen, und ich ihr erklärte, welchen Zweck diese hatten, freute ich mich schon auf den Moment, in dem ich sie bei Cornelius abliefern würde. Der hatte mir schließlich diesen ganzen Mist eingebrockt.
Der Gesichtsausdruck meines halbchinesischen Kumpels war ungefähr so intelligent wie an dem Abend, als ich mit dem Jaguar in seinen Hof gerollt war.
»Was ist das denn?«, fragte er und zeigte mit dem Finger auf das achtjährige Mädchen an meiner Seite. Maja hatte meine Hand genommen, nachdem wir aus dem Auto gestiegen waren. Johnny-Weichei gefiel das irgendwie.

»Das ist der neue Job, den du mir aufgedrückt hast.«

Seine Augen huschten zwischen mir und dem Mädchen hin und her: »Aber so schnell? Und sie sieht dir gar nicht ähnlich.«

Maja trat einen Schritt vor: »Dir wachsen ja ganz viele Haare aus der Nase.«

Damit hatte sie genau den richtigen Ton getroffen, um sich Cornelius gefügig zu machen. Den Rest erledigte Pia. Neugierig wie eine Katze war sie von den Stimmen angelockt nach draußen gekommen. Die gegenseitige Inspektion der beiden Mädchen dauerte ungefähr zwei Sekunden. In dieser Zeit, so registrierten ich und wohl auch Cornelius, fand offenbar folgender stummer Dialog zwischen ihnen statt:

»Ich bin sechs.«

»Ich bin acht und viel größer.«

»Ich wohne hier und kann dir tolle Sachen zeigen.«

»Welche denn?«

»Hast du Lust, Frisbee zu spielen?«, fragte Pia schließlich.

»Und wie.«

Cornelius und ich sahen den beiden Mädchen hinterher, die sich erst mal den Schuppen mit Pias Spielzeug vornahmen.

»Alter Freund«, sagte Cornelius gewichtig und legte mir die Hand auf die Schulter, »ich denke, wir müssen reden.«

Das war genau der Ton, bei dem ich normalerweise abschaltete oder mich davonmachte. Diesmal aber war es anders.

»Ja«, sagte ich, »das sollten wir. Die Sache ist ziemlich verfahren.«

Wir hockten uns in die Grillecke, und ich erzählte ihm die ganze Geschichte inklusive der Begegnung mit Majas Mutter an der Tankstelle. Zwischendurch bekam ich mit, dass Marita den Neuankömmling entdeckte.

»Wer bist du denn?«

»Ich bin Maja, Johnny hat mich hergebracht.«

Marita sah mit hochgezogener Augenbraue zu mir herüber. Ich hob die Achseln und hielt stumm die Hände in einer hilflosen Geste hoch. ›Ich kann nichts dafür‹, sollte das heißen. Sie verzog halb ungläubig, halb amüsiert das Gesicht.

»Hast du Hunger?«, fragte sie Maja.

»Ja.«

Cornelius schien nachzudenken. Jedenfalls nahm ich an, dass er das tat, weil er nichts mehr sagte.

»Das wird nichts«, sagte er schließlich.

»Sehe ich auch so«, stimmte ich zu. Dann aber fiel mir auf, dass das ziemlich unklar formuliert war.

»Was meinst du damit?«, hakte ich nach.

Cornelius hatte die Arme vor der Brust verschränkt und schaute irgendwohin.

»Also«, begann er zu dozieren, »du und diese Sonja Trauernicht, ihr seid wie Luft und Wasser. Das ist eh schon ziemlich schwierig. Majas Mutter aber ist offenbar Feuer. Das alles zusammen wäre schon heftig genug, um die langnasige westliche Zivilisation wegzublasen. Aber nach allem, was du mir erzählt hast, weiß diese Hella nicht, dass sie Feuer ist. Sie hält sich für Erde. Darum reagiert sie auch falsch. Und aus deiner Sicht als Luftmensch ist die Wasserfrau sowieso immer falsch, obwohl sie im Grunde ihrer Natur treu ist. Wir haben es also mit einer

Wasserfrau zu tun, die folgerichtig falsch ist, und mit einer Feuerfrau, die falsch ist, weil sie nicht weiß, was sie ist.«
Ich versuchte herauszufinden, ob er mich verarschen wollte oder ob er das alles ernst meinte. Nur nebenbei registrierte ich, wie Maja und Pia kreischend hinter Loui herjagten, die wieder einmal mit dem Frisbee im Maul durch die Toreinfahrt auf und davon raste.
»Woher, zum Teufel, hast du diesen Mist?«, fragte ich ihn.
»Laotse«, antwortete er stoisch.
»Das«, sagte ich betont, »glaube ich nicht! Ich habe einiges über Laotse gelesen. So etwas hat der nie gesagt.«
»Willst du einem Chinesen etwas über Laotse erzählen?«
»Du bist nur Halbchinese.«
In diesem Moment hörten wir eine keifende Stimme außerhalb des Tordurchganges. Es war eine Stimme, die auf Chinesisch keifte. Wir hatten beide so eine Ahnung, dass die beiden Mädchen und der Hund etwas getan hatten, was Madame Li nicht in den Kram passte.
»Willst du nicht nachsehen, was los ist?«, fragte ich Cornelius.
»Auf keinen Fall«, gab er zurück.
»Vielleicht bringt sie gerade Loui um«, mutmaßte ich.
Er schüttelte den Kopf. »Unwahrscheinlich.«
»Woher weißt du das?«
»Sie mag kein Hundefleisch.«
Das war nicht wirklich beruhigend.
»Denk dran, du bist für Loui verantwortlich.«
»Mach hier nur keinen Stress.«

»Also, um noch mal auf diese Jobgeschichte zurückzukommen …«
»Ich denke, ich nehme dich da raus«, sagte Cornelius.
»Ähm, ja, prima.« Ich war verblüfft. So einfach hatte ich mir das nicht vorgestellt.
»Es gibt eine einfache Regel«, erklärte er. »In jedem Job tauchen Probleme auf. Das ist normal. Aber wenn die Probleme schon da sind, bevor der Job anfängt, kann es nur noch schlimmer werden.«
Das war der Cornelius, wie ich ihn schätzte, sozusagen die bessere Hälfte des Halbchinesen.
»Ich denke, du hast recht«, sagte ich erleichtert. »Wen willst du darauf ansetzen?«
Er wiegte den Kopf. »Wahrscheinlich Andi.«
Das schien mir eine gute Wahl. Andi war ein smarter Typ, kein Sensibelchen wie ich. Wenn Sonja Trauernicht Andi mit ihrer Masche »Könnten Sie noch ein Weilchen auf die Kleine aufpassen« käme, würde er lächelnd »Nö« sagen und gehen. Andi war genau der Richtige.
»Mann, du kannst dir nicht vorstellen, wie froh ich bin, dass das geklärt ist.« Ich lehnte mich zurück und schaute in den Himmel über unserem Häusergeviert, ein wunderschönes, samtiges Blau, das langsam dunkler wurde. Dann knurrte ganz profan mein Magen.
»Ich mach mir mal ein Sandwich«, sagte ich. »Willst du auch eines?«
Cornelius schüttelte den Kopf. »Bring mir ein Bier mit.«
Ich ging durch die Terrassentür in die Küche von Marita und Cornelius und inspizierte den Inhalt des Kühlschranks. Darin war alles, was ich für ein fünfzehn Zentimeter hohes Sandwich brauchte. Ich war gerade bei der

ersten Lage mit Schinken und Gurken, als ich Stimmen aus dem Nebenzimmer vernahm. Ich linste um die Ecke ins Wohnzimmer und sah Marita und Laura auf dem Sofa sitzen. Sie saßen dicht beieinander, die Knie einander zugewandt.

»Hey«, sagte ich, »ich plündere gerade den Kühlschrank.«

Die Köpfe von Mutter und Tochter fuhren mit einem Ruck zu mir herum. Beide benahmen sich so, als hätte ich sie gerade bei einer konspirativen Sitzung ertappt. Laura hatte tellergroße Augen und leicht gerötete Wangen. Ihre Aufregung schien auf Marita übergesprungen zu sein.

»Bedien dich«, sagte Cornelius' Frau ebenso freundlich wie knapp. Es war offensichtlich, dass ich bei einem Frauengespräch störte.

Ich kümmerte mich also wieder um mein Sandwich, ohne das aufgeregte Tuscheln im Nebenzimmer weiter zu beachten, schnappte mir zwei Bier und ging wieder nach draußen. Auf dem Weg dorthin biss ich mir ein großes Stück aus dem Sandwich, als mir im selben Moment auffiel, dass sich die Situation im Hof entscheidend verändert hatte.

Zwar saß Cornelius immer noch auf der Bank, aber bei weitem nicht mehr so entspannt wie zuvor. Das lag wahrscheinlich an der großen, schlanken Frau, die ihm gegenüberstand. Sie schien sichtlich aufgebracht, hatte die Hände in die Hüften gestützt und war offenbar dabei, Cornelius zur Rede zu stellen. Der sah nur ratlos zu ihr auf.

Es war natürlich Hella, Majas Mutter, die offenbar der Wegbeschreibung, die ich ihr auf der Mailbox hinterlassen hatte, mühelos hatte folgen können. Ich brauchte allerdings ein paar Sekunden, um sie zu erkennen. Sie sah nämlich völlig anders aus, als ich sie in Erinnerung hatte. Bisher hatte ich sie immer nur in einem eher biederen Outfit erlebt. An diesem Abend trug sie jedoch eine leuchtend rote Bluse über einem hellen Rock. Das stand ihr verdammt gut. Tolle Beine hatte sie auch. Aber das war es nicht allein. Vielleicht lag es ja an dem bläulichen Zwielicht der Dämmerung, dass ich für einen kurzen Moment glaubte, Funken in der abendlichen Luft tanzen zu sehen und ein Knistern wie von statischer Energie zu spüren. Da fiel mir ein, was Cornelius vorhin zu mir gesagt hatte: dass sie Feuer war. Und es nicht wusste.

»Ich will auf der Stelle wissen …«, sagte sie gerade mit schneidender Stimme, als Cornelius mich kommen sah und erleichtert aufsprang.

»Jonas«, rief er.

Hella fuhr auf dem Absatz herum.

»SIE!«, fauchte sie mich an. »Wo ist Maja? Was haben Sie mit meiner Tochter gemacht? Was fällt Ihnen ein, sie einfach so mitzunehmen? Ich werde Sie anzeigen. Ich werde dafür sorgen, dass Sie nie wieder in Ihrem Leben ein Bein auf die Erde bekommen …«

Ihre Worte rauschten an mir vorbei wie das Wasser eines reißenden Flusses an einem Felsen. Ich nahm sie kaum wahr. Stattdessen konnte ich nur über die Frau staunen, in die sich Hella verwandelt hatte. Das Unentschiedene und Verkniffene, das ich bei unseren vorangegangenen Begegnungen wahrgenommen hatte, war wie fortgewischt. Ihre schmalen Lippen waren prall, ihre Wangen leicht gerötet. Das Haar, das sonst so brav am Kopf lag, hatte sich regelrecht aufgestellt, Strähnen fielen kreuz

und quer. Doch vor allem waren es die Augen, diese blitzenden Augen, aus denen mich etwas ansprang wie ein verzweifelter Schrei.
Nicht ihre Worte trafen mich, die waren Unsinn, es war dieser lautlose Schrei, den ich bis in mein Zwerchfell hinein zu spüren meinte. Dort löste sich etwas unter dieser Flut, und mit einem Mal fühlte ich mich verwundbar. Das war ein verdammt ungewohntes Gefühl. Ich glaube, dass mein Gefahrenmelder von Grün auf Gelb sprang. Es wurde Zeit, dass ich etwas unternahm. Da schleuderte sie mir erneut die Frage entgegen, mit der ihre Tirade begonnen hatte.
»WO IST MAJA?«
Blöderweise konnte ich nicht sofort antworten. Nicht nur, weil bei mir gerade ein paar Dinge durcheinandergeraten waren, sondern auch, weil ich immer noch den Mund voller Sandwich hatte. Ich würgte den Bissen mühsam hinunter, um endlich reden zu können, als ein schwarzes Fellknäuel aus dem Durchgang gerast kam. Loui hatte etwas im Maul, das ich nicht identifizieren konnte, aber ich war mir sicher, dass sie vor irgendjemanden floh. Und ich wusste auch, vor wem. Immer noch schluckend, zeigte ich mit dem Sandwich zum Durchgang und sagte: »Bah.«
Hella wandte sich um, und in genau diesem Augenblick kamen Pia und Maja in den Hof gerannt.
»Halt, Loui!«, schrie Pia.
»Maja!«, rief Hella.
»Hallo Mama«, antwortete Maja.
Loui schlug einen Haken, blieb stehen und wartete mit listigem Gesichtsausdruck, bis die Mädchen kehrtge-

macht und sie fast erreicht hatten. Sie hatte eine Puppe im Maul, eine chinesische Puppe. Dann sauste sie unter Tisch und Bank hindurch ins Gebüsch. Die Mädchen sprangen kreischend hinterher.
»Maja!«, rief Hella noch mal, aber nicht mehr ganz so aufgebracht und nicht mehr ganz so energisch.
»Hören Sie«, begann ich, um ihr endlich zu erklären, was eigentlich los war. Sie wandte sich mir zu, verwirrt, aber nicht mehr verzweifelt. Dennoch hatte ihr Blick die Kraft, mich wieder auf eine Weise zu berühren, die mir unheimlich war. Ehe ich weitersprechen konnte, hallte mit einem Mal die schrille Stimme von Madame Li aus dem Durchgang.
Cornelius' Mutter kam schimpfend und schreiend in den Hof gewieselt. Loui schoss aus dem Gebüsch hervor, raste haarscharf an Madame Lis Füßen vorbei über den Hof und verschwand hinter dem Schuppen. Madame Li zeigte schimpfend auf den Hund, als er schon längst wieder verschwunden war. Da kamen Pia und Maja aus dem Gebüsch gestolpert und rannten ebenfalls an Madame Li vorbei. Die versuchte sie aufzuhalten, war aber viel zu langsam. Immer noch schimpfend sah sie sich nach einem neuen Opfer um. Und fand Cornelius.
Sofort ging sie auf ihn los, baute sich vor ihm auf und überzog ihn mit einem chinesischen Redeschwall. Cornelius versuchte, ebenfalls auf Chinesisch, sie zu beruhigen. Das klappte aber nicht. Er wurde lauter, sie wurde lauter. Binnen kurzem hatten sich die beiden richtig in der Wolle.
Diese Ablenkung kam mir ganz recht. Während ich den beiden streitenden Chinesen zuschaute und Hellas Ge-

genwart neben mir immer noch beunruhigend intensiv wahrnahm, versuchte ich rauszukriegen, was mit mir los war. Bei dem Gezeter konnte ich aber keinen klaren Gedanken fassen. Also entschloss ich mich, erst mal meinen Spruch loszuwerden.

»Ihre Freundin Sonja hatte mich gebeten, auf Maja aufzupassen«, erklärte ich Hella von der Seite, »und da habe ich sie mit hierher genommen. Das ist alles.«

Sie antwortete nicht, aber ich spürte ihren Blick auf mir ruhen, und darum erwiderte ich ihn. Diesmal hatte ich den Eindruck, dass mich ihre Augen förmlich abtasteten. Als hätten sie etwas vor sich, das sie noch nicht kannten. Es war ein sehr naher Blick. Und obwohl er immer noch ein wenig aufwühlend war, ließ ich sie schauen. Dann vernahm ich Maritas Stimme.

»Was ist denn hier los?«

Hella und ich wandten uns ihr zu.

»Hallo, Sie müssen Majas Mutter sein«, sagte Marita und stellte sich vor.

»Ja, hallo«, sagte Hella verwundert und ergriff die ihr dargebotene Hand.

Maritas Augen huschten kurz zwischen Hella und mir hin und her, ich merkte, dass ihr etwas auf der Zunge lag, aber dann kümmerte sie sich erst mal um ihre immer noch streitende Familie.

»Cornelius«, rief sie ungeduldig.

Er verstummte sofort. Madame Li redete zwar noch etwas weiter, aber als sie merkte, dass ihr niemand mehr zuhörte, hörte auch sie auf.

»Wo sind die Mädchen?«, fragte Marita ihren Mann.

Bevor er antworten konnte, vernahmen wir die aufgereg-

ten Stimmen auf der anderen Seite des Schuppens. Dann kam auch schon das schwarze Wollknäuel wieder um die Ecke gefegt.
»Loui!«, rief Marita.
Der Hund bremste auf der Stelle ab und sah zu der Quelle dieser energischen Stimme auf.
»Aus!«
Zögernd legte Loui die Puppe ab. Marita hob sie auf und gab sie Madame Li, die missmutig und leise grummelnd an ihr herumzupfte. Dann kamen die Mädchen angerannt, völlig außer Atem, aber selig. Beide fingen sofort an zu erzählen.
»Stop, stop«, rief Marita, »langsam, der Reihe nach.«
Immer noch heftig atmend, übernahm Pia den Hauptteil der Geschichte und erzählte, wie Loui im Laden von Madame Li die Puppe geklaut hatte und die Mädchen versucht hatten, ihr diese wieder abzujagen. Was den Hund natürlich nur noch mehr anspornte und zu der wilden Verfolgungsjagd führte, die schließlich vor Maritas Füßen endete. Hella hatte Maja mit leichter Geste in die Arme genommen und strich ihr über das Haar. Die Kleine schien es kaum zu merken. Ihr ging es gut, das war nicht zu übersehen. Und auch die Mutter war mit der Welt offensichtlich wieder im Reinen. Für mich gab es nichts mehr zu tun. Ich ging zu Cornelius, der ein wenig abseitsstand, und gab ihm sein Bier.
»Puh«, meinte der nur, als er den Verschluss aufploppen ließ.
Wir betrachteten die fünf Frauen, die dabei waren, mit Gesten und Worten einen Kokon der Gemeinsamkeit zu spinnen. Eigentlich waren es sogar sechs Frauen, denn

auch Loui stand mit hochgerecktem Kopf dabei und schien daran mitzuwirken. Dann kam die siebte, und die gesamte Situation änderte sich noch einmal.
Laura schritt in den Hof, als beträte sie eine Bühne. Seit jenem Abend, an dem ich den Catwalk mit ihr geübt hatte, bewegte sie sich anders als vorher, fraulicher und sich ihrer Wirkung bewusst. Ich fragte mich unwillkürlich, ob Hella sie wiedererkennen würde? Zwar war sie nicht mehr so aufgedonnert wie an der Tankstelle, doch das lange schwarze Haar in Verbindung mit diesem Gang musste eigentlich etwas bei Majas Mutter klingeln lassen.
Ich konnte Hella von meinem Standort aus im Halbprofil sehen. Sie hielt Maja umfasst, deren Kopf an ihrem Bauch lehnte, und lächelte gerade über etwas, das Marita sagte, als sie Laura erblickte. Das Lächeln gefror, wieder runzelte sie die Stirn. Offenbar kam ihr das junge Mädchen bekannt vor.
»Ist hier eine Party im Gange?«, fragte Laura und lächelte die fremde Frau an. Und in deren Gesicht zog langsam das Erkennen ein.
Sie zögerte einen winzigen Moment, bevor sie Lauras Hand ergriff und deren Lächeln erwiderte. Dann zuckte ihr Kopf zu mir herum. Sie sah erneut Laura an, dann mich. Ich verzog keine Miene, um mein Vergnügen an dieser Situation nicht erkennen zu lassen. Dabei stellte ich mir vor, wie Hella die Situation wohl zu deuten versuchte. Wenn ich wirklich der Typ war, der sich mit einem Teenager rumtrieb, warum war ich dann mit den Eltern befreundet? Trieb ich etwa ein heimliches Spiel? Ihr Blick verriet mir, dass sie mir so viel Durchtriebenheit nun doch nicht zutraute. Oder waren etwa die Eltern

damit einverstanden? Nein, auch das schien undenkbar. Hella betrachtete Laura, dann Marita und zuletzt wieder mich. ›Tja‹, dachte ich mit einer etwas boshaften Genugtuung, ›dann bleibt nur noch die Möglichkeit, dass du dich geirrt hast, nicht wahr?‹
Offenbar war dieser Tag auch für Hella anders verlaufen, als sie es erwartet hatte.

Als ich eine halbe Stunde später die Treppen zu meiner Wohnung hinaufstieg, befand ich mich in einem Zustand angenehmer Mattigkeit. Hella und Maja hatten sich in friedlicher Stimmung verabschiedet, ich hatte in Ruhe mein Sandwich aufgegessen und Bier getrunken, während Marita und Laura erzählten, dass sie eine Party planten. Cornelius hatte erwartungsgemäß protestiert und war ebenso erwartungsgemäß überredet worden.
Als Marita danach begann, neugierige Fragen über Hella und Maja zu stellen, hatte ich mich verabschiedet. Ich hatte keine Lust, darüber zu reden, ich hatte nicht einmal Lust, darüber nachzudenken. Für den Moment reichte es mir, dass ich diesen Job mit all seinen Komplikationen und merkwürdigen Empfindungen abhaken konnte. Ab morgen konnte Andi sich mit verlassenen Frauen, empörten Schwachköpfen und verwaisten Kindern rumschlagen.
Als ich vor meiner Wohnungstür ankam, war ich mir sicher, alle Probleme hinter mir gelassen zu haben.
Jedenfalls bis zu dem Moment, da ich den Schlüssel ins Schloss steckte.
Ich weiß noch, dass ich mich fragte, wieso es so merkwürdig roch. Dann bemerkte ich, dass ich die Tür nicht aufzuschließen brauchte. Sie war schon offen.

Als ich in den Flur trat, ahnte ich schon, was los war. Das Licht war an. Der Geruch kam aus der Küche. Dort brannte auch Licht. Ich warf meinen Schlüssel auf den kleinen Tisch neben der Tür und ging in die Küche.
Sie saß am Tisch. Das karierte Hemd, das sie trug, gehörte mir. Ihre nackten Beine hatte sie auf die Tischplatte gelegt, die Fußnägel waren rot lackiert. Neben ihrem Arm stand ein Glas, halb voll mit einer goldgelben Flüssigkeit. Mein Whisky. Ihre schulterlangen Haare waren noch nass, sie hatte einen Joint in der Hand. Den hatte ich schon im Treppenhaus gerochen.
Ich holte mir ein Glas aus dem Schrank, schenkte mir aus der Flasche ein und setzte mich ihr gegenüber an den Tisch.
»Hallo Sam«, sagte ich.
Sie nahm einen Zug von dem Joint, inhalierte tief und reichte ihn mir dann über den Tisch. Als sie den Rauch wieder ausstieß, grinste sie.
»Hallo Bruderherz.«

VIII

Sam

Kannst du nicht wie andere Leute anrufen, bevor du kommst?«, fragte ich sie und lehnte den Joint mit einem Kopfschütteln ab.
»Sei kein Spießer, Jonas.«
»Und wenn ich jetzt mit einer Freundin hier angekommen wäre?«
Ihre Augen weiteten sich interessiert: »Hast du denn eine?«
Ich verneinte. »Und was ist mit dir?«
»Er heißt Jake und ist Australier.«
»Und wo ist Jake?«
»In Australien, wo sonst?«
Wir mussten beide lachen. »Scheiße, Jonas, ich weiß auch nicht, warum ich immer an den gleichen Typen hängen bleibe.«
Wir prosteten uns zu. »Schön, dich wiederzusehen, Kleines«, sagte ich.
»Ich freue mich auch, Jonas.«
Schon während wir tranken, kriegte ich mit, dass da etwas nicht stimmte. Schließlich kannte ich meine kleine

Schwester. Sie war nicht nur hier, um ihrem großen Bruder mal wieder einen Besuch zu machen.

»Jonas?«, sagte sie mit einer Stimme, in der das zittrige Herz eines kleinen Mädchens mitklang.

»Ja?«

»Ich glaube, ich muss mich jetzt ausheulen.«

Das tat sie dann auch, und zwar ausgiebig. Ich nahm sie in den Arm, und während sie ihre Tränen und ihren Schnodder an meinem Hals verteilte, blickte ich über ihre Schulter nach draußen. Das Licht verriet mir, dass da irgendwo eine halbe Mondin herumkroch. Ich war mir sicher, dass sie uns suchte. Von Herzschmerz und Liebeskummer wurde sie angezogen wie die Mutter aller Motten von der süßesten aller Lichtquellen.

Als Sam sich ausgeweint hatte, erzählte sie mir von Jake, einem Burschen mit breiten Schultern, blondem Haar und einem harten Outbackgrinsen. Sie flog sofort auf ihn, er war die Sorte Cowboy, auf die Sam immer wieder reinfiel. Als sie wieder zu sich kam, stand sie in einer Flughafenhalle. Draußen, jenseits der Scheiben, hob gerade ein Flieger von der regennassen Startbahn ab.

Ich hörte mir an, wie sie von Berlin, Paris und Rom erzählte und von dem, was er ihr in jeder Stadt von neuem versprach. Sie glaubte ihm jedes Wort, obwohl sie schon längst wusste, dass sie ihm nichts mehr glauben sollte. Aber so ist es nun mal, wenn man von seinem eigenen Herzen verarscht wird.

Während ich ihr zuhörte, dachte ich an meine eigene Dummheit und dass auch ich mal einem Traum hinterhergelaufen war, nur um dann im Regen zu stehen. Der Unterschied zwischen mir und Sam war, dass sie es immer wieder von neuem versuchte, während ich es einfach aufgegeben hatte. Und bei diesem Gedanken fragte ich mich, wer von uns beiden wohl der größere Idiot war.

Mit einem Mal merkte ich, dass sie mich so komisch anschaute.

»Jonas?«

»Ja.«

»Erzähl mir endlich, was damals passiert ist. Bitte!«

Ich dachte ein Weilchen darüber nach. Es war keine Geschichte, die ich gerne erzählte. Genau genommen hatte ich sie noch nie jemandem erzählt. Aber vielleicht war es ja an der Zeit. Und vielleicht war Sam auch genau diejenige, die sie hören sollte. Immerhin hatte sie einen Teil davon mitbekommen. Es hatte ihr nicht gefallen.

»Also gut«, sagte ich.

Samantha war gegen Lydia gewesen. Das zumindest musste ich meiner Schwester zugutehalten. Auch wenn es zum Bruch zwischen uns geführt hatte.

»Sie ist nicht gut für dich, Jonas«, sagte sie damals, als sie mir ebenfalls an einem Küchentisch gegenübersaß. »Bei Frauen erkenne ich das. Ich wünschte, es wäre bei Männern auch so.«

Ich hatte nicht auf sie gehört. Was mit Lydia und mir passierte, war einfach zu groß. Da war kein Platz für Zweifel. Und schon gar nicht für Zweifler. Sam hatte mich damals nur traurig angesehen, als ich zornig reagierte. Vielleicht verstand sie besser als jeder andere, was mit mir los war, und brach deswegen den Kontakt nicht ab. Noch nicht.

Vier Wochen nach unserer ersten Begegnung zogen Lydia und ich zusammen. Damit begann ein Jahr, das auch durch die nachfolgenden Ereignisse bis heute nichts von seiner Leuchtkraft eingebüßt hat. Wir waren nicht nur Liebende, wir waren wie Kinder, für die die Welt noch einmal auf Anfang gesetzt wurde. Alles war neu, auch das, was wir schufen. In dieser Zeit malte ich Bilder, in denen ich Lydias Energie spürte. Und mit den von mir skizzierten Köpfen gewannen ihre Skulpturen eine bis dahin unerreichte Kraft.

Eines Tages wurde ein mit unserem Professor befreundeter Galerist auf Lydias Arbeiten aufmerksam. Er wollte ihr eine Ausstellung ausrichten. Da war sie, die Chance, auf die wir gewartet hatten. Nun arbeitete Lydia Tag und Nacht im Atelier. Es war klar, dass ich ihr den Rücken frei hielt und den Alltag regelte. Umgekehrt würde es doch genauso laufen. Das zumindest erklärte ich Sam, als sie mich fragte, wieso ich mein Studium vernachlässigte und wieso ich nicht mehr malte.

»Dass ich nicht lache«, erwiderte sie, »ich sehe deine Süße schon vor mir, wie sie sich krumm schuftet, damit du Bilder malen kannst.«

»Mein Gott, Sam, gib ihr doch eine Chance.« Es war für lange Zeit das letzte Mal, dass wir miteinander sprachen. Und das lag nicht nur daran, dass sie kurz darauf mit einem Typen namens Mickey nach Südafrika abhaute.

Schließlich kam der große Tag der Ausstellungseröffnung. Lydia war unglaublich aufgeregt. Ich blieb im Hintergrund, es war ihre Show. So sah ich sie dort stehen, zwischen ihren schneeweißen Skulpturen mit den dämonischen Köpfen und auf die Gäste warten.

Die nicht kamen.
Zwei Stunden nach Ausstellungsbeginn trudelte eine Gruppe Partygänger herein, trank den Prosecco weg und machte ein paar blöde Witze. Die hörte wohl der anwesende Journalist vom »Abendblatt« und verwendete sie in seinem Artikel. Ich glaube, an diesem Tag zerbrach etwas in Lydia. Sie verlernte das Lachen, und ihre grünen Augen funkelten nicht mehr. Oft schloss sie sich in ihrem Atelier ein und war für niemanden mehr zu sprechen, auch für mich nicht. Ich hatte ohnehin andere Sorgen.
Wir hatten alles auf die Ausstellung gesetzt, und nun wurde das Geld knapp. In der Küchenschublade stapelten sich die Rechnungen, und Lydia war noch nicht wieder so weit, dass sie Jobs annehmen konnte. Es hing an mir, aber ich kam nicht gegen die Schulden an. Da meldete sich Daniel bei mir.
Ich kannte Daniel aus Amsterdam. Er hatte die Figur eines Preisboxers und das Naturell eines Bohemiens. Woher das Geld kam, das er bündelweise in seinen Taschen trug, habe ich ihn nie gefragt. Er erzählte mir, dass er ein paar Edelkarossen nach Marokko bringen wollte. Und dass er dafür noch einen Fahrer bräuchte. Abnehmer hätte er bereits, es wäre alles wasserdicht. Und die Bezahlung fürstlich.
Ich hatte kein wirklich gutes Gefühl dabei. Aber ich hatte keine Wahl. Das Geld aus diesem Job würde uns schlagartig von unseren Sorgen befreien. Zumindest von denen, die sich mit Geld aus der Welt schaffen ließen. Für die anderen hatte ich noch kein Rezept.
Lydia sah mich nur stumm an, als ich ihr von der Sache erzählte. Ihr Gesicht war blass und ihre Augen waren von

einem stumpfen Grau. Es tat mir weh, sie so zu sehen. Als ich ging, saß sie am Küchentisch. Ich erinnere mich noch heute an den Blick, mit dem sie mich verabschiedete.
Die Reise war wie eine Befreiung. Ich genoss die Landschaft, die wir durchfuhren, das gute Essen und die Unbeschwertheit, mit der die Tage ausklangen. Ja, ich begann wieder durchzuatmen, und es tat verdammt gut. Leider war das auch schon das Beste an dem ganzen Trip.
In Marokko ging es nämlich gründlich schief. Daniels honorige Abnehmer saßen im Knast. Wie es schien, waren sie den Leuten, die im Riff-Gebirge den Haschischhandel kontrollierten, in die Quere gekommen. Die waren zwar durchaus an den Autos interessiert, hatten aber sehr eigenwillige Auffassungen, was die Bezahlung betraf. Es lief darauf hinaus, dass uns nach einigen Wochen, die wir in kakerlakenverseuchten Hotelzimmern zugebracht hatten, der Gegenwert der Autos in Grünem Marokkaner angeboten wurde. Ich verzichtete dankend auf meine vier Kilo und machte mich im Bus auf den Heimweg.
Drei Tage dauerte die Tour, und als ich völlig erschlagen zu Hause ankam, fand ich einen Zettel an unserer Wohnungstür. Er war nicht von Lydia. Der von Lydia lag auf dem Küchentisch. Das Schreiben an der Tür war offiziell. Die Feuerwehr der Stadt informierte mich, dass sie gezwungen gewesen war, meine Tür aufzubrechen, da offenbar mein Waschmaschinenschlauch geplatzt und das dabei ausgetretene Wasser durch die Decken der unter mir liegenden Wohnungen gesickert war. Es stellte sich heraus, dass auf diese Weise ein Schaden von fünfund-

zwanzigtausend Euro entstanden war. Leider befand sich unter den unbezahlten Rechnungen in der Schublade des Küchentisches auch die der Haftpflichtversicherung. Mittlerweile waren noch zwei Mahnungen dazugekommen und die anschließende Kündigung.
In dem Brief von Lydia stand, dass sie einen Neuanfang bräuchte. Sie schrieb, dass sie mich liebte. Aber dass diese Liebe sie nun daran hindern würde, ihre Flügel zu entfalten. Sie wäre überzeugt, dass auch ich mich nur verwirklichen könnte, wenn wir getrennte Wege gingen. Für immer die Deine und so weiter. Es half mir nicht wirklich weiter.
Während ich mit Lydias Brief in der Hand aus dem Fenster glotzte und mir überlegte, ob es nicht das Beste wäre, einfach rauszuspringen, drangen Geräusche aus der Wohnung unter mir in mein Bewusstsein. Ein Hämmern, Bohren und Gelächter, anscheinend waren die Handwerker da unten zugange. Ich ging runter. Immerhin würde ich das bezahlen müssen. Der Typ im Blaumann, der mir die Tür aufmachte, hatte entschieden zu gute Laune. Außerdem sah er irgendwie asiatisch aus. Hätte ich gewusst, dass das mein neuer Arbeitgeber werden würde, wäre ich vermutlich wirklich aus dem Fenster gesprungen.

Nachdem ich meine Geschichte beendet hatte, schwiegen wir beide eine Zeitlang. Irgendwann, während ich erzählte, hatte Sam das Licht ausgemacht, und wir saßen im Halbdunkel. Nun schauten wir beide aus dem Fenster und hingen unseren Gedanken nach.
Samantha war ein paar Monate nach diesen Ereignissen aus Südafrika zurückgekehrt. Sie hatte ein Weilchen ge-

braucht, bis sie mich gefunden hatte. Ich war mittlerweile in die Dachgeschosswohnung bei Cornelius umgezogen. Sie erwähnte Lydia mit keinem Wort, und ich fragte nicht nach Mickey. Ein paar Wochen lang waren wir froh, dass wir uns wiederhatten, dann fingen wir an, uns auf die Nerven zu gehen. Irgendwann kam ich nach Hause, und ihre Sachen waren nicht mehr da. Ich machte mir keine Sorgen, sie würde wiederkommen. Sie hatte meinen Schlüssel mitgenommen. Und nun war sie wieder da.

Schließlich wandte sie sich mir zu: »Was ist aus Daniel und seinen Autos geworden?«

Ich schnaubte aus.

»So, wie es aussieht, habe ich wenigstens in Marokko das Richtige getan. Eine Woche nach meiner Abreise wurde Daniel wegen Drogenhandels verhaftet. Er hat drei Jahre bekommen. Ich habe nie wieder etwas von ihm gehört.«

»Und von Lydia?« Ihre Stimme war kaum mehr als ein Hauch.

Ich schüttelte den Kopf: »Von der auch nicht.«

Wir schauten beide wieder aus dem Fenster. Der Mond guckte zurück.

»Hurenmond«, sagte Sam.

Ich und die Mondin nahmen es ihr nicht übel. Sam meinte es nicht so.

IX

Maja

Am nächsten Morgen um halb acht traf ich Cornelius neben seinem Lieferwagen.
»Was willst du denn?«, fragte er mich.
»Arbeiten. Wo geht's hin?«
»DU gehst zu Sonja Trauernicht, die Wohnung fertigmachen.«
»Ich denke, ich soll raus aus dem Job«, sagte ich verdutzt.
»Geht nicht«, meinte er knapp und stieg in sein Auto. »Ich brauche Andi im Dachstuhl. Du schaffst das schon.«
»Cornelius, was soll das? Du hast doch selbst gesagt ...«
»Jonas, sei nicht so eine Mimose. Mach deine Arbeit und denk dran: Unsere Existenz ist nur eine Spiegelung in einer Wasserpfütze.«
Darauf fiel mir natürlich nichts ein. Um diese Uhrzeit war ich noch nicht so schnell. Was er aber dann sagte, verschlug mir vollends die Sprache.
»Außerdem kommt der Befehl von ganz oben.«
Er warf den Motor an und ließ mich in einer Dieselwolke

stehen. Nach einer angemessenen Weile des Staunens klappte ich meinen Unterkiefer wieder nach oben und machte mich auf den Weg. Ich war in keiner guten Stimmung.
Als ich schließlich vor der Tür von Sonja Trauernicht angekommen war, hatte sich diese Stimmung so weit hochgeschaukelt, dass ich regelrecht darauf hoffte, sie würde mir mit einem blöden Spruch kommen, damit ich sofort alles stehen und liegen lassen konnte. Um es ihr zu zeigen. Und Cornelius, diesem verräterischen Hund. Und allen anderen auch.
Ich klingelte. ›Nur ein falsches Wort‹, dachte ich.
Schritte näherten sich der Tür.
›Zieh dein leidendes Gesicht‹, dachte ich, ›gib mir das Gefühl, dass ich an deinem Unglück schuld bin. Da stehe ich drauf. Bin voll der Maso-Typ.‹
Der Sicherungsriegel wurde zurückgeschoben.
Los, mach mir einen Vorwurf. Sag mir so etwas wie: »Dass sie Maja mitnehmen, wäre ja nicht nötig gewesen.«
Die Tür öffnete sich.
Sag es mir in diesem »Ich bin wirklich sehr gekränkt«-Quengelton.
Sonja sah mich groß an.
»Ich glaube, ich habe gestern eine Dummheit gemacht«, sagte sie.
Verdammt!
»Es tut mir leid. Sie haben allen Grund, sauer zu sein.«
Verdammt! Verdammt! Verdammt!
»Ist schon in Ordnung. War ja halb so wild.«
Du dämliches Weichei!
»Puh«, machte sie, während sie mich einließ, »jetzt bin ich aber froh. Hella hat mir gestern noch ziemlich die

Leviten gelesen. Ich habe Kaffee fertig, haben Sie schon gefrühstückt?«

»Ähm, nein, aber Kaffee reicht. Ich brauche morgens immer ein Weilchen, ehe ich feste Nahrung zu mir nehmen kann.«

Ich ging ins vordere Zimmer, das immer noch aussah, als hätte eine Bombe eingeschlagen. Eine Minute später kam sie mit dem Kaffee an.

»Süß und schwarz, stimmt's?«

Ich nickte. Dann fing sie noch mal an, mir zu erklären, wieso sie gestern nicht rechtzeitig wieder da war, aber ich beruhigte sie. Es sei alles okay, sagte ich ihr, weil mir das jetzt ein bisschen zu viel Zuckerguss war.

Als ich endlich allein war, stellte ich mich ans Fenster. Unten schob sich gerade ein Linienbus mit einem Millimeterabstand an unordentlich geparkten Autos vorbei.

Was um alles in der Welt sollte das heißen: Außerdem kommt der Befehl von ganz oben?

Ich wurde den ganzen Tag kein einziges Mal gestört. Na ja, was heißt schon gestört? Sonja kam zweimal an und fragte, ob ich etwas bräuchte. Sie brachte mir Wasser, Kaffee und sogar Kekse. Ansonsten gab es keinerlei Unterbrechungen. Obwohl ich ständig auf der Hut war. Als ich einmal an der Tür arbeitete, war ich sogar darauf gefasst, dass sie mir jemand gegen den Schädel knallen würde. Aber es geschah nichts. Das hätte mir gefallen sollen. Aber so war es nicht. Jedenfalls nicht ganz.

Das fiel mir auf, als ich nach der Mittagspause, die ich in einem kleinen Lokal in der Nähe verbracht hatte, in die Wohnung zurückkam. Ohne dass es mir klar gewesen war, hatte ich irgendwie damit gerechnet, Maja anzutreffen. Oder Hella. Oder beide. Aber es war niemand da, nicht mal Sonja. Ich arbeitete weiter und sagte mir, dass das auch gut so war. Aber irgendetwas wurmte mich. Vielleicht hatte ich ja erwartet, dass Hella, ähnlich wie Sonja am Morgen, vor mir stehen würde und mit zerknirschtem Gesichtsausdruck eingestand, dass sie sich in mir getäuscht hätte. Und dass ich in Wirklichkeit doch ein ganz prima Kerl wäre.

An diesem Punkt meiner Überlegungen war ich kurz davor, mir selbst den Vogel zu zeigen. Was war bloß los mit mir? Etwas verbissen bereitete ich die Grundierung vor. Dabei kam mir der gestrige Abend in den Sinn. Oder eher bestimmte Momente des gestrigen Abends. Hellas Gesicht zum Beispiel, als sie vor mir stand und mich anfauchte. Oder die Funken, die ich um sie herum hatte tanzen sehen. Am meisten aber beschäftigte mich die Art, in der sie mich angeschaut hatte. Und noch immer spürte ich das Rumoren, das dieser Blick in meinen Eingeweiden ausgelöst hatte. Das war zwar nervig, aber nicht wirklich unangenehm. Allerdings löste es noch ein paar andere Gefühle aus. Und die waren sehr unangenehm.

Nun war es nicht so, dass mich das pausenlos beschäftigte. Mit den Händen zu arbeiten war meine Art von Meditation. Dabei brauchte ich meine Bewegungen nicht bewusst zu steuern, die Hände wussten, was sie zu tun hatten. Und der Geist folgte ihren Bewegungen, wachsam zwar, aber auch entspannt. Es war mein Mittel gegen unnütze Grübelei. So zogen sich die Ereignisse des Vorabends, die Missverständnisse und Aufgeregtheiten nach und nach in eine hintere Ecke meines Denkens zurück, zwar noch vorhanden, aber nicht mehr so, dass ich ständig darüber stolperte.

Als ich meine Sachen schließlich zusammenpackte, um Feierabend zu machen, waren nur noch zwei Bilder in dieser Gerümpelecke deutlich erkennbar. Auf dem einen umtanzten kleine Funken eine Frau in einer roten Bluse. Ein Bild voller Spannung, in dem sich die nächste Bewegung schon erahnen ließ, so als hielte es die Haltung vor dem Sprung fest.

Das zweite Bild war ruhiger. Es zeigte ein Mädchen im gelben T-Shirt. Es hatte kleine, weiße Splitter an den Armen, einen Stechbeitel in der Hand, und in ihren Augen stand die Angst vor dem Alleinsein.

Ich ließ diese beiden Bilder, wie sie waren. Sie berührten mich, aber auf eine ungewohnte Weise. Es dauerte ein Weilchen, bis ich begriff, warum. Als es mir dann einfiel, musste ich über mich selbst lachen. Kein Wunder, dass ich nicht gleich darauf gekommen war. Schließlich war es schon verdammt lange her, dass ich darüber nachgedacht hatte, wie ein Bild zu komponieren war, bevor ich den ersten Pinselstrich auf die Leinwand setzte.

Das war natürlich Unsinn. Bilder zu malen gehörte zu dem Teil meines Lebens, der schon lange abgeschlossen war. Trotzdem konnte ich nicht anders, als auf dem Nachhauseweg darüber nachzudenken, wie ich es anstellen würde, diese beiden Motive auf einer Leinwand entstehen zu lassen. Eigenartigerweise frustrierten mich diese Gedanken nicht, wie es noch ein oder zwei Jahre zuvor der Fall gewesen wäre. Im Gegenteil, als ich zu Hause ankam, war ich in einer gelösten, zufriedenen Stimmung.

Ich freute mich auf einen Abend mit Sam. Vielleicht würden wir zusammen kochen. Oder essen gehen. Oder ins Kino. Oder einfach nur rumhängen. So wie früher. Da hingen wir oft rum. Unsere Eltern waren viel unterwegs gewesen, mal in Katmandu, mal in Chile. Sie hatten kein blödes Hippietreffen ausgelassen. Na ja, wenigstens hatten Sam und ich jede Menge Freiraum gehabt. Zwar würde meine kleine Schwester sicher bald wieder verschwinden, aber bis dahin würden wir uns eine gute Zeit machen.

Im Wohnzimmer lief ziemlich laut afrikanische Makossa-Musik, Gute-Laune-Musik. Ich musste grinsen, weil es ein komisches, aber auch schönes Gefühl war, nach Hause zu kommen, und da war etwas los. Dann hörte ich Stimmen aus der Küche. Offenbar hatte sich Marita oder eines der Mädchen bereits meiner Schwester angenommen. Ich hatte mit dieser Vermutung nur zur Hälfte recht. Es war tatsächlich ein Mädchen.

Aber es war weder Laura noch Pia.

Sam lehnte an der Spüle, die Arme verschränkt, und sah mir amüsiert entgegen. Am Küchentisch saß fröhlich grinsend Maja.

»Hallo Johnny«, krähte sie.

X

Hella

Du kannst doch nicht so einfach von zu Hause abhauen«, sagte ich und zog mein Telefon hervor.

Maja sah nicht so aus, als ob sie das einsah.

»Kann ich nicht hierbleiben?«

»Das geht nicht, Kleine. Aber wir denken uns etwas aus, okay?«

»Versprochen?«

»Versprochen.«

Ich bemerkte, wie Sam mich mit hochgezogenen Augenbrauen betrachtete.

»Was?«, fragte ich sie. Sie schürzte nur die Lippen. Aber sie brauchte auch nichts zu sagen, ich wusste ja selbst, dass ich mir gerade ein Problem aufgehalst hatte. Versprochen heißt versprochen.

»Komm«, sagte ich, »ich bringe dich nach Hause.«

Während Maja sich mit einer Umarmung von Sam verabschiedete, wählte ich Hellas Nummer. Sie nahm beim ersten Rufzeichen ab.

»Raten Sie mal, wer sich hier bei meiner Schwester mit Schokoladenpudding vollgestopft hat!«

»Gott sei Dank«, stieß Majas Mutter hervor. »Ich hole sie sofort ab.«
»Nicht nötig, bin schon unterwegs.«
Ich ließ mir die Adresse geben und nahm Maja an der Hand. Bevor ich jedoch die Wohnung verließ, sagte ich noch zu Sam: »Du bist die Heldin. Ich lade dich zum Essen ein.«
»Steak«, meinte sie nur und malte mit den Händen einen etwa pizzagroßen Kreis in die Luft, »so groß.«
»Ich bin in einer Dreiviertelstunde zurück«, verkündete ich und schob Maja durch die Tür.
Es wäre natürlich einfacher für mich gewesen, die Kleine abholen zu lassen, aber aus einem Impuls heraus hatte ich mich für diesen Weg entschieden. Wie so oft wurde mir erst hinterher klar, warum. Zum einen musste ich noch etwas mit Maja klarmachen, und zwar unter vier Augen. Sie hatte Sam nicht erzählt, dass sie ausgebüxt war. Darum hatte die es für völlig normal gehalten, dass da auf einmal ein Mädchen zum Puddingessen in meiner Wohnung aufgetaucht war. Sam dachte, es wäre eines der Mädchen aus dem Hof. Dass eine Achtjährige zu solchen Methoden griff, war ziemlich ungewöhnlich. Ich brauchte kein Studium der Psychologie, um zu kapieren, dass da irgendetwas in dieser kleinen Seele ganz schön durcheinander war.
Aber war das mein Problem? Eigentlich nicht.
War es nötig, etwas zu tun?
Ja.
Gab es jemand anderen, der das tun konnte?
Anscheinend nicht. Sonst wäre Maja ja nicht zu mir gekommen.

So viel dazu.
Dass ich sie jetzt nach Hause brachte, hatte aber noch einen anderen Grund: Ich wollte nicht, dass das alles in meiner Wohnung ablief. Sich um die Probleme anderer Menschen zu kümmern war eine Sache. Sich diese Probleme ins Haus zu holen eine ganz andere. So, wie ich es jetzt anpackte, konnte ich jederzeit entscheiden, wann des Kümmerns genug war. Damit konnte ich wesentlich besser umgehen.
»Was war denn los?«, fragte ich sie, als wir im Auto saßen.
»Nichts. Wo ist der Laserman?«
Ehe ich kapierte, was sie meinte, hatte sie bereits den Leatherman aus dem Handschuhfach gekramt. Dann ging sie die einzelnen Funktionen durch. Ich staunte, an wie viele sie sich erinnerte. Dafür kamen neue Fragen hinzu: »Was sind Kreuzschlitzschrauben?«
Irgendwann hatte ich das Gefühl, dass sie mir auswich. Darum hakte ich nach: »Was wolltest du denn bei mir?«
»Ist Sam deine Freundin?«
»Nein, meine Schwester.«
»Ich habe keine Schwester«, seufzte sie und starrte aus dem Fenster. Ich sah ein, dass ich auf dem direkten Weg nicht weiterkam.
»Woher wusstest du eigentlich, wo ich wohne?«, fragte ich sie.
»Hat mir Pia erzählt.«
Also an dem Abend im Hof. Mich wunderte, dass die beiden bei dem ganzen Herumgetobe überhaupt noch Zeit dazu gefunden hatten, über so etwas zu reden.
»Du hättest wohl gerne jemanden wie Pia als Schwester?«

»Hm«, nickte sie.
Das war es also. Ihre Eltern getrennt, Mutter berufstätig, dann noch so eine komische Tante wie Sonja Trauernicht. War bestimmt kein lustiges Leben. Kein Wunder, dass sie sich nach Gesellschaft sehnte.
»Na, damit, Pia zur Schwester zu haben, haut es wohl nicht mehr hin, aber ihr könnt doch Freunde sein. Deine Mutter hat bestimmt nichts dagegen, wenn du manchmal zu uns kommst und mit Pia spielst.«
»Und mit Loui.«
»Genau, und mit Loui. Aber hör mal, du kannst nicht einfach so von zu Hause ausbüxen, wenn du zu Pia, Loui oder mir willst. Das geht nicht.«
Wir waren vor ihrem Haus angekommen. Ich parkte ein und stellte den Motor aus. Maja wippte mit dem Fuß.
»Okay?«, fragte ich sie, weil sie noch nicht geantwortet hatte.
»Okay«, machte sie.
»Gut.«
»Hast du eine Freundin?«, fragte sie da.
»Was …« Ich hatte gerade aussteigen wollen, als sie mich damit überraschte.
»Nein. Wieso?«
»Warum nicht?«
»Na, hör mal, was geht dich das an?«
»Bist du schwul?«
»Hey, jetzt reicht es aber. Weißt du überhaupt, was das ist?«
»Ja, das ist, wenn Jungs sich küssen.«
»Also, ich küsse keine Jungs. Bist du jetzt zufrieden?«
»Ja«, rief sie und sprang aus dem Auto.

Eine unendlich erleichterte Hella öffnete uns die Tür. Maja rief nur »Hallo Mama« und hüpfte ohne einen Funken Reue oder schlechten Gewissens in den Flur. Ich war froh, dass ihre Mutter keinen Stress veranstaltete.
»Möchten Sie nicht einen Moment reinkommen?«, fragte sie.
Ich winkte ab: »Das ist nicht nötig, ich …«
»Bitte, nur einen Moment.«
Ich war nicht ganz unbefangen, als ich ihr im Flur gegenüberstand, was vielleicht daran lag, dass ich sie und die Wohnung mit dem Auge des Profis zu sehen begann. Das fiel nicht schwer, denn es war die Wohnung einer Frau, die vor nicht allzu langer Zeit verlassen worden war. Und ich begann auch zu ahnen, was mit der Kleinen los war. Denn in dieser Wohnung sah ich nicht nur die Ruinen einer gescheiterten Beziehung, diese Wohnung war ein einziger Alptraum.
»Danke, dass Sie Maja zurückgebracht haben«, sagte sie.
Ich nickte nur, weil ich versuchte, mit der Fülle von Eindrücken fertig zu werden, die auf mich einstürmten. Was war hier los? Der Eingangsbereich, in dem wir standen, war groß, ein etwas langgezogenes Rechteck von fast zwanzig Quadratmetern. Hohe Decke, Stuck. Drei Türen führten zu den vorderen Räumen und ein schmalerer Flur führte nach hinten, Hamburger Schnitt. In einer Ecke stand ein großer Schrank, ihm gegenüber eine Garderobe, darunter Berge von Schuhen und Stiefeln. Spuren einer Achtjährigen, ein bunter Schulranzen, ein Fahrradhelm, eine Kinderzeichnung an der Wand. Darüber stand »Papa ist der Beste«, jeder Buchstabe in einer anderen Farbe.

»Ich habe vielleicht ein wenig überreagiert, als wir uns in Sonjas Wohnung ... begegnet sind.«
Es gab Lücken, ja. Die Garderobe quoll nicht über, wie sie es meinem Gefühl nach hätte tun müssen, Haken waren frei. Das Schlüsselbrett war halb voll. Zwei Streifen Tesafilm zwischen den Türen, dort hing mal etwas. Zwei Türen waren offen, in einem Raum war ein länglicher Tisch mit dicker Holzplatte zu sehen, der andere war leer. Nein, nicht leer. Von dort kam es.
Oder?
Zumindest war es dort am stärksten, aber es war nicht nur dort. Es hockte auch in den anderen Zimmern, es flüsterte aus den Wänden, es kam den langen Flur entlanggekrochen, der nach hinten führte. Es saß in jeder Lücke. Es war überall.
»Ich hatte ziemlichen Stress in letzter Zeit, gerade auch wegen Maja ...«
Was, zur Hölle, war hier los? Ich spürte geradezu körperlich, wie irgendetwas an mir saugte. Mir meine Kraft nehmen wollte.
»Ihr Vater hat sie gestern von der Schule abgeholt. Sie sollte bei ihm bleiben.«
Hier war nicht nur einfach ein Typ abgehauen. Hier hatte jemand Macht ausgeübt, und diese Macht wirkte immer noch.
»Aber dann hat er Maja bei Sonja abgeliefert, weil er keine Zeit hatte.«
Aber warum wirkte sie auch auf mich? Weil sie genau das war, wogegen ich mich mein Leben lang gewehrt hatte?
»Ich hatte mein Handy abgeschaltet, weil ich den ganzen Nachmittag über eine Besprechung hatte.«

Jetzt erkannte ich, wie sie auch an Hella saugte und ihr die Kraft nahm. Sie wusste es nur nicht.
»Sonja reichte sie dann an Sie weiter. Weil es nicht anders ging. Aber am Ende waren nur noch Sie da, und ich war fürchterlich wütend.«
Jetzt begriff ich, warum die Kleine einen Knall hatte. Weil hier alle einen Knall hatten.
»Es tut mir leid, Sie haben sich großartig verhalten.«
Ich war ganz ruhig jetzt. In Hellas Augen war der kleine grüne Kranz um die Pupille herum fast nicht zu sehen. Ihr Gesicht zeigte ihre Verletztheit und gleichzeitig die Härte, mit der sie kämpfte. Es rührte mich.
»Wissen Sie was?«, sagte ich schließlich. »Pia und Maja verstehen sich gut. Sie könnte doch einfach ab und zu bei uns reinschauen.« Ich wiegte den Kopf und schnalzte mit der Zunge. Es war ein Laut, mit dem ich diese böse Stille stören wollte. »Und meine Schwester macht einen super Schokoladenpudding.«
Ihr Gesicht entspannte sich etwas, sie lächelte sogar.
»Das wäre schön. Maja hat wenige Freunde.«
Ich nickte nur, denn es hatte sich so angehört wie: Ich habe wenige Freunde.
»Also«, sagte ich, »ich geh dann mal.«
»Ja«, erwiderte sie, »und danke nochmals.«
Das war der Moment, in dem ich mich hätte umdrehen und abhauen können. Aber obwohl ich ihr nichts schuldete, wäre das zu billig gewesen. Das Eingeständnis, einen Fehler gemacht zu haben, war ihr sicher nicht leichtgefallen. Nun war es an mir, auch ihr entgegenzukommen. Bei diesem Gedanken schoss mir kurz durch den Kopf, sie einfach zu küssen. Weil sie so wund war und so

wunderschöne Lippen hatte. Aber ich verkniff es mir gerade noch. DAS war mit Sicherheit nicht die richtige Art des Entgegenkommens.

»Ich danke Ihnen«, sagte ich stattdessen, »für Ihre Offenheit. Ich hatte schon angefangen, mich wie ein Arschloch zu fühlen.«

Als sie lachte, ging die Sonne auf. All das Miese, das die Luft geschwängert hatte, zog sich griesgrämig in die Ecken zurück. Nur kurz, aber es war ein erster Sieg.

»Also gut«, sagte sie und streckte mir die Hand entgegen. »Fangen wir noch mal neu an. Ich bin Hella.«

Ihre Hand fühlte sich gut an.

»Ich bin Johnny«, sagte ich.

Nachdem die Tür hinter mir ins Schloss gefallen war und ich die Treppen runterging, dachte ich, dass es hier eines richtig dicken Voodoos bedurfte. In dieser Hütte hauste nämlich ein ganz fetter Scheißdämon.

»So, Sir Galahad, nun erzähl mir doch mal, wen du diesmal retten willst.«

Ich betrachtete fasziniert das gigantische T-Bone-Steak, das meine kleine Schwester bestellt hatte.

»Wie kannst du ein halbes Rind essen und nicht fett werden?«, fragte ich ungläubig.

»Ordentlich futtern, ordentlich saufen, ordentlich ficken. Du hast meine Frage nicht beantwortet.«

»Ich erledige nur meinen Job«, sagte ich und machte mich über mein Lammfilet her.

Sie beugte sich vor und stierte mich an: »Hallo, ich bin es, Samantha, deine Schwester.«

»Ja, okay«, gestand ich ein und begann zu erzählen. Da-

bei holte ich etwas weiter aus, weil sie ja etliches nicht wusste.
»Und wer ist dieser Johnny?«, fragte sie.
Da musste ich noch mehr erzählen. Sie amüsierte sich königlich.
»Und da wunderst du dich, wenn du in Schwierigkeiten gerätst?«, fragte sie prustend.
»Was soll das? Das ganze Leben besteht aus Schwierigkeiten. Oder willst du mir etwa erzählen, dass du auf ein Leben ohne Schwierigkeiten aus bist?«
Das ließ sie eine Zeitlang nachdenklich auf ihrem Fleisch herumkauen.
»Nee«, sagte sie schließlich, »je mehr man ihnen aus dem Weg geht, desto hartnäckiger kleben sie sich einem an die Hacken. Ich weiß, wovon ich rede. Also, was willst du tun?«
Das war eine gute Frage. Ich wusste es nämlich nicht. Sam bedachte mich mit einem Schießschartenblick.
»Sag mal, zwischen dir und dieser Hella, läuft da was?«
Mein erster Impuls war, dies vehement abzustreiten. Aber dann wurde mir klar, dass das genau die Frage war, um deren Beantwortung ich mich seit gestern Abend herumdrückte. Sam hatte schon immer ein Gespür für das Wesentliche gehabt.
»Ich weiß es nicht«, antwortete ich nach einer Weile.
»Willst du mich verarschen?«
»Nein, das ist mein Ernst. Ich gebe zu, dass sie mir gefällt, aber ich kann das alles nicht mehr auseinanderhalten. Ich habe andauernd mit Frauen zu tun, die gerade verlassen wurden. Sie sind unsicher und dünnhäutig. Manchmal rühren sie mich, dann versuche ich dieses Gefühl beiseite-

zuschieben, damit ich meine Arbeit machen kann. Und manchmal sehen sie in mir ein wenig mehr als nur den Handwerker. Es wäre einfach, das auszunutzen. Aber dazu müsste ich wahrscheinlich anders gestrickt sein.«

»Heißt das, da läuft nie etwas zwischen dir und deinen Kundinnen?« Sam wirkte an diesem Thema ziemlich interessiert.

»Doch, schon, aber seltener, als du es dir wahrscheinlich vorstellst.«

»Hm, gut, ich glaube, ich weiß, was du meinst. Du willst nicht den schmierigen Abräumer machen. Das ist ja auch in Ordnung, aber diese Hella ist doch gar nicht deine Kundin.«

»Richtig, aber sie hat mich über eine Kundin kennengelernt, und sie selbst ist auch eine frisch verlassene Frau. Es ist das gleiche Spiel.«

»Und was spricht dagegen, dass Hella eine der wenigen Ausnahmen ist, mit denen du … na, du weißt schon was, machst?«

Bei der letzten Formulierung deutete sie mit einem kurzen Wackeln des Oberkörpers eine Kopulationsbewegung an. Ich musste lachen.

»Zwei Dinge sprechen dagegen. Erstens ist sie nicht der Typ für ein bisschen Du-weißt-schon-was.«

»Sicher?«

»Ganz sicher. Aber selbst wenn ich unrecht habe, reicht zweitens aus: Mein Kompass sagt mir, dass es das nicht ist.«

Sam kaute nachdenklich. Von dem Steak war schon mehr als die Hälfte verschwunden, von der Ofenkartoffel auch.

»Na gut, und was sagt dir dein Kompass stattdessen?«

»Das ist es ja. Er kommt damit nicht klar. Er hat mir bisher immer zwei Richtungen anzeigen können, einmal: Halt dich raus. Oder: Hier kannst du mal kurz loslassen. Bei der Frau mit der roten Aura zeigt er beides an.«

Sam sah mich groß an und vergaß sogar zu kauen.

»Was für eine rote Aura?«

Ich griff nach dem Weinglas, um Zeit zu gewinnen. Das mit der roten Aura war mir einfach rausgerutscht.

»Keine Sorge«, sagte ich dann, »ich werde jetzt nicht zum Spinner. Es gab nur so einen Moment gestern Abend, an dem ich mir … ähm …«

»Jaah?«

»Ich habe mir heute kurz überlegt«, erklärte ich eilig, »wenn ich sie malen würde, dann … wäre da etwas Rotes um sie rum. Oder an ihr dran. Oder irgendwie so.«

Ich holte mal kurz Luft und widmete mich wieder meinem Lamm. Nach einer Weile merkte ich, dass es mir gegenüber ziemlich still war. Sam starrte mich an, in ihrem Mund steckte, der Ausbuchtung ihrer linken Backe nach zu urteilen, immer noch ein Stück Fleisch.

Sie kaute es durch und schluckte es runter, was mich irgendwie an die Szene mit dem Sandwich gestern Abend erinnerte.

»Du wolltest sie *malen?*«, fragte sie schließlich ungläubig.

»Quatsch«, gab ich zurück, »das ging mir nur so durch den Kopf.«

Sam lehnte sich zurück und griff nach ihrem Bierglas. Sam trank nie Wein, nur Bier. Und Whisky. In ihrem Weltbild war Wein nur etwas für Schwule. Und für Weicheier wie mich.

»Das ändert einiges«, sagte sie dann.
»Mach da jetzt keinen Wind von«, wehrte ich ab. »Es war nur ein Gedanke, der mir durch den Kopf ging, mehr nicht.«
»So ein Gedanke ist dir aber ziemlich lange nicht mehr durch den Kopf gegangen.«
»Worum ging es in diesem Gespräch noch mal?«
»Okay, lassen wir das erst mal.« Sie nahm den Rest ihrer Kompanieportion in Angriff. »Also, ich fasse jetzt mal zusammen: Da ist eine Frau, von der du nicht genau weißt, was du von ihr willst, und auch nicht, was sie von dir will. Dann ist da ein kleines Mädchen, das dir irgendwie hinterherrennt und unbedingt mal mit Johnny Motorrad fahren will.«
»Hat Maja das gesagt?«
»Hm, hat sie. Abgesehen also von einer Frau mit roter Aura und einem Kind, das Himmel und Hölle in Bewegung setzt, damit du ihm Aufmerksamkeit schenkst, haben wir es mit einem unglaublich begabten Maler zu tun, der seit Jahr und Tag irgendwelchen Frauen den Dreck aus der Wohnung schafft, nur weil ihn vor ein paar Jahren eine Schlampe mit grünen Augen total verarscht hat. Ist es vielleicht das, worum es in diesem Gespräch geht?«
Ich legte mein Besteck beiseite. Mir war der Appetit vergangen.
»Das geht zu weit, Sam«, sagte ich mit ziemlich ruhiger Stimme.
Sie schob ihr Reststück Fleisch auf dem Teller hin und her.
»Ich weiß«, sagte sie leise, ohne aufzuschauen. »Es macht mich nur so wütend.«

Ich war sofort wieder besänftigt. Meine kleine Schwester hatte immer ein wenig zu mir aufgeschaut und den tollen Kerl in mir gesehen. Da war es verzeihlich, dass sie mir ein Talent zuschrieb, das ich meinem eigenen Urteil nach so nicht besaß. Fakt war jedoch, dass ich Sam liebte und nicht wollte, dass wir uns noch einmal zerstritten.

»Ich räume nicht einfach nur Dreck aus Wohnungen«, begann ich ihr also zu erklären. »Ich bin derjenige, bei dem die verlassenen Frauen zulassen, dass ich ihnen helfe. Sie sind wund und enttäuscht. Ich lasse ihnen das. Ich lasse sie in Ruhe. Ich helfe ihnen einfach nur bei dem ersten Schritt nach dem Schlag. Und ich kann ihnen helfen, gerade weil ich mich nicht weiter auf sie einlasse. Weil ich nicht in ihren Kummer eintauche. Weil ich nicht Teil ihres Schmerzes bin.«

Ich trank von meinem Wein, was Sam als Aufforderung zu betrachten schien, ihr Mahl fortzusetzen.

»Lass es mich so sagen«, sagte ich dann, »ich bin der Bühnenarbeiter, der zwischen zwei Akten die Kulissen umbaut. Wenn der Vorhang hochgeht, muss ich wieder von der Bühne sein. Ich bin nicht Teil des Stückes, und ich will es auch gar nicht sein.«

»Aber was ist mit dieser Hella?«

»Ich weiß es nicht. Vielleicht tut sie mir nur leid, das geschieht schon mal. Vielleicht tut mir auch die Kleine leid, vielleicht bin ich auch einfach nur mürbe geworden von all diesen traurigen Augen, die alle zu viel geweint haben. Ich kann ihnen nicht das geben, wonach sie sich sehnen, nicht einer Einzigen. Ich bau nur um. Das ist alles. Wenn der nächste Akt beginnt, bin ich wieder weg.«

Sam legte das Besteck beiseite, von dem Steak war nur

noch ein Stück Knochen übrig. Sie lehnte sich zurück und nahm ihr Bierglas, trank allerdings nicht. Sie betrachtete mich über den Rand ihres Glases hinweg. Ich sah ihr an, dass sie sich das, was ich gerade gesagt hatte, durch den Kopf gehen ließ. Das war eine ihrer Qualitäten, sie hörte zu.

Schließlich leerte sie ihr Bier mit einem Zug, wischte sich den Schaum von den Lippen und sagte:

»Alles schön und gut. Aber was ist mit der Kleinen? Du hast ihr etwas versprochen. Was also, Johnny, willst du tun?«

Ich überlegte kurz, dann sagte ich: »Ich schätze, ich werde mal mein Motorrad rausholen.«

Sam rülpste.

Das Gespräch mit meiner manchmal so dummen und dann wieder so überaus klugen Schwester hatte mir tatsächlich geholfen.

»Warum lässt du es nicht einfach geschehen?«, hatte sie noch gefragt, bevor wir uns schlafen legten.

Darauf fiel mir lange nichts ein.

»Weil mich genau das mal richtig in Schwierigkeiten gebracht hat«, erwiderte ich dann. Aber das hörte sie nicht mehr. Vom Sofa im Nebenzimmer kamen nur noch die tiefen Atemzüge einer Schlafenden. Und der Mond hatte sich auch versteckt. War mir egal, die blöde Scheibe hätte mich eh nur ausgelacht.

Die nächsten Tage blieben ruhig, keine Hella, keine Maja. Das war mir nur recht, so hatte ich Zeit, mir einen Plan zurechtzulegen. Um nicht wieder von den Launen des Schicksals überrascht zu werden. Ich hatte nämlich we-

nig Grund, auf das Schicksal zu vertrauen, ebenso wenig wie auf meine Gefühle.
Ein Ergebnis meines Nachdenkens war, dass ich die Finger von der Dämonenwohnung lassen wollte. Welche Macht auch immer da hauste, es war nicht meine Baustelle. Ich fühlte mich allerdings nicht ganz wohl dabei. Immerhin gab es da die Frau in Rot und diesen kleinen Sperling. Wenn ich wirklich Sir Galahad gewesen wäre, hätte ich nicht zugelassen, dass die beiden einem Drachen …
Genau das war meine Macke: Rette die Jungfrau. Was für ein Mist. Wütend vergrub ich mich in meiner Arbeit. Und langsam entstanden die beiden vorderen Zimmer in Sonjas Wohnung neu. Das beruhigte und befriedigte mich. Wahrscheinlich merkte ich deswegen nicht, dass der Dämon aus Hellas Wohnung mich längst im Visier hatte. Aber er war klug. Er ließ sich Zeit, lauerte im Verborgenen und wartete auf seine Chance. Natürlich war ich es selbst, der sie ihm lieferte.

Teil zwei

Jonas merkt nichts

Denn das ist Liebe! Sorg, eh' sie entschwindet.

Charles Baudelaire

XI

Segen

Der Himmel über dem Strand von St. Peter-Ording war von einem blassen Blau. Darin tanzten Drachen, mehr oder weniger geschickt geführt von denen, die die Steuerleinen hielten. Der, den ich besonders im Auge behielt, hatte die Form eines Sperbers mit nicht besonders naturgetreu gemalten feuerroten Flügeln. Der Sperberdrachen zappelte ein wenig unsicher hin und her, seine Flugkünste wirkten unbeholfen. Dennoch, für eine Anfängerin machte sich Maja gar nicht schlecht.

Hella war überrascht und erfreut gewesen, als ich sie am Abend zuvor angerufen hatte. Dass ich mit Maja eine Motorradtour machen wollte, ließ sie zwar etwas zögern, aber ich konnte sie beruhigen. Ich würde ganz besonders umsichtig fahren, zur Not auf dem Radweg. Das brachte sie zum Lachen.

»Ich muss gestehen, dass Sie meine Rettung sind«, gestand sie dann. »Ich habe morgen einen wichtigen Termin in Hannover, und Majas Vater kann sie leider nicht zu sich nehmen.«

Das kam anscheinend häufiger vor. Ich fragte mich im Stillen, wozu der Penner eigentlich gut war. Aber natürlich hütete ich mich, irgendetwas zu sagen. Das war, gemäß meinem weisen Entschluss, ganz entschieden nicht meine Angelegenheit. Dass es da eine Instanz in meinem Inneren gab, die sowohl meine Weisheit als auch meine Entschiedenheit mit gewissermaßen skeptisch gelüpfter Augenbraue betrachtete, versuchte ich zu ignorieren. Der Tag war zu schön, um ihn mit Grübeleien zu verbringen.

Ich ließ mich nach hinten zurücksinken, stützte mich mit den Ellbogen im Sand der Düne ab und suchte mit zusammengekniffenen Augen den Feuervogel. Er begann langsam ruhiger zu fliegen. Wie es aussah, bekam Maja das Steuern zunehmend in den Griff. Wir hatten ein Weilchen zusammen geübt, ehe ich sie sich selbst überlassen hatte. Ich schätze, mittlerweile hatte sie sogar vergessen, dass es mich überhaupt gab.

Eine warme Brise wehte von der See her. Ich schloss die Augen und nahm den Geruch des Meeres wahr, von Salz und Tang und allem, was in seiner Weite lebte und verging. Dieser Geruch stieß kleine Türchen in meinem Gedächtnis auf. Erinnerungen tauchten auf an all jene Momente, die ich schon am Meer erlebt hatte, sodass die Brise auf diese Weise auch meinen Geist durchwehte. Ich liebte das Meer mit seinen Gerüchen und seiner Unberechenbarkeit. Wir sahen uns nicht besonders häufig, aber ich musste es immer in der Nähe wissen. Und gerade an einem Tag wie diesem tat es mir besonders gut, seine Nähe auch zu spüren. In mir sah es nämlich keineswegs so eindeutig aus, wie ich es meiner Schwester gegenüber dargestellt hatte. Und das war mir klar geworden, als ich Hella wiedergesehen hatte.

Zwar hatte ich nur Maja abholen wollen. Für einen kleinen Ausflug, weil ich es ihr versprochen hatte. Immer wieder hatte ich mir gesagt, dass ich das keineswegs tat, um ihre Mutter zu treffen. Nur ein Ausflug, die Kleine hätte eine schöne Zeit, ich hätte mein Versprechen eingelöst, und das wäre es. Trotzdem war ich ziemlich aufgeregt, als ich vor Hellas Haus stand. Und als sie dann die Tür öffnete ... Verdammt, sie hatte tolle Augen. Und erst dieses Lächeln. Ich weiß nicht mehr genau, was ich da so alles gesagt hatte, aber ich glaube, es ist ziemlich dummes Zeug gewesen. Doch das war gar nicht so schlimm, es waren die Bilder von Hella, die mein Gedächtnis bewahrte. Und ich genoss es unglaublich, sie immer wieder hervorzuholen und bis ins kleinste Detail zu erkunden.
Wieder strich eine leichte Böe über mein Gesicht. Sie trug die hellen Stimmen der Kinder vom Strand zu mir herüber, und da begann sich das, was ich eben noch wirklich gesehen hatte, hinter meinen immer noch geschlossenen Augen neu abzuzeichnen. Gezielt suchte ich nun die Farben zusammen, die zu diesem Motiv gehörten: das tiefe Blau des Wassers mit seinen weißen Schaumkronen, darüber der Himmel. Das grelle Licht der Sonne ließ sein Blau verwaschen wirken. Darunter lag der Strand. Dessen sandiges Ocker wies unendlich viele Schattierungen auf. Darauf die kleinen Figuren der Menschen, bunt und agil. Die tanzenden Drachen und im Vordergrund, hier, wo die Düne anstieg, einige Büschel blassgrünes Strandgras. Und langsam wurde mir klar, dass ich gerade in Gedanken ein Bild vorbereitete.
Obwohl es mich drängte, mein inneres Bild mit dem äußeren zu vergleichen, hielt ich die Augen weiter geschlos-

sen. Es bedurfte mehr als nur des Sichtbaren, um einem Bild Leben einzuhauchen. Darum ließ ich weiter die Stimmen, den Wind und den Geruch des Meeres auf mich wirken. Und die Wärme, die ich nicht nur auf der Haut zu spüren meinte, sondern auch im Blut, das durch meine Adern floss. All das würde mir helfen, wenn ich das Bild irgendwann einmal würde malen wollen.

Irgendwann einmal?

Ach, verdammt. Warum nicht gleich? Ich zog die Tasche heran und holte den Zeichenblock raus, den ich im letzten Moment doch noch mit eingepackt hatte. Den Block auf den Knien, den Bleistift in der Hand, spähte ich den Strand entlang. Schon suchte ich die Konturen, die Linien. Und legte los.

Nach der fünften Skizze hörte ich, wie jemand meinen Namen rief.

»Johnny!«

Überrascht sah ich auf. Maja, in ihrer kurzen Strandhose und dem gelben T-Shirt, kam, mit ausgestreckten Armen die Leinen des Drachens haltend, auf die Düne zugehüpft.

»Guck mal.«

Gekonnt ließ sie den Drachen ein paar schöne Achten drehen.

»Nicht schlecht«, sagte ich. Sie hatte sich offenbar einiges von den anderen Drachenführern abgeguckt, denn jetzt ließ sie den Feuervogel in einen Sturzflug übergehen und fing ihn erst kurz vor dem Boden wieder ab.

»Wow«, rief ich, »du bist ein Naturtalent.«

Sie strahlte mich an, lief seitwärts ein paar Schritte auf mich zu, und da passierte es.

Sie stolperte über irgendetwas, verlor das Gleichgewicht und ließ im Fallen die Leinen des Drachens los. Der schoss sofort mit dem Wind in die Höhe. Ich sprang auf, um ihn wieder einzufangen, als mich ein schmerzerfüllter Laut mich Maja zuwenden ließ.

»Aua«, rief sie und hielt sich das Knie.

Ich lief zu ihr und sah, dass sie auf einen Stein gefallen war, der dort aus dem Sand ragte.

»Lass mal sehen«, sagte ich und zog ihre Hände beiseite. Die Haut seitlich der Kniescheibe war aufgerissen, es blutete, sah aber nicht wirklich schlimm aus.

»Was ist?«, fragte sie weinerlich und etwas ängstlich.

»Eine Schramme«, antwortete ich, »halb so wild.«

»Und mein Drachen?«

Wir schauten beide nach oben. Der Drachen war nur noch ein roter Fleck am Himmel. Undeutlich sahen wir die Leinen in der Luft pendeln. Ich zuckte mit den Schultern. »Irgendein Kind wird ihn finden und sich freuen. Und du bekommst einen neuen.«

»Genau so einen?«, fragte sie schniefend.

»Einen schöneren.«

»Okay«, sagte sie unglücklich und sah dem Drachen hinterher.

Ich kramte in meiner Tasche nach einem Pflaster. So etwas sollte man immer dabeihaben bei einem Ausflug.

»Wie sieht es aus?«, fragte ich, nachdem ich die Wunde gesäubert und mit einem großen Pflaster versehen hatte. »Hast du Hunger?«

»Ja, ich will Pommes.« Sie weinte schon nicht mehr. Tapferes Mädchen.

»Wie wäre es mit Krabben?«

»Bäh.«
Wir packten unsere Sachen zusammen und zogen zur Strandpromenade. Dort verputzte sie zwei komplette Krabbenbrötchen.
»Ich denke, du magst keine Krabben«, fragte ich.
»Mag ich auch nicht. Kriege ich jetzt Pommes?«
Staunend sah ich zu, wie sie auch noch eine Ladung Pommes mit Ketchup wegfutterte. Die Kleine war vom gleichen Stamm wie meine Schwester.
Wir waren gerade dabei, uns für den Rückweg anzuziehen, als mein Handy klingelte. Es war Hella.
»Wie geht es den Strandräubern?«, fragte sie.
»Großartig«, sagte ich. »Wir haben einen Drachen verloren und Krabben mit Pommes gegessen.«
Ich warf einen prüfenden Blick auf das Pflaster, ob da vielleicht Blut durchsickerte, aber es schien in Ordnung. Also gab ich Maja mit einem Nicken zu verstehen, dass sie sich ihre Jeans überziehen konnte.
»Das hört sich gut an«, sagte Hella glucksend. »Ich bin für heute mit der Arbeit fertig und fahre jetzt nach Hause.«
»Alles klar, wir wollen auch gerade los.«
»Gut, ähm, was meinen Sie, wir könnten doch …« Sie klang ein wenig unsicher. »Also, ich kann ja etwas Kuchen besorgen und uns einen Kaffee machen.«
Ich zögerte etwas mit der Antwort, nicht weil ich das für eine schlechte Idee hielt, sondern weil es mich überraschte. Und weil ich noch nie zu Kaffee und Kuchen eingeladen worden war. Jedenfalls nicht, soweit ich mich erinnern konnte. Anscheinend aber missverstand Hella diese Pause.
»Ich meine«, fügte sie eilig hinzu, »nur wenn Sie nichts anderes vorhaben. Ich dachte nur …«

»Nein. Prima Idee. Kuchen finde ich großartig.« Das war zwar gelogen, aber manchmal ist die Wahrheit vollkommen unangebracht.

»Kuchen?«, fragte Maja hellhörig.

»Du kannst unmöglich schon wieder Hunger haben.«

»Natürlich nur, wenn Sie Zeit haben.«

»Was für Kuchen?«

»Das weiß ich doch nicht. Hören Sie«, sagte ich wieder ins Telefon, »Maja will wissen, was für einen Kuchen es gibt.«

»Ich weiß nicht. Was will sie denn?«

»Was willst du?«

»Schokokuchen.«

»Auf keinen Fall«, kam prompt die Stimme aus dem Telefon.

»Nix da«, übersetzte ich Hellas Entscheidung.

»Kirschkuchen«, entschied Maja alternativ. Ehe ich das weitergeben konnte, kam schon das »Okay« aus dem Telefon.

»Ähm.« Ich wusste nicht mehr weiter. Mit jemandem ein Telefongespräch zu führen, in das sich eine dritte Person einmischte, verwirrte mich immer kolossal.

»Und Sie?«, fragte Hella.

»Was, ich?«

»Was möchten Sie?«

»Kirschkuchen.« Beinah hätte ich Schokokuchen gesagt.

»Mit Sahne«, merkte Maja an.

»Mit Sahne«, gab ich weiter.

Hella lachte leise. »Sind Sie okay?«

»Mir geht's prima.«

»Also dann, bis nachher.«

»Ja, bis nachher.«
Als ich das Gespräch beendet hatte, verkündete Maja: »Mama backt tollen Kuchen.«
»Ich glaube, den will sie kaufen.«
»Mama kauft tollen Kuchen.«
Majas Meinung über ihre Mutter schien sich gebessert zu haben. Von »Mama ist doof« übers Weglaufen bis hin zum überschwenglichen Lob ihrer Back- und Einkaufskünste war es jedenfalls eine ziemliche Steigerung.
»Helm auf!«, befahl ich und warf das Motorrad an. Während wir gemächlich auf der Landstraße zurückbrummten, fragte ich mich, ob eine Einladung zu Kaffee und Kuchen nun ein Date war oder nicht. Eher nein, entschied ich. Das beruhigte mich einerseits. Andererseits fand ich es ziemlich ... na ja, irgendwie unsexy.
Ich meine, ich wollte ja gar kein Date mit Hella. Aber wenn schon, dann zumindest keines mit Kaffee und Kuchen. Kaffee und Kuchen ist etwas für Omas. Oder Tanten. Oder Onkel. Wollte ich so etwas wie ein Onkel sein? Mit Sicherheit nicht. Aber was wollte ich dann sein? Oh verdammt, warum war das mit den Frauen immer so kompliziert? Mit Anton konnte ich ein Bier trinken oder eine Flasche Whisky. Ohne dass das etwas bedeutete. Mit Frauen war das anders.
Aber wieso nahm mich das auf einmal so mit? Sonst kam ich doch gut klar mit den Frauen. Kaum dass ich diesen Gedanken zu Ende gedacht hatte, glaubte ich ein hämisches Gelächter unter meinem Helm zu hören. Es hörte sich an wie eine Mischung aus Cornelius' und Sams Lachen.
»Du kommst mit den Frauen klar?«, fragte die Hybrid-

stimme. »Dass ich nicht lache. Du hältst sie dir vom Leib, das ist alles.«

Eine Stimme in meinem Helm? Das ging mir jetzt wirklich zu weit. Ich würde die Kuchenstücke in mich hineinstopfen, ohne mir die geringsten Gedanken zu machen, und damit Schluss. Aber jetzt gedachte ich erst mal die Fahrt zu genießen. Leider wurde daraus nichts.

Vielleicht wäre es mir eher aufgefallen, wenn ich nicht so viel über Kuchen und seine Bedeutung für zwischenmenschliche Beziehungen nachgedacht hätte. Vielleicht hätte ich es sogar schon vor der Abfahrt gemerkt, wenn ich nicht als akustische Relaisstation zwischen Maja und ihrer Mutter hätte dienen müssen. Und vielleicht wäre dann alles anders gekommen. So aber waren wir schon ein Weilchen unterwegs, ehe ich realisierte, dass die Lenkung immer schwammiger wurde. Ich hielt an und blickte nach unten, es war der Hinterreifen.

»Mist«, entfuhr es mir.

»Was ist los?«, piepste Maja unter dem Visier ihres Helms hervor.

»Wir haben einen Platten.«

Ich sah mich um, wir befanden uns natürlich irgendwo mitten im Dithmarschener Outback. Ich versuchte noch ein Stück weiterzufahren, in der Hoffnung, vielleicht eine Tankstelle zu finden, aber dann wurde mir klar, wie unsinnig das war. Ich würde mir dadurch höchstens noch die Felge ruinieren.

Ich hielt an und bockte die Maschine auf. Während Maja fachmännisch den Reifen inspizierte, überlegte ich, was zu tun war. Das Hinterrad musste ausgebaut werden. Danach musste ich mit dem Rad unter dem Arm in die nächste Ortschaft laufen, um dort den Reifen geflickt zu kriegen. Dann wieder zurück und das Rad einbauen. Das Ganze würde gut und gerne drei Stunden dauern. Das war schon ärgerlich genug. Was aber sollte ich währenddessen mit der Kleinen machen? Es half alles nichts, ich musste Hella anrufen. Sie nahm beim zweiten Klingeln ab.

»Ist alles in Ordnung?«, fragte sie sofort.

»Mit uns schon, wir haben nur leider eine Panne. Das kann sich ein wenig hinziehen. Wo sind Sie jetzt?«

»Auf halbem Weg zwischen Hannover und Hamburg, warum?«

»Ich dachte, dass Sie Maja vielleicht abholen könnten. Aber so, wie ich das sehe, dauert es viel zu lange, bis Sie hier wären. Auf alle Fälle werden wir uns verspäten.«

»Warten Sie, vielleicht ...« Sie schien nachzudenken. »Majas Vater ist heute in Itzehoe, das ist doch ganz bei Ihnen in der Nähe. Vielleicht kann er Ihnen helfen.«

Das passte mir nun gar nicht. Andererseits – ich sah zu der Kleinen hinüber, die immer noch mit dem Helm auf dem Kopf am Straßengraben hockte und mit einem Stock im Wasser herumstocherte –, andererseits könnte ihr Vater sie von hier abholen. Dann bräuchte ich mich nur noch um den Reifen zu kümmern. Möglicherweise war er ja auch kein allzu großes Arschloch und nahm mich zur nächsten Tankstelle mit. Ich beschrieb Hella, wo wir waren, und legte auf. Dann holte ich das Werkzeug hervor.

Ich hatte noch nicht einmal die erste Mutter gelöst, als das Handy erneut klingelte.

»Wo sind Sie?«, bellte mich eine Stimme an, die mir irgendwie bekannt vorkam.

Ich versuchte, höflich zu bleiben. »Spreche ich mit Majas Vater?«
»Was dachten Sie denn? Hella hat mir erzählt, Sie hätten einen Unfall gehabt. Ist Maja etwas passiert?«
Ich bekam langsam das Gefühl, dass wir nicht wirklich gut miteinander auskommen würden.
»Keinen Unfall, eine Panne. Können Sie Maja abholen? Dann braucht sie hier nicht zu warten.«
Eine Sekunde Pause, dann mit drohendem Unterton: »Ich frage Sie, ist meine Tochter verletzt?«
Diese Unterhaltung wurde langsam absurd. Ich hatte jedenfalls keine Lust, noch länger brav auf diesen Kommisston zu antworten. Also versuchte ich es mit einem Scherz. Der gründlich misslang.
»Ihr Kopf sitzt zumindest noch auf den Schultern.«
An dem empörten Schnaufen in meinem Ohr erkannte ich ihn endlich. Aber ich hatte eine etwas lange Leitung und fragte mich doch tatsächlich, wieso Sonjas Ex auf einmal Majas Vater war. Als ich es dann kapiert hatte, war die Leitung schon tot. Ich starrte etwas ratlos auf das Handy. Wusste er nun, wo wir waren, oder nicht? Warum hatte er mich gefragt, wenn er es wusste? Weil er ein Idiot ist, sagte eine weise Stimme in mir. Und ich akzeptierte dieses Urteil.
»Dein Vater kommt dich abholen«, rief ich Maja zu.
»Och!«
»Sei doch froh. Dann kannst du Kuchen essen, während ich den Reifen flicken muss.«
»Kann ich den Helm behalten?«
»Meinetwegen.«
»Dann lass ich dir von dem Kuchen was über«, verkündete sie großmütig.

Ich hatte gerade das Rad ausgebaut, als ein dunkelblauer Audi direkt vor dem Motorrad zum Stehen kam. Ich hatte schon so eine Ahnung, wer das wohl sein könnte. Und tatsächlich stieg der Typ aus dem Wagen, dem ich in Sonjas Wohnung begegnet war.

»Maja!«, rief er herrisch, ohne mich zu beachten. Ich hatte mich bereits von dem Gedanken verabschiedet, dass er mich zu einer Tanke bringen könnte.

»Hallo Papa, wir haben einen Drachen steigen lassen, und es war toll. Aber dann ist er weggeflogen, und wir haben eklige Krabben gegessen und …«

»Steig sofort in das Auto. Und nimm den Helm ab.«

Auf den paar Metern, die Maja nun zurücklegte, um zu ihrem Vater zu kommen, geschah etwas Merkwürdiges mit der Kleinen. Ihr Kopf sackte ein wenig nach vorne, als sei ihr der Helm, den sie immer noch trug, mit einem Mal zu schwer geworden. Ihre Schultern, ihr Gang, ihre ganze Haltung bekamen auf einmal etwas Geducktes. Das quicklebendige Mädchen verwandelte sich in ein verhuschtes Etwas. Ich war noch zu verblüfft, um es zu begreifen. Aber später wurde mir klar, dass ich Zeuge geworden war, wie der Dämon, den ich schon in Hellas Wohnung gespürt hatte, seine Macht entfaltete. Was ich in dem Moment überhaupt nicht verstand, war der Triumph in seinen Augen, als er mir einen letzten Blick zuwarf und dann in sein Auto stieg. Der Helm, den er Maja abgenommen hatte, kullerte in den Straßengraben, während der Audi beim Anfahren kleine Steinchen vom Asphalt aufspritzen ließ.

Immer noch verwundert und vor allem nachdenklich sah ich dem Wagen hinterher. Wahrscheinlich ahnte ich schon, dass der Ärger damit nicht zu Ende war, sondern gerade

erst anfing. Aber fürs Erste hatte ich etwas anderes zu tun. Das ausgebaute Rad gut sichtbar ans linke Bein gelehnt, hielt ich den vorbeifahrenden Autos meinen Daumen in den Weg. Der vierte Wagen hielt. Ein Typ mit Bugs-Bunny-Grinsen ließ das Beifahrerfenster runter.
»Wohin soll es gehen, mein Sohn?«, fragte er mich freundlich.
Wie sich schon auf den ersten hundert Metern herausstellte, war ich an den Dorfpastor geraten. Das war mein Glück. Seit es die Hamburger Motorrad-Gottesdienste gab, existierte eine besonders innige Verbindung zwischen der fahrenden Zunft und dem protestantischen Klerus. Die funktionierte auch in diesem Fall. Der Herr Pastor brachte mich nicht nur zu der Tankstelle seines Vertrauens, er blieb auch während der Operation bei mir, unterhielt mich mit erbaulichen Geschichten aus seiner zweiradbewegten Vergangenheit und fuhr mich anschließend wieder zu meinem Motorrad zurück. Mit einem heilen Hinterrad und reich an Gottes Segen konnte ich mich wieder auf den Weg machen. Die Sache hatte keine zwei Stunden gedauert. Im Nachhinein stellte es sich als nicht notwendig dar, wegen Maja so einen Umstand gemacht zu haben. Der Pastor hätte ihr bestimmt gefallen. Aber geschehen war nun mal geschehen. Dann fiel mir die Einladung zum Kuchenessen wieder ein.
Ich rief an, nachdem ich die Stadtgrenze erreicht hatte, und merkte gleich an Hellas Stimme, dass irgendetwas nicht stimmte.
»Ist alles in Ordnung?«, fragte ich.
»Ja … nein … ich weiß nicht. Maja ist noch bei ihrem Vater. Er war … was ist denn passiert?«

»Nichts, er hat sie abgeholt. Groß unterhalten haben wir uns nicht.«
Das war eine stark verkürzte und geschönte Beschreibung unseres Zusammentreffens, aber es war nicht die Unwahrheit.
»Tut mir leid«, fügte ich noch an, »wenn ich Ihnen Ärger gemacht habe.«
»Nein, das war ja nicht Ihre Schuld. Ich verstehe nur nicht, wo er so lange mit Maja bleibt. Er geht auch nicht ans Telefon.«
Ich fühlte mich ein wenig hin- und hergerissen. Einerseits waren die Sorgen, die Hella sich machte, eine Folge meiner Ausflugsidee, andererseits spielten in ihre Sorgen aber auch Dinge mit hinein, die mich nichts angingen.
»Kann ich irgendetwas tun?«, fragte ich.
»Nein, ich glaube auch nicht, dass etwas passiert ist. Manchmal ist Martin ...«
Das Arschloch hieß also Martin.
»... er verkraftet das alles, also unsere Trennung, er verkraftet das nicht so gut ...«
Das tat mir jetzt aber wirklich leid.
»... er wird sicher, also ... die beiden werden sicher bald kommen.«
Und in dem Fall würde es die Sache nicht leichter machen, wenn ich dann bei ihr am Tisch säße und Kirschkuchen in mich hineinschaufelte.
»Ich denke, wir verschieben das mit dem Kuchen.«
»Ja, ein andermal. Tut mir leid.«
»Nicht doch, wir haben eine Menge Spaß gehabt.«
»Ich weiß, Maja hat sich so darüber gefreut, dass Sie sie

mitgenommen haben. Es tut ihr gut, ab und zu mal rauszukommen.«

Nachdem wir unser Gespräch beendet hatten, wusste ich nicht so recht, was ich mit mir anfangen sollte. Also kurvte ich noch ein wenig durch die Stadt. Dabei dachte ich daran, dass die ganze Unbeschwertheit und Sorglosigkeit dieses Nachmittags nicht mit der Panne oder der Kuchenfrage, sondern erst mit dem Auftauchen von Majas Vater verschwunden war. Aber vielleicht waren es ja genau die Freude am Dasein und das unbeschwerte Genießen, was Menschen wie dieser Martin nicht ertrugen. Weil sie es selbst nicht konnten. Und anderen darum nicht gönnten.

Ich beschloss, mir von diesem Vampir, der anderen die Lebenskraft aussaugte, nicht die Erinnerung an diesen Tag verderben zu lassen. Also dachte ich an die Zeichnungen, die ich im Gepäck hatte, an den Wind, die Drachen und die bunten Gestalten am Strand. Ich hatte ein paar Bilder eingesammelt, kleine glitzernde Fundstücke. Noch keine große Beute, aber meine innere Schatzkammer war nicht gerade am Überquellen. Da zählte jede Kleinigkeit. Ich tat diese Bilder zu denen der Feuerfrau und der verlorenen Kleinen. Irgendwann, wenn es so weit war, würde ich sie wieder hervorholen.

XII

Licht

Sam war nicht da, als ich am Montag vom Job kam. Mein erster Gedanke war, dass sie sich wieder auf und davon gemacht hatte. Natürlich ohne sich zu verabschieden. Sam hasste Abschiede. Aber dann sah ich ihre Sachen im Wohnzimmer und war auf einmal unendlich erleichtert. Schon das hätte mir zu denken geben sollen. Weder am Samstagabend noch am Sonntag hatte ich etwas von Hella gehört. Das hatte natürlich nichts zu bedeuten, dazu war sie schließlich nicht verpflichtet. Dennoch wurmte es mich. Ich wollte eben wissen, ob mit Maja alles klar war. Sie meinerseits anzurufen konnte ich mich aber auch nicht durchringen. Das hätte die wohldurchdachte Balance von Nähe und Distanz durcheinanderbringen können. Dann sagte ich mir, dass Hella sich bestimmt gemeldet hätte, wenn irgendetwas passiert wäre.

Oder etwa nicht?

Doch warum sollte sie? Ich hatte keine Antwort auf diese Frage. Und das ließ mich ahnen, dass es mit der wohldurchdachten Balance vielleicht doch nicht so weit her war.

Am Sonntag setzte ich mich auf einen Kaffee in den Hof. Sam unterhielt Marita und die Mädchen mit Geschichten aus ihrem Leben. Ich war mit meinen Gedanken woanders, deswegen bekam ich nicht nur von Sams Geschichten kaum etwas mit, mir entging auch, dass Cornelius schon die ganze Zeit missmutig um uns herumschlich. Als ich wenig später mein Motorrad aus dem Schuppen holte, um ein wenig daran herumzuputzen, passte er mich ab.

»Jonas, hör mal.« Er nahm mich am Arm. »Ich glaube, deine Schwester hat einen schlechten Einfluss auf Laura«, raunte er.

Ich spähte über seine Schulter Richtung Terrasse, wo die Frauen immer noch zusammenhockten. Es sah nicht besonders gefährlich aus. Ich beugte mich zu Cornelius.

»Ich glaube, du hast recht«, raunte ich zurück.

»Nicht wahr?«, flüsterte er erleichtert, weil ich so offenkundig einer Meinung mit ihm war.

»Ja«, sagte ich. »Sie wird deine Tochter zum Drogenschnupfen verführen, danach werden sie zusammen ihre BHs verbrennen und nackt durch die Straßen tanzen.«

Cornelius machte einen steifen Hals: »Du machst dich über mich lustig.«

»Was erwartest du? Du regst dich über Sam auf, seit ihr euch das erste Mal begegnet seid.«

»Dazu habe ich auch allen Grund. Sie ist …«

»Ja?«

»Sie ist so un… un…«

»Un… was?«

»Un… alles. Aber hauptsächlich unmöglich. Sie lässt sich nichts sagen.«

»Sie lässt sich von dir nichts sagen, das ist ein Unterschied.«
»Die Mädchen finden sie natürlich toll«, fuhr Cornelius kummervoll fort. »Selbst Marita versteht sich prächtig mit ihr.«
Ich legte ihm die Hand auf die Schulter: »Komm schon, Sam ist in Ordnung. Ein wenig verrückt, ja, aber sie hat eben ihren eigenen Kopf. Und das ist eine Eigenschaft, die einem Mädchen verdammt nützlich sein kann. Da draußen laufen jede Menge miese Typen rum, und du kannst nicht immer auf deine Töchter aufpassen.«
Das war nicht unbedingt das, was Cornelius hören wollte, aber seine väterlichen Befürchtungen konnte ich ihm ohnehin nicht nehmen. Mit denen würde er leben müssen. Doch seine Bemerkung hatte mich auf eine andere Idee gebracht. Während Cornelius, immer noch unzufrieden, wieder abzog und ich mit Lappen und Sprüh-Öl am Motorrad herumputzte, beobachtete ich unauffällig die Frauen auf der Terrasse. Wie es aussah, unterhielten sie sich prächtig. Aber ich kannte meine Schwester. Sam würde nicht lange friedlich auf einer Terrasse herumsitzen und anderen Geschichten aus ihrem Leben erzählen. Sie hatte die Unruhe im Blut. Es war nur eine Frage der Zeit, bis sie sich mit fliegenden Fahnen ins nächste Desaster stürzen würde. Ich fragte mich, ob ich daran etwas ändern könnte.
Als Nächstes fragte ich mich, ob ich noch ganz dicht wäre. Schließlich hatte ich selbst genug ungeklärte Situationen am Hals. Und zwar ausschließlich mit Frauen. Ich war der Letzte, der meiner Schwester bei ihrem Lebensdilemma würde helfen können. Ignorieren konnte ich es

aber auch nicht. Ebenso wenig wie die Fragen, die mich in Bezug auf Hella und Maja beschäftigten. Ungehalten putzte ich am Chrom meines Motorrades herum. Mein Leben war in letzter Zeit ganz schön kompliziert geworden.

Am darauffolgenden Montag war ich mit den anderen aus unserer Firma an einer Fassade am Arbeiten. Das Gerüst hatten wir mit einer Plane überzogen. Das war auch gut so, denn das Wetter war launisch geworden. Als ich schließlich nach diesem ungemütlichen Tag nach Hause kam, war die Wohnung leer und still. Es war komisch, dass ich das so empfand, schließlich war ich jahrelang nach Hause gekommen, und niemand hatte in der Küche rumgewerkelt oder Makossa-Musik aufgelegt. Das hatte mich nie gestört. Im Gegenteil, ich hatte es als erholsam empfunden. Jetzt aber vermisste ich es. Und das hätte mir nun wirklich zu denken geben sollen.

Ich schenkte mir einen Whisky ein und wartete auf den Mond. Aber nicht einmal der ließ sich blicken. Das Telefon blieb auch stumm. Als Sam irgendwann nach Hause kam, war ich schon am Einschlafen, und als ich morgens aufstand, bekam sie es nicht einmal mit. Auf der Baustelle klingelte dann auf einmal mein Handy. Es wäre mir beinah in einen Topf mit Imprägnierung gefallen, so schnell grapschte ich danach. Es war Sonja.

Sie klang ganz aufgeregt. Sie hätte mit einer Freundin über die weitere Renovierung gesprochen und hätte nun ganz neue Ideen.

Mit welcher Freundin?, hätte ich beinah gefragt.

Sie wolle nun mehr mit Farben experimentieren. Ob ich noch mal vorbeikommen könnte.

Ich hatte überhaupt nicht mehr an den Job bei Sonja gedacht. Und jetzt kam sie mit Sonderwünschen. Mit leichtem inneren Widerwillen schlug ich einen Termin in zwei Tagen vor.
Ob es nicht heute ginge?
Nein, verdammt. Heute wäre sehr schlecht.
Ihre Stimme wurde etwas spitz. Wann es mir denn passen würde?
Am besten überhaupt nicht. Morgen ginge.
Nachdem sie aufgelegt hatte, fragte ich mich, was mich an dieser Frau nur so störte. Die Antwort war einfach: Sie ging mir auf die Nerven.
Abends war Sam wieder nicht da. Ich tigerte in der Wohnung auf und ab. Machte Musik, »Satchmo«, aber auch das besserte meine Laune nicht. Warum rief Hella nicht an? Einfach nur, um zu sagen, dass mit Maja alles okay war. Ich meine, immerhin war ich mit der Kleinen einen ganzen Nachmittag unterwegs gewesen. Das machte mich zwar noch lange nicht zu einem Erziehungsberechtigten, aber man kann doch mal Bescheid sagen.
»Was willst du eigentlich?«, fragte daraufhin eine Stimme in meinem Inneren. »Sei doch froh, dass Hella dir nicht ihre Probleme aufhalst. Es ist nicht deine Baustelle, und du hast eine Menge getan, um deine Unabhängigkeit wiederzuerlangen. Lass es gut sein!«
Genau. Ich war mein eigener Herr, und niemand konnte mir etwas anhaben. Darum ging es doch, oder? Aber warum dachte ich dann ständig darüber nach? Warum konnte ich es nicht einfach lassen, wie es war?
Warum war ich mir nicht mehr genug?
Dieses Rumhängen und Grübeln machte mich ganz ver-

rückt. Ich musste etwas tun. Nur was? Ich kramte in meinen Sachen herum und fand einen Krimi, den ich noch nicht gelesen hatte. Aber ich kam nicht einmal über die erste Seite hinaus. Dann holte ich meinen Skizzenblock hervor. Blätterte langsam die Zeichnungen durch, die ich in St. Peter-Ording gemacht hatte. Sie waren gar nicht mal so übel. Ich könnte eine Bilderfolge daraus machen. Erst die Strandszenerie von fern, dann von näher. Ein Kind rausgreifen. In den Mittelpunkt rücken. Maja. Ich setzte mich in die Küche und fing an.

Zeichnete sie so, wie ich sie gesehen hatte. Das Verlorene und die Kraft. Und das Geduckte, als ihr Vater sie holte. Dann die Feuerfrau.

Es ging nicht.

Den Bleistift in der Hand, starrte ich auf das frische Blatt Papier. Dann sah ich auf. In der Fensterecke hing die Mondin und lachte mich aus. Da wusste ich mit einem Mal, was ich zu tun hatte.

Cornelius war den Vormittag über unterwegs, um neue Jobs an Land zu ziehen. Er tauchte auf der Baustelle auf, als wir gerade Mittagspause machten.

»Bezahle ich euch fürs Arbeiten oder fürs Rumhängen?«, begrüßte er uns.

Nachdem wir ihn ausgiebig beschimpft hatten, zog ich ihn beiseite.

»Ich muss mit dir reden«, sagte ich.

»Das hatte ich befürchtet.«

»Was … wieso?«

»Du willst mehr Geld. Hör zu, ich weiß, dass du mehr als die anderen machst, und du bist mein bester Mann, aber bedenke: Der edle Mensch erfreut sich der Sittlichkeit, der Gemeine erfreut sich des materiellen Gewinns. Und darum …«

»Was redest du da? Ich will kein Geld von dir.«

»Nicht?« Cornelius war einigermaßen perplex. »Aber ich finde, äh, ich meine, ähm, ach, weißt du was? Vergiss es.« Er legte mir die Hand auf die Schulter und strahlte mich an. »Was kann ich für dich tun, alter Freund?«

»Also … was ich mit dir besprechen wollte …« Ich hatte ein wenig den Faden verloren.

Er sah mich durchdringend an. »Du hast ein Problem.«

In gewisser Weise stimmte das.

»Ich bin für dich da«, bot er mir großzügig an. »Lass uns einen Kaffee trinken und reden.«

Er schleppte mich in einen Imbiss, wo der Kaffee einen Euro zwanzig kostete und auch so schmeckte. Wir nahmen beide einen Schluck, verzogen das Gesicht und sahen aus dem Fenster. Draußen schiffte es gerade mal wieder.

»Also, was ich fragen wollte, dein Schuppen da im Garten …«

»Mein Schuppen?«

»Ja, der im Hof, wo du deinen ganzen Krempel aufbewahrst.«

»Ja gut, was ist damit?«

»Der hat doch einen Dachboden?«

»Einen Dachboden?«

»Ja, einen Dachboden. Sag mal, wieso wiederholst du andauernd, was ich sage? Hast du etwas mit den Ohren?«

»Ist ja gut, reg dich nicht auf. Ja, als ich das letzte Mal nachgeschaut habe, war da noch ein Dachboden. Ist aber schon ziemlich lange her.«

»Vermietest du mir den?«
»Vermieten? Wozu?«
»Ich würde ihn mir gerne ausbauen.«
»Ausbauen?«
»Ja, Cornelius, ausbauen. Du weißt doch, wie so etwas geht.«
»Wozu?«
Er ließ nicht locker.
»Ich will da … ein paar Sachen machen.«
»Was für Sachen? Pilze züchten? Ratten? Eine Haschplantage anlegen?«
Es hätte mir natürlich klar sein müssen, dass er das genauer wissen wollte. Die Vorstellung, dass ich mein Vorhaben in aller Heimlichkeit würde durchziehen können, konnte ich damit wohl abschreiben. Das war auch nicht weiter schlimm, er war schließlich mein Kumpel. Dennoch fiel es mir schwer, mit meinem Vorhaben herauszurücken.
»Weißt du, es ist das Licht, das ich dort hätte.«
Cornelius sah mich einen Moment schweigend an. Dann, etwas weniger flapsig, sagte er: »Erkläre dich, mein rätselhafter Freund.«
Ich sah aus dem Fenster, wo der Regen seinen Pfützentanz aufführte. Als ich weitersprach, sah ich nicht mehr die Straße und die Häuser mit ihren Backsteinfassaden, sondern die Idee, die mich gestern Abend gepackt und seitdem nicht mehr losgelassen hatte.
»Ich weiß nicht genau, warum, aber das Licht in unserem Hof hat etwas Besonderes. Es ist … wie soll ich sagen, es ist echt. Wenn ich das Dach des Schuppens diesem Licht öffne, könnte ich …«

»Jaa?«
Jetzt sah ich ihn an. Ich glaube, er roch den Braten.
»Ich könnte ein wenig mit Farben experimentieren«, sagte ich und merkte selbst, dass da etwas Trotziges in meiner Stimme lag.
Cornelius lehnte sich zurück und nahm, ohne mich aus den Augen zu lassen, einen Schluck Kaffee. Augenblicklich verzog er angewidert das Gesicht.
»Gut«, sagte er dann leichthin, »mach, was du willst.«
Damit überraschte er mich.
»Was willst du an Miete?«
»Nichts«, erwiderte er und schaute nun seinerseits aus dem Fenster.
Ich musterte ihn skeptisch. Traue keinem Chinesen, der dir etwas umsonst geben will.
»Ich will nicht nichts«, sagte ich ihm. »Mach mir einen Preis.«
»Einen Preis? Du willst einen Preis?« Cornelius hatte sich vorgebeugt und reckte mir sein Kinn entgegen. Das konnte ich auch.
»Ja, ich will einen Preis.«
»Also gut, ich werde ihn dir nennen, meinen Preis. Ich will ein Bild von dir. Jedes Jahr. Ein Bild als Jahresmiete.«
Ich brauchte einen Moment, um das zu kapieren.
»Ein Bild?«
»Ja, ein Bild. Was ist los mit dir? Hast du etwas mit den Ohren?«
Ich brauchte nicht lange nachzudenken: »Okay, abgemacht.« Ich lehnte mich zurück, wollte gerade einen Schluck Kaffee nehmen, überlegte es mir aber im letzten Moment anders.

»Weißt du was, Cornelius«, sagte ich dann langsam, »du wirst langsam alt. Du hast nämlich gerade ein sehr schlechtes Geschäft gemacht.«
Mein Kumpel hatte mittlerweile nichts Albernes mehr an sich. Wenn ich ihn nicht so gut kennen würde, hätte ich seinen Gesichtsausdruck sogar als weise bezeichnet.
»Oh nein, Jonas«, entgegnete er, »ich habe gerade ein sehr gutes Geschäft gemacht.«

XIII

Klänge

Sam machte sich rar. War das ein gutes oder ein schlechtes Zeichen? Ich hatte keine Ahnung. Aber was konnte ich schon tun? Sie hatte ihr eigenes Leben, in das sie sich ganz bestimmt von niemandem reinreden lassen würde. Also machte ich mir ein Sandwich und ging in den Hof runter, um mein neues Atelier in Augenschein zu nehmen.

Ausnahmsweise hockte mal niemand auf der Terrasse oder in der Grillecke, keine Kinder, die mich über den Haufen fahren wollten, keine Hunde, die an mir hochsprangen. Geräusche, ja! Ein Tellerklappern, das von irgendwoher kam; ein Männerlachen, in das eine Frau mit einfiel, Stimmen, die nur kurz die Stille durchbrachen, ohne sie zu stören. Gerüche zogen durch die Luft, von gebratenen Zwiebeln auf der einen Seite, von Pfannkuchen auf der anderen. Langsam sah ich mich um und nahm die Atmosphäre dieser Feierabendstunde in mich auf. Wenn mein Vorhaben gelang, würde ich diesen Hinterhof ganz neu erleben.

Es war nicht ganz einfach, auf den Dachboden des Schuppens zu gelangen. Die Stufen der Holztreppe, die zu ihm hinaufführte, waren mit Farbtöpfen, kleinen Kisten mit rostigen Schrauben und anderen Utensilien vollgestellt. Dinge, für die man nur schnell einen Platz gesucht hatte, um sie danach zu vergessen. Ich räumte mir den Weg frei und balancierte die Stufen hoch. Als Erstes hatte ich Spinnweben an meinem Sandwich. Ich legte es auf einer Stufe ab und beschloss, nie wieder mit einem Sandwich in diesen Hof zu kommen.

Der Dachboden hatte weder Tür noch Luke, sondern nur ein wackeliges Geländer als Begrenzung zum Treppenabgang. Zu sehen war nicht viel, die vier kleinen Oberlichter im Dach waren nicht größer als ein Bullauge und zudem verdreckt. Ein wenig Abendlicht kam dennoch durch, das die Konturen von allem möglichen Gerümpel erkennen ließ, von alten Kinderwagen angefangen bis hin zu kaputten Schlagbohrern. Die Grundfläche des Bodens entsprach natürlich der des Schuppens, etwa fünfunddreißig Quadratmeter, doch durch die Dachschrägen fiel der nutzbare Raum natürlich kleiner aus.

Ich schloss die Augen und lauschte in die wattige Stille, eine Stille, wie sie nur ein unbewohnter Raum erzeugen konnte. Ich jedoch konnte die Möglichkeiten erkennen, die dieser Raum bot. Ich erinnerte mich an ein Gedicht, in dem es sinngemäß hieß, dass, bevor etwas Neues in unser Leben treten kann, für dieses Neue erst einmal Raum geschaffen werden muss. Von dieser dann »leeren Stelle« würde sich das Neue angezogen fühlen wie ein scheues Waldtier und sich von ganz alleine nähern. Der jetzt noch vollgerümpelte Dachboden sollte die leere

Stelle werden, an der sich das, was ich wiedergewinnen wollte, einfügen könnte.
Ich fand neben dem Aufgang einen schwarzen Drehlichtschalter. Als ich ihn betätigte, leuchtete tatsächlich eine Glühbirne auf, die an einem Kabel vom First hing. Nun inspizierte ich den Raum mit den Augen des Renovierers. Eine Dachschräge wies nach Südwesten, gut. Dort würde ich die Fenster einsetzen. Wir hatten vor einem Jahr in einem Altbau ein paar Rundbogenfenster ausgebaut, für die der Besitzer keine Verwendung mehr hatte. Die standen jetzt hinter dem Schuppen. Ich hatte vor, sie für das Dach zu verwenden. Dafür bräuchte ich Cornelius und vielleicht noch einen von den anderen Jungs. Vorher müsste ich aber natürlich erst einmal den ganzen Kram hier rausschaffen. Allein war das aber eine ziemlich umständliche Angelegenheit. Ich griff zum Telefon.
»Hi«, sagte ich, als Anton sich meldete, »sag mal, hast du nicht Lust, am Samstag für ein paar Stunden aus deiner Stinkhöhle rauszukommen?«
»Welche Bank willst du ausrauben?«
»Keine Bank diesmal. Einfach nur ein paar kleine Sachen rumschieben. Sind jede Menge tolle Frauen dabei, und hinterher gibt es Bier, Whisky und Berge von gegrilltem Fleisch.«
»Du verarscht mich.«
»Natürlich, bis auf Bier, Fleisch und Frauen ist alles gelogen.«
Anton schnaufte. »Okay, weil du es bist.«
Zufrieden legte ich auf. Ich hatte gerade den ersten Schritt zu meinem eigenen Atelier getan.

Sonja Trauernicht sah anders aus. Zuerst konnte ich nicht festmachen, woran das lag, weil ich bis zu dem Moment, in dem sie die Tür öffnete, nur über den Ausbau meines künftigen Ateliers nachgedacht hatte.

»Schön, dass Sie kommen konnten«, begrüßte sie mich und ließ mich ein. Ich folgte ihr in die vorderen Räume, in denen ich gearbeitet hatte. Dort hatte sich ebenfalls einiges getan, ein neuer Esstisch, eine neue Sitzgarnitur, es war überhaupt alles neu.

»Nicht schlecht«, sagte ich erstaunt. Sie lächelte stolz. Jetzt fiel mir auf, dass sie auch eine neue Frisur und andere Klamotten hatte. Sie trug eine blaue Seidenbluse, einen engen, cremefarbenen Rock und hochhackige Sandaletten. Die Frau hatte sich rundumerneuert.

»Das ist erst der Anfang«, sagte sie, als hätte sie meine Gedanken gelesen. »Ich habe noch viel vor. Und ich hoffe, dass Sie mir dabei helfen werden.«

»Klar«, sagte ich, »schießen Sie los.«

»Ich möchte in den anderen Räumen eine ganz neue Atmosphäre schaffen. Ich habe lange mit meiner Freundin darüber gesprochen, und sie meint, ich sollte ins Italienische gehen.«

Eigentlich hätte ich jetzt fragen müssen, was sie damit meinte. Stattdessen rutschte mir aber eine andere Frage raus: »Ihre Freundin? Die mit der Kleinen?« Dabei kam ich mir etwas heuchlerisch vor, aber ich hatte immer noch nichts von Hella gehört.

Sonja verzog den Mund. »Nein, Hella war seit neulich nicht mehr hier. Ich glaube, sie ist immer noch sauer, weil ich nicht besser auf Maja aufgepasst habe. Ich finde, dass sie da ein wenig überreagiert. Aber das wird sich schon

wieder geben. Nein, meine Freundin, Lena, sie ist Psychologin, wissen Sie, also Lena meinte, ich sollte viel mehr auf Farben gehen. Auf warme, sonnige Farben.«
Das kam mir irgendwie bekannt vor, sollte aber eigentlich mein Text sein. Während Sonja einen Katalog vom Tisch holte und darin herumblätterte, versuchte ich herauszufinden, was mir daran nicht passte. Etwa, dass der Rat von einer Psychologin kam? Was diese Branche betraf, trug ich nämlich so ein kleines Vorurteil mit mir herum. Vielleicht war es aber auch Sonjas etwas abfällige Bemerkung über Hella gewesen, die mir aufstieß.
»Hier, schauen Sie.« Sie hielt mir den Katalog entgegen. Auf der Doppelseite, die sie mit einem Einklebzettel markiert hatte, waren wunderschöne Räume abgebildet, in denen ein wunderschöner Lichteinfall wunderschön marmorierte Wände zum Leuchten brachte.
»Ich weiß natürlich, dass das stilisierte Bilder sind«, erklärte sie mir, wobei sie sich neben mich stellte, um mir zu zeigen, was sie meinte. »Aber es ist dieser Stil, diese Stimmung, um die es mir geht. Verstehen Sie, was ich meine?«
Sie sah zu mir auf und lächelte mich an. Irgendetwas war mit ihrem Gesicht passiert. Es wirkte nicht mehr so spitz, und ihr Blick war offener. Es erzählte eine andere Geschichte. Das verwirrte mich. Die Wandlung von der verlassenen Frau zu einer wiedererstarkten Persönlichkeit war mir entschieden zu schnell gegangen. Vor allem hatte ich so gut wie gar nichts dazu beigetragen. War es etwa das, was mich störte?
»Sicher«, sagte ich, »ich könnte …«
»Hier schreiben sie von einer Technik, die sie ›Clavé‹ nennen. Kennen Sie die?«

Na großartig, jetzt stand das also sogar schon im »Schöner Wohnen«-Katalog.
»Ich habe davon gehört.«
Ich fühlte mich etwas unwohl, weil sie so dicht bei mir stand. Also nahm ich den Katalog, ging zum Tisch und sagte: »Ich mache mir mal ein paar Notizen, okay?«
»Sicher. Möchten Sie etwas trinken?«
»Nein, danke.«
»Aber ich schenke mir ein Glas ein.«
Ich brummte nur und beugte mich über den Tisch. Doch als sie aus dem Raum ging, sah ich ihr nach. Dabei fiel mir auf, dass sie sich so bewegte, als wüsste sie das. Das wurmte mich in zweierlei Hinsicht: erstens, weil sie davon ausging, dass ich ihr auf den Arsch schaute. Und zweitens, weil ich es tat.
Es wurde eine mühsame Besprechung. Nicht weil Sonjas Wünsche komplizierter waren als die anderer Kundinnen, auch nicht, weil ich nicht verstand, was sie wollte, oder gar, weil es nicht möglich war, ihre Vorstellungen umzusetzen. Nein, es war mühsam, weil es mich nicht im mindesten interessierte.
Das machte mir zu schaffen, denn es war unprofessionell und widersprach meiner Arbeitsmoral. Ich konnte aber nichts dagegen tun. Mein Denken war viel zu sehr von meinen eigenen Plänen okkupiert, die ja wiederum aus der Not heraus entstanden waren, nicht ständig an Hella denken zu müssen. Und die war in dieser Wohnung zumindest für mich allgegenwärtig. Erschwert wurde das Ganze noch dadurch, dass Sonja Trauernicht offenbar ein ungeheures Vergnügen dabei empfand, die Planung bis ins kleinste Detail mit mir durchzugehen. Dabei trank sie

mehr als ein Glas Wein – »… und Sie möchten wirklich nichts?« –, was ihr Mitteilungsbedürfnis deutlich steigerte: »Wissen Sie, mein Ex war ein richtiger Spießer …« In dieser Art ging es weiter, bis ich schließlich so weit war, dass ich die Psychologin herbeisehnte, damit sie sich an meiner Stelle den ganzen Mist anhören konnte. Als ich mich nach fast zwei Stunden da rausgeeist hatte, fühlte ich mich, als hätte man mich gezwungen, zehn Folgen von »Sex and the City« am Stück anzusehen.
Mir wurde klar, dass ich nicht länger um die Einsicht herumkam, dass etwas in meinem Leben aus dem Lot geraten war. An diesem Abend dachte ich das erste Mal daran, dass die Tage von »Johnny« gezählt sein könnten.
Das hätte mich erschrecken sollen. Wer war ich denn, wenn ich nicht Johnny war? Der Mann, der die Wohnungen und die Herzen der verlassenen Frauen renovierte? Komischerweise spürte ich aber nicht das geringste Bedauern bei diesem Gedanken. Statt des Abgrundes, dessen bedrohliche Tiefe mich einst in die Existenz des »Johnny« getrieben hatte, sah ich nun etwas anderes jenseits des »Johnny«-Lebens. Es war voller Ungewissheit und Risiko, aber es war auch von einer lichten, pulsierenden Weite, die mich in gleichem Maß schreckte, wie sie mich lockte.
Doch da ich mich mit Ungewissheiten auskannte, wusste ich auch, welche Regel ich zu beachten hatte: sich immer auf den nächsten Schritt konzentrieren.

»Warum rufst du sie nicht einfach an?«
Antons verschwitztes Gesicht tauchte im Treppenaufgang des Schuppens auf. Ich hatte ihm die Geschichte mit Hella erzählt. In Kurzform.

»Weil …« Ach verdammt, das wusste ich doch selbst nicht. Anton sah mich an, als hätte ich nicht mehr alle Tassen im Schrank. Ich wuchtete ihm eine Kiste mit Schrott in die tätowierten Arme. In diesem Moment klingelte mein Handy. Ich rupfte es aus der Tasche. Es war Hella.
»Ich hoffe, ich störe Sie nicht gerade.«
»Nö«, sagte ich, »alles klar. Was war denn los neulich?«
»Das war wieder eine völlig überzogene Aktion«, meinte sie, und in ihrer Stimme schwang noch immer der Ärger mit, den sie darüber offenbar empfunden hatte. »Martin war mit Maja noch bei einem Arzt.«
»Beim Arzt? Wieso das denn?«
»Er meinte, sie hätte sich am Knie verletzt.«
Ich lachte ungläubig. »Das war eine Schramme, weil sie hingefallen war.«
»Ich weiß, ich habe es ja gesehen. Aber es gab deswegen noch ein fürchterliches Theater hier bei mir.«
»Das tut mir leid, ich …«
»Dafür können Sie ja nichts. Vielleicht war es sogar gut, dass es so weit gekommen ist. Ich habe mir immer viel zu viel gefallen lassen. Aber als er Maja endlich hergebracht hatte, war sie völlig verschreckt. Sie bekam kein Wort mehr heraus. Da ist mir der Kragen geplatzt. Ich habe ihn ziemlich angefahren und ihm gesagt, dass ich genug davon habe, dass er uns das Leben immer so schwer macht. Anscheinend hat das geholfen, denn gestern Abend hat er angerufen und sich entschuldigt.«
»Das hört sich doch gut an«, sagte ich, obwohl ich fand, dass sich das gar nicht gut anhörte. Wollten die beiden sich jetzt etwa wieder miteinander versöhnen?
»Tja, also … es ist so, dass Martin gerne Maja dieses Wo-

chenende bei sich haben will. Vielleicht hat er ja gemerkt, dass er sich mehr Mühe geben muss. Darum habe ich auch zugestimmt. Und nun ... habe ich sozusagen einen freien Abend, und da dachte ich ... ich meine, natürlich nur, wenn Sie Lust haben, dass wir doch etwas zusammen unternehmen könnten. Weil Sie sich doch um Maja gekümmert haben und ... oder, ich weiß nicht, vielleicht haben Sie ja heute schon etwas vor?«

Ich sah Anton an, der immer noch im Treppenaufgang stand und mich beobachtete. Bei ihm sah es so aus, als hielte er eine Kiste mit Spielzeug in den Händen.

»Nicht wirklich, außer mich mit einem ziemlich hässlichen Kerl zu betrinken.«

Anton hätte mir wahrscheinlich gerne den Mittelfinger gezeigt. Ging aber nicht, also blies er nur verächtlich die Backen auf und stapfte die Treppe runter.

»Da kann ich natürlich nicht mithalten«, sagte Hella lachend, »ich will nur zu einem Konzert in der Krypta der St.-Michaelis-Kirche und dachte, Sie hätten vielleicht Lust mitzukommen.«

»In die Krypta vom Michel?«, fragte ich erstaunt. »Ich wusste gar nicht, dass man da überhaupt reinkann.«

»Sie wurde lange restauriert, und nun gibt die ›Camerata‹ zur Eröffnung dort ein Konzert. Die Veranstalterin ist meine Kundin und hat mich eingeladen. Mögen Sie denn überhaupt solche Musik?«

»Na, und ob.« Das stimmte zwar, aber ich hätte ihr auch die gleiche Antwort gegeben, wenn sie mich zu einem Jodelkonzert eingeladen hätte.

»Sehr schön, dann treffen wir uns um 19 Uhr vorm Michel?«

»Ich werde da sein.«
Nachdem wir das Gespräch beendet hatten, brauchte ich erst mal einen Moment, um das alles zu verdauen.
»War sie das?«, kam Antons Stimme von unten. Weit war er mit seiner Kiste anscheinend nicht gekommen.
»Mm«, bejahte ich undeutlich und war ganz froh, dass Anton mich nicht sehen konnte. Er hätte sich sonst wahrscheinlich über das dämliche Grinsen gewundert, das mir im Gesicht klebte.
»Brauchst du wieder den ›Jag‹?«
»Nee«, sagte ich, »bei der brauche ich nicht zu bluffen.«
Sein Kopf tauchte wieder im Treppenaufgang auf. Er setzte an, etwas zu sagen, ließ es aber, als er mein Gesicht sah. Ich hatte offenbar recht gehabt mit meiner Vermutung, denn er verdrehte nur die Augen und verschwand wieder nach unten.

Auf dem Weg zum Michel wunderte ich mich, warum es mir so gut ging. Die Bedenken, von denen ich Sam erzählt hatte – dass Hella gerade eine Trennung hinter sich hatte und ich sowieso immer nur der Mann für den Übergang war –, waren in der Zwischenzeit ja nicht weniger wahr geworden. Dennoch freute ich mich wie Bolle auf dieses Rendezvous. Das war es nämlich ganz eindeutig: ein Rendezvous. Im Gegensatz zu der Kaffee-Einladung mit Kirschkuchen. Ich kaute noch ein wenig auf diesen Gedanken herum, dann entschied ich, das zu tun, was Sam mir geraten hatte: es einfach geschehen lassen.
Hella war noch nicht da, als ich am Michel ankam. Ich stellte mich an den Elbhang und schaute zum Wasser hinunter. Ein Schlepper zog mit schäumender Bugwelle elb-

aufwärts, und hinter ihm schaukelte eine kleine Fähre zum anderen Ufer hinüber. Ein Bild, wie ich es schon oft gesehen hatte. Heute aber kam es mir tiefer und lebendiger vor. Vielleicht lag das an dem schönen Sommerabend oder an meiner Stimmung. Vielleicht auch daran, dass ich intensiver beobachtete, seit ich wieder einen Zeichenstift in die Hand genommen hatte. Und mit einem Mal formte sich der Gedanke in meinem Kopf, dass meine Bedenken vielleicht die gleichen geblieben waren, aber dass der Träger dieser Bedenken im Begriff war, ein anderer zu werden.

Ich war wohl ein wenig versunken in die Betrachtung des Hafens und in meine eigenen Überlegungen, sodass ich sie nicht gleich bemerkte. Sie war nur noch ein paar Schritte von mir entfernt, als ich aus den Augenwinkeln etwas Helles wahrnahm. Ich wandte mich um, und es erwischte mich mit voller Wucht.

Sie trug ein cremefarbenes, leichtes Kleid, das ihren Körper luftig umfloss. Ich registrierte Details, ihre asymmetrische Frisur, die das linke Ohr frei ließ, die Haut ihrer Arme und die schlanken Finger, die ein kleines Täschchen hielten, die Sandaletten mit den etwas höheren Hacken, die sie trotz ihrer Größe trug. Mir fiel der kleine Leberfleck an ihrem Hals auf und dass sie außer ein wenig Eyeliner keine Schminke aufgetragen hatte. All das bemerkte ich, doch das war es nicht, was mir schier den Atem nahm. Es war das, was ich in ihren Augen erkannte, eine Mischung aus Verletzlichkeit und Stärke. Es war die Frage des kleinen Mädchens: Bin ich schön? Und gleichzeitig der Stolz der erwachsenen Frau, die sich ihrer Wirkung immer dann bewusst ist, wenn ein starkes

Gefühl, sei es Wut oder Freude, ihren zweifelnden Verstand zum Verstummen bringt. Das alles erfasste ich in diesem kurzen Augenblick, ohne es gänzlich zu begreifen oder in Worte fassen zu können, aber offenbar zeichnete es sich in meiner Mimik ab. Denn als sie vor mir stehen blieb, lächelte sie, und in ihren Augen tanzte wieder dieser kleine Funke.

»Danke«, sagte sie mit leisem Glucksen.

»Wofür?« Ich war noch ein wenig perplex.

»Dafür, wie Sie mich gerade angeschaut haben.«

»Keine Ursache. Sie haben nicht zufällig ein Blutdruckmessgerät dabei?«

»Leider nicht«, lachte sie, »aber ich kann Ihnen den Puls fühlen.«

»Nicht nötig. Falls ich den Abend nicht überstehe, können Sie mich einfach in der Krypta liegen lassen.«

»Ich vertraue auf Ihre robuste Natur«, meinte sie und hakte sich bei mir unter. »Gehen wir?«

Eine schmale Wendeltreppe führte vom Vorraum der Kirche in die Krypta hinab. Dort fiel uns beiden auf, dass es zwischen den Menschen, die dieses Bauwerk errichtet hatten, und ihren späteren Nachkommen einen deutlichen Unterschied geben musste, denn die Decke war ziemlich niedrig.

»Raumangst darf man hier aber nicht haben«, sagte ich, als wir mit eingezogenem Kopf unter den Kreuzwölbungen durchgingen.

»Das ist ja auch kein Ort, an dem die Menschen aufrecht stehen sollten.«

Hella wies nach unten. Erst jetzt fiel mir auf, dass die Steine, über die wir gingen, Inschriften trugen.

»Sind das etwa Gräber?«, raunte ich.
Sie nickte. »Gruselig, nicht?«
»Ein wenig«, gab ich zurück, »aber vielleicht freuen sich die Geister ja auch, dass endlich mal etwas passiert. Es ist bestimmt ziemlich langweilig, hier nur so rumzuliegen.«
Wir suchten uns zwei Plätze direkt am Gang, von denen aus wir das Orchester gut sehen konnten. Eine Weile schwiegen wir und ließen einfach die Atmosphäre des Raumes mit seinen massigen Säulen und dem gedämpften, warmen Licht auf uns wirken. Dann beugte sie sich zu mir.
»Wissen Sie was? Ich finde es komisch, dass wir uns siezen.«
»Ich auch«, gab ich zurück. »Also, ich heiße Jonas.«
»Jonas?«, fragte sie überrascht. »Ich dachte …«
»Johnny ist sozusagen mein Künstlername.«
Wir sahen uns an, ganz nah. Und da geschah es wieder, dass die beunruhigende Kraft ihres Blickes mich berührte und an mir zog. Doch diesmal ließ ich es einfach geschehen und hatte im gleichen Moment die Gewissheit, dass auch sie diese Kraft spürte. Dass auch sie von ihr aufgewühlt wurde. Da begannen die Musiker, ihre Instrumente zu stimmen. Beinah erschrocken, zumindest aber verwirrt richteten wir unsere Blicke wieder nach vorn und lösten damit den Bann. Aber das, was gerade geschehen war, war unwiderruflich. Vorher hatten wir es vielleicht nur geahnt, nun aber wussten wir es: dass etwas zwischen uns begonnen hatte.
Das erste Stück, das gespielt wurde, war von Haydn. Anfangs hörte ich nicht wirklich hin, denn ich war mit meinem Fühlen und Denken noch ganz bei der Frau an mei-

ner Seite. Im Übrigen habe ich mich nie so recht für Haydn begeistern können. Sehr schnell aber merkte ich, dass dies hier anders klang. Der niedrige, aber gleichzeitig unbestimmt weite Raum verlieh den Tönen eine verstärkte Dichte und Kraft. Vom ersten Takt an wirkten sie so intensiv auf die Sinne, als würden die Bogen der Streicher direkt auf unseren Nerven spielen. Dann vermischte sich beides: die Empfindungen, die ich hatte, als meine und Hellas Blicke ineinander versanken, und die auf mich einflutende graziöse Musik.
Das Erstaunliche war, dass beides einander nicht im mindesten störte. Im Gegenteil, es schien, als würde erst die Musik meiner Seele, die so lange in Bandagen gelegen hatte, nun erlauben, jene Gefühle zuzulassen, die Hella in mir ausgelöst hatte. Und zwar von unserer ersten Begegnung an, auch diese Erkenntnis schenkte mir die Musik. Als Hella und ich uns nach diesem ersten Stück wieder anschauten, las ich in ihrer Miene, dass auch sie ganz von ihren Empfindungen beherrscht war. Ich sah die Wundheit, die sie immer noch gefangen hielt. Aber auch die Kraft und den Willen zu bestehen. Dahinter ahnte ich ihre Sehnsüchte, ihre Leidenschaft und ihren verzweifelten Kampf um Glück. Vor allem aber las ich in ihren Augen die Frage, ob es möglich war. Ob das, was gerade mit uns geschah, Wirklichkeit werden könnte. Ich konnte ihr nur stumm das antworten, was ich gerade selbst im Begriff war zu lernen: Ja!
Dann spielte das Orchester Mozart.
Wieder wandten wir uns beide der Musik zu, nebeneinander, doch auch jeder für sich allein. Nun gibt es kaum eine Musik, die schwärmerischer und gleichzeitig zärtli-

cher ist als die von Mozart. Ich spürte, wie der Optimismus seiner Klänge die Schwere von mir nahm, die anscheinend immer noch auf mir lastete. Dabei hoffte ich inständig, dass es Hella ähnlich erginge. Dass ihr aufgestautes Leid sich löste und verflüchtigte, um dem Neuen Raum zu geben. Als ob ich für diese Hoffnung eine Bestätigung suchte, neigte ich mich ihr ein wenig zu. Sie reagierte nicht gleich, blickte auf ihren Schoß herab. Schon glaubte ich, mich getäuscht zu haben. Da bemerkte ich, wie ihre Hand sich ein wenig in meine Richtung bewegte. Behutsam fasste ich nach ihr. Fest und voller Zutrauen erwiderte sie meinen Griff.

Es war, als schlösse sich ein Kreis. Als strömte die Musik nun über die Brücke unserer Hände durch uns hindurch und übermittelte uns all das, was Worte nur unzureichend und bruchstückhaft auszudrücken vermögen. Bald wusste ich nicht mehr zu unterscheiden, welche Gefühle die meinen waren, welche sich von Hella auf mich übertrugen oder welche der Musik selbst innewohnten. Gefühle, die der Komponist auf magische Weise den Noten beigemischt hatte und die selbst noch nach über zweihundert Jahren bei jeder Aufführung aufs Neue entstanden.

Als das Finale verklungen war und der Applaus sich erhob, lösten wir nur zögernd unsere Hände voneinander. Ich wagte es nicht, Hella anzusehen, und auch sie schaute unverwandt nach vorn. Dann wurde es wieder still. Der Dirigent hob die Arme, die Musiker waren bereit. Ich wusste nicht, was nun folgen würde. Ob das nächste Stück uns erneut mit sich davontragen würde oder ob das, was wir bisher erlebt hatten, bereits der Höhepunkt des Konzertes gewesen war. Wieder tastete ich nach Hellas Hand, wieder flochten sich unsere Finger ineinander und stellten augenblicklich die Verbindung her. Gebannt blickten wir auf das Orchester. Da bewegte der Dirigent mit einer kraftvollen Geste seinen Stab. Auf einen Schlag setzte die Musik ein. Es war die »Pulcinella«-Suite. Strawinsky!

Ich begriff sofort, dass es uns diesmal fortreißen würde. Strawinsky war nicht zärtlich und auch nicht graziös. Strawinsky war pure Leidenschaft.

Über unsere Hände spürte ich das Beben in Hella. Ich verstärkte meinen Griff, um ihr Halt zu geben. Kannte sie diese Musik? Oder war sie neu für sie? Es spielte keine Rolle, ebenso wenig wie es eine Rolle spielte, dass ich sie schon gehört hatte. Zusammen hörten wir sie zum ersten Mal, und für das, was dabei mit uns geschah, gab es keinen Vergleich.

Wehrte ich mich? Ich weiß es nicht mehr. Wenn ja, war es jedenfalls nur ein kurzer, vergeblicher Widerstand. Ich brauchte auch die Augen nicht mehr zu schließen, Klänge und Farben, Formen und Fühlen, alles flutete ineinander und ließ uns keine Wahl. Rückhaltlos gaben wir uns diesem ungeheuren Klangstrom hin.

Wir! Denn ich wusste, dass wir es gemeinsam erlebten. Durch die Musik spürte ich ihren Atem, ihren Herzschlag, ihren Puls. Ich fühlte sie neben mir in vollkommenem Einklang. Und als mir das klarwurde, wollte ich sie auch sehen.

Ich zögerte. Durfte ich das tun? Oder würde es den Zauber zerstören? Dann begriff ich, dass es genau dieser Zweifel war, der den Zauber zerstören würde. Und so wandte ich mich ihr zu.

Sie hatte den Kopf etwas nach hinten geneigt und die Augen geschlossen. Auf ihrem Gesicht waren alle Gefühle offen sichtbar, da war nichts, was sie noch zurückzuhalten vermochte. Schmerz und Verzweiflung, Reue, Wut und Hoffnung. Da löste sich eine Träne unter ihren Wimpern. Es zerriss mich fast. Mit einem Druck meiner Finger gab ich ihr ein Zeichen. Sie verstand und legte ihren Kopf an meine Schulter. Dann weinte sie lautlos.

Der Hafen war voller Lichter. Manche von ihnen bewegten sich und kündeten von rätselhaften Aktivitäten. Helle, metallene Geräusche kamen über das Wasser. Wenn ich all mein Wissen ausblendete und nicht mehr daran dachte, dass dort drüben unzählige Menschen arbeiteten, Schiffe beluden oder entluden, wenn ich all dies vergaß, hätte ich glauben können, dass auf der anderen Seite des Flusses die Stadt der Maschinen begänne. Aber nicht die bedrohlicher Maschinen wie in »Matrix«, sondern die freundlicher, emsiger Geister, wie lauter kleine WALL-Es. Hella lehnte sich an mich.

»Es sieht aus wie eine riesige Spielzeugstadt«, sagte sie, und das war nicht weit weg von dem, was mir gerade durch den Kopf gegangen war.

Als wir nach dem Konzert aus dem Michel kamen, waren wir einfach weitergegangen, beide noch ganz benommen von dem, was wir soeben erlebt hatten. Ein wenig verwirrt auch, denn als die Musik endete, wussten wir lange nicht, was wir einander sagen sollten. War nicht alles schon gesagt? Oder mussten wir nun mühsam jene Vertrautheit zurückerobern, in die die Musik uns so leicht hineingezaubert hatte?

Wir hatten den Weg oberhalb des Hafens genommen, wo uns nur ab und zu ein Jogger begegnete oder jemand, der seinen Hund ausführte. Ohne dass es gesagt werden musste, wollten wir ein wenig für uns bleiben. Nun standen wir nahe dem Bernhard-Nocht-Institut auf einer Art Terrasse, auf der sich tagsüber wahrscheinlich all diejenigen einfanden, deren Genesung bereits ein paar Schritte an der frischen Luft erlaubte. Es war ein friedvoller Ort. Ich dachte daran, dass ich sie jetzt gerne küssen würde. Da zupfte sie an meinem Ärmel.

Ihre Augen waren wie Sterne. Und als ich mich zu ihr hinabbeugte, wurden sie groß wie Sternenseen. Dann aber gab es nur noch die Berührung unserer Lippen, und sofort schloss sich wieder die Verbindung, die wir gelöst hatten, als die Musik uns in die Nacht entließ. Jetzt aber war es mehr als Musik.

Ich habe immer an die Magie des ersten Kusses geglaubt und dass alles, was folgt, darin enthalten ist. Unser erster Kuss ließ keinen Zweifel.

Auf ihren hochhackigen Schuhen war sie fast so groß wie ich, und als ich ihren Körper an mich zog, war es, als hätten wir hundert Jahre aufeinander gewartet. Ihre Zunge war wie ein kleines Wesen, das gesucht und gefunden werden wollte. Doch ihr Körper war der einer erwachsenen Frau. Und fühlte sich unbeschreiblich gut an.

Sie hatte die Arme um meinen Nacken gelegt. Dort blieben sie auch noch, als unsere Lippen sich voneinander lösten. Ihr Gesicht war immer noch ganz dicht vor mir.

»Stimmt es, dass du das mit allen deinen Kundinnen machst?«, fragte sie leise.

»Nur bei denen, die Feenkleider tragen und bei Strawinsky weinen«, gab ich ebenso leise zurück.
Sie barg ihr Gesicht an meinem Hals: »Das hast du bemerkt?«
Ihre Stimme an meinem Hals klang so verletzlich und gleichzeitig so vertrauensvoll, dass es mir die Kehle zuschnürte. So brachte ich nur ein »Ja« heraus, doch es war mehr als nur eine Antwort auf ihre Frage. Für mich war es ein »Ja«, das alles umschloss.
Wir gingen noch lange durch die Nacht. Und weil wir ohnehin an nichts anderes denken konnten als an das, was gerade mit uns geschah, sprachen wir darüber, wie wir beide einander bisher erlebt und gesehen hatten und welche Missverständnisse dabei aufgekommen waren. Manchmal blieben wir stehen, umarmten uns und wiederholten jenen ersten Kuss. Wir waren behutsam und zärtlich dabei, obwohl wir spürten, dass mit jeder Berührung unsere Sehnsucht nacheinander wuchs. Dann erreichten wir eine Terrasse, an der der Weg endete. Mir war klar, dass auch unser Spaziergang hier enden würde. Ich wusste aber nicht, ob das auch auf unseren Abend zutraf.
Sollte ich mit ihr gehen? Würde sie es wollen? Sie sah mich an. Ich wusste, dass sie an das Gleiche dachte.
»Was tun wir jetzt?«, fragte sie.
Da war es ganz einfach.
»Wir sehen uns wieder«, sagte ich. Dann legte ich meine Hand an ihre Wange. »Heute ist schon sehr viel passiert. Das möchte ich nachkosten.«
»Ich auch«, antwortete sie leise und legte ihre Hand auf meine.
Dann winkte ich ein Taxi herbei. Ich hielt ihr die Tür auf,

als sie einstieg. Sie lächelte mich an und sagte: »Jonas ist ein schöner Name.«
Ich schaute dem Taxi hinterher. Sie drehte sich noch einmal um und winkte mir durch die Heckscheibe zu. Und in diesem Moment, da ich sie in der Nacht verschwinden sah, durchzog mich mit einem Mal eine kalte Furcht. Beinah wäre ich losgelaufen, um sie aufzuhalten. Um ihr zu sagen, dass ich sie nicht allein lassen wollte. Weil ich fürchtete, sie wieder zu verlieren. So wie damals.
Wie damals?
Ich begriff schlagartig, dass dieses Gefühl ein Echo meiner Vergangenheit war. Und es war wirklich kein Wunder, dass ich es ausgerechnet bei Hella vernahm. Schließlich hatte ich seit Lydia nie mehr so viel für eine Frau empfunden wie für sie. In gewohntem Reflex sah ich zum Himmel empor, um die Göttin dieser irrlichternden Gefühle zu befragen. Doch die Mondin hatte sich hinter Wolkenschleiern versteckt. So machte ich mich einfach auf den Weg nach Hause.
Als ich das Treppenhaus zu meiner Wohnung hochstieg, war ich längst wieder mit mir im Reinen. Ich hatte mir überlegt, dass ich sie anrufen würde. Jetzt gleich. Sie konnte noch nicht lange zu Hause sein. Sicher würde sie noch nicht schlafen. Ich würde ihr einfach sagen, wie schön ich diesen Abend erlebt hatte. Und ihr dann eine gute Nacht wünschen.
Sam war nicht da. Doch darüber machte ich mir keine Gedanken. Ich ging zum Telefon und wählte Hellas Nummer. Zuerst begriff ich es nicht. Ich sah auf das Display. Es war die richtige Nummer.
Aber es ging niemand ran.

XIV

Missklänge

Am Sonntagmorgen begann ich, mit Cornelius das Dach des Schuppens freizulegen. Wir arbeiteten zügig, denn bis zum Abend wollten wir die Rundbogenfenster eingesetzt haben. Außerdem war ich viel zu unruhig, um den ganzen Tag lang nur untätig herumzusitzen. Dass Hella den Hörer nicht mehr abgenommen hatte, erklärte ich mir damit, dass sie schon geschlafen hatte. Vielleicht war das Telefon auch leise gestellt, weil sie nächtliche Anrufe von ganz anderer Seite befürchtete. Ich sagte mir unablässig, dass es nichts zu bedeuten hatte. Dennoch nagte der Zweifel an mir. Was, wenn sie es sich anders überlegt hatte? Gegen Mittag hielt ich es nicht mehr aus und versuchte es erneut. Nichts. Ich wählte ihre Handynummer. Und landete auf ihrer Mailbox. Ich wusste nicht, welche Nachricht ich hinterlassen sollte, zumal Cornelius mich dabei neugierig beäugte. Also legte ich wieder auf.

»Alles okay?«, fragte er betont beiläufig.

»Alles klar«, erwiderte ich knapp und schnappte mir die nächste Latte für die Rahmung. Es hatte keinen Sinn, sich

Gedanken zu machen. Doch dummerweise waren es nicht nur Gedanken. Es war so etwas wie eine Vorahnung. Oder vielleicht doch eher eine Erinnerung? Verbissen arbeitete ich weiter.

In den letzten Tagen hatte ich den Dachboden ausgemessen und berechnet. So konnten wir nach Plan vorgehen. Die Konzentration auf die Arbeit lenkte mich ab. Kurz vor Mittag kam Sam durch den Toreingang. Ich saß gerade oben auf dem First und schraubte das Hebegestell fest, mit dem wir die ziemlich schweren Fenster hochziehen wollten.

»Was wird denn das?«, fragte sie erstaunt, als sie uns auf dem Dach herumturnen sah.

»Jonas will …«, begann Cornelius. Ich unterbrach ihn: »Wir bauen hier aus.«

Er blickte mich scheel an. Meine Geheimnistuerei kam ihm langsam komisch vor. Aber ich hatte Sam nichts von meinen Plänen erzählt, ebenso wenig, wie sie mir erzählte, wo sie sich herumtrieb. Und gerade jetzt war ich nicht in der Stimmung, mit meinen Plänen herauszurücken.

Sam sah ein wenig verloren aus, wie sie so da stand mit den Händen in den Taschen ihrer Jeans, die Schultern hochgezogen.

»Ist alles okay mit dir?«, rief ich ihr zu.

»Ja«, sagte sie gedehnt. »Und du?«

Ich nickte nur und versuchte ein Grinsen. Es fühlte sich unecht an. Mir fiel nichts mehr ein, und Sam ging ohne ein weiteres Wort ins Treppenhaus. Irgendetwas stand zwischen uns. Ich wusste nicht, was, aber es rührte genau an den Punkt, der ohnehin schon ziemlich empfindlich war.

»Du, Jonas …«, hörte ich Cornelius tastend fragen. Meine Antwort klang ruppiger, als ich wollte: »WAS?«
»Ähm, schon gut, ich hole mal den Flaschenzug.«
Kaum war er um die Ecke, griff ich wieder zum Telefon und wählte Hellas Nummer. Was war los mit ihr? Hatte ich den gestrigen Abend etwa falsch verstanden? Zwischen uns war doch etwas ganz Besonderes passiert. Da konnte es doch nicht sein, dass sie einfach unerreichbar war. Oder drehte ich langsam durch? Schließlich war ich ein wenig aus der Übung, was die Liebe anging.
Wahrscheinlich hatte sie einfach nur einen Job zu erledigen. Als Architektin war sie dauernd unterwegs, auch sonntags. Und dass sie dann nicht immer gleich ans Telefon gehen konnte, hatte ich ja schon einmal erlebt. Bestimmt war diese Situation daher völlig harmlos, sagte ich mir, als ich dem anhaltenden Tuten hinterherlauschte. Oder etwa nicht?
Als ich die Verbindung unterbrach, entschied ich, meine innere Unruhe zu ignorieren. Da kam Sam wieder aus dem Treppenhaus. Sie hatte eine Tasche über der Schulter.
»Scheiße«, fluchte ich leise und kletterte vom Dachfirst runter. Dann standen wir uns im Hof gegenüber. Sam sah mich an und kaute auf ihrer Unterlippe herum.
»Ich schätze, ich habe dir lange genug das Wohnzimmer blockiert«, sagte sie dann.
»Das ist doch Quatsch.«
»Was ist, wenn du mal eine Frau mitbringst? Vielleicht diese neue, wegen der du immer den Mond anstarrst.«
»Dann gebe ich dir Geld fürs Kino.«
»Nee, Jonas. Außerdem muss ich mir mein eigenes Leben

suchen. Aber es war schön, dass ich bei dir unterkriechen konnte.«

Ich wollte alles Mögliche entgegnen: dass die Mondfrau nicht ans Telefon ging. Dass ich nicht wollte, dass Sam sich unglücklich machte. Ich wollte sie beschützen, ebenso, wie ich sie bei mir haben wollte, weil es sonst niemanden gab, mit dem ich so reden konnte wie mit ihr. Aber ich begriff, dass es keinen Sinn hatte. Sam hatte ihre Entscheidung getroffen.

»Wohin geht es diesmal?«, fragte ich sie und konnte nicht verhindern, dass ich mich ein wenig geknickt anhörte.

»Nicht weit, Jonas«, antwortete sie, beugte sich zu mir und küsste mich auf die Wange. »Ich rufe dich an.«

Ich schaute ihr nach und fragte mich, wann ich meine Schwester wohl wiedersehen würde. Kurz bevor sie im Durchgang verschwand, tauchte Cornelius mit dem Flaschenzug auf der Schulter wieder auf.

»Ciao, Cornelius«, sagte Sam.

Cornelius machte: »Ähm.«

»Habe ich sie etwa vertrieben?«, fragte er mich dann. »Das wollte ich nicht. Eigentlich mag ich sie ganz gerne, und das mit Laura war nicht so gemeint. Wo will sie denn hin?«

»Keine Ahnung.« Ich nahm ihm den Flaschenzug ab. Bevor ich wieder auf das Dach kletterte, bemerkte ich Marita in der Verandatür, sie telefonierte. Ich winkte ihr zu, aber sie reagierte nicht, obwohl sie mir direkt ins Gesicht schaute. Ich wunderte mich über ihre sorgenvoll gefurchte Stirn, anscheinend führte sie gerade ein ziemlich ernstes Gespräch.

Während wir weiterarbeiteten, merkte ich natürlich, dass Cornelius vor Neugier kaum noch an sich halten konnte.

Aber mein Widerstand, über irgendetwas anderes als die Statik des Daches zu reden, war wohl so offenkundig, dass er sich nicht traute, mich auszufragen.
Mir war halbwegs klar, dass mein trotziger Zorn ein Resultat der unsicheren Lage war, in der ich mich befand. Bei Hella hatte ich mich so weit vorgewagt, dass mich allein der Umstand, sie nicht erreichen zu können, in tiefe Zweifel stürzte. Nun war auch noch Sam fort, und ich merkte schmerzlich, wie wichtig mir meine Schwester war. Kurz: Während ich auf einem Dach saß, hatte ich, bildlich gesprochen, das Gefühl, dass der Boden unter meinen Füßen ins Wanken geraten war. Verbissen hämmerte ich die Nägel ins Holz.
Am Nachmittag kam Andi vorbei, um uns beim Einsetzen der Fenster zu helfen. Wir waren ein gut eingespieltes Team, ruhig und konzentriert bauten wir das Dach neu zusammen. Fast drei Stunden lang dachte ich weder an Hella noch an Sam. Es tat gut. Dann – wir waren gerade fertig und begutachteten zufrieden unser Werk – klingelte mein Handy. Es war Hella.
Ich merkte gleich, dass etwas nicht stimmte. Ihre Stimme klang fremd und distanziert. Ich entfernte mich ein paar Schritte von Cornelius und Andi.
»Jonas, ich … ich muss etwas mit dir besprechen …«
Ich wartete, weil es sich so anhörte, als machte sie nur eine kleine Pause. Doch die Pause wurde immer länger.
»Sollen wir uns treffen?«, fragte ich.
»Nein.« Die Antwort kam sehr schnell. »Besser nicht. Ich meine … erst mal nicht.« Dann hörte ich, wie sie tief Luft holte. »Wir sollten uns überhaupt eine Weile nicht mehr sehen.«

Jetzt wankte der Boden nicht mehr, er sackte lautlos unter mir weg.

»Warum nicht?«

»Es ist … ich kann dir das jetzt nicht erklären. Bitte … es geht nicht anders.«

Ich hatte nicht die leiseste Ahnung, was los war. Aber was sollte ich tun? Ich suchte nach Worten, wollte sie fragen, ob ich alles falsch verstanden hatte. Wollte ihr gleichzeitig sagen, dass ich mich nach ihr sehnte. Dass ich wieder ihr Haar an meinem Kinn und ihren Mund an meinem Hals spüren wollte. Ich wollte ihr tausend Dinge sagen, eine ganze Symphonie von Worten. Aber was wäre das anderes gewesen als ein Betteln um Liebe? Über meine Lippen kam kein Ton.

»Jonas?«, fragte sie zögernd in mein Schweigen.

Ich versuchte mich zusammenzureißen, machte es wie sie, holte erst einmal tief Luft und hoffte dabei, dass meine Stimme ruhig klingen würde.

»Wie du meinst«, sagte ich. Meine Stimme war nicht nur ruhig, sie war so unpersönlich wie die eines Finanzbeamten. »Ein Missverständnis. So etwas kommt vor. Ich werde dich selbstverständlich nicht mehr belästigen.«

»Jonas, es …«

»Ich denke«, unterbrach ich sie, »wir sollten dieses Gespräch nicht unnötig in die Länge ziehen.«

Weiß der Teufel, woher ich diesen Satz hatte, aber er klang verdammt souverän.

»Ja … natürlich, es tut mir leid, Jonas.«

»Ja, mir auch.« Selbst jetzt konnte ich nicht von meiner blöden Höflichkeit lassen und wartete, bis sie aufgelegt hatte. Danach starrte ich auf das Telefon. Ich konnte es

nicht glauben. Fast erwartete ich, dass es wieder klingelte und Hella mir sagte, es sei alles nur ein Irrtum gewesen. Aber das geschah natürlich nicht.
Ich hörte die Stimmen von Andi und Cornelius, die auf den Dachboden gestiegen waren. Das war mir nur recht, ich brauchte noch etwas Zeit, um mit dieser Abfuhr klarzukommen.
Sam hatte ganz offensichtlich unrecht gehabt. Ich war immer noch der Mann für den Übergang. Schade, dass ich es ihr nicht mehr sagen konnte. Sie war ja weg. Aber welchen Sinn hätte das schon gehabt? Eines wusste ich immerhin: Ich hatte keinen Grund, mich zu beschweren. Es war das Leben, das ich gewählt hatte.
Ich blickte zum Dach hoch, das noch längst nicht fertig war. Aber der schwierigste Teil war geschafft. Den Rest würde ich in den nächsten Tagen alleine erledigen können. Das war gut so, besser jedenfalls als rumzuhängen und den Blues zu kriegen. Mir ging auf, dass ich den Bau des Ateliers niemals in Angriff genommen hätte, wenn ich Hella nicht kennengelernt hätte. Und Maja. Die Feuerfrau und der kleine Vogel, der aussah, als sei er aus dem Nest gefallen. Dabei hatte ich mir dann wohl ein paar Dinge zu viel zusammengeträumt. Kein Wunder, wenn es mich jetzt kalt erwischte. Geschah mir nur recht, ich sollte langsam gelernt haben, dass die Dinge nie so funktionierten, wie ich mir das wünschte.
Ich dachte darüber nach, was ich nun tun sollte. Doch da gab es nicht viel zu überlegen. Ich würde das tun, was ich mir vorgenommen hatte: Ich würde sie beide malen. Und vielleicht – darauf setzte ich insgeheim – würde ich sie mir damit auch aus der Seele malen.

Als ich schließlich wieder zum Schuppen zurückging, fiel mir auf, dass das bohrende Wühlen in meinem Bauch aufgehört hatte. Jetzt war da nur noch ein großes Loch. Es schmerzte höllisch an seinen Rändern. Aber wenigstens war die Unruhe vorbei. Für die gab es nun keinen Grund mehr. Schließlich war genau das passiert, was ich befürchtet hatte.
Und ich lebte noch.

Ganz so einfach, wie ich es mir gedacht hatte, wurde die Sache natürlich doch nicht. Als ich irgendwann allein in meiner Wohnung war – viel zu allein, denn auch Sam hatte sich ja aus dem Staub gemacht –, ging der Katzenjammer los. Ich versuchte, ihn mit Whisky zu betäuben, was nicht wirklich gelang. Schlafen konnte ich auch nicht. Und so durchlebte ich wieder und wieder den gestrigen Abend, während draußen ein Rest Mond über den nächtlichen Himmel sichelte. Na ja, vielleicht dichtete ich noch einiges hinzu, alles durchtränkt von der bitteren Gewissheit, dass es nie Wirklichkeit werden würde.
Das brachte natürlich überhaupt nichts, außer, dass ich am nächsten Morgen wie gerädert zur Arbeit ging. Unglücklicherweise begann ausgerechnet an diesem Tag der neue Job bei Sonja Trauernicht. Zwar war kaum damit zu rechnen, dass Hella oder Maja bei ihr auftauchen würden, dennoch war es Sonjas Wohnung, in der wir uns kennengelernt hatten, und somit nicht gerade der beste Ort, an dem ich auf andere Gedanken kommen konnte. Damit befand ich mich in der absurden Situation, dass ich als Voodoomeister, der diese Räume von den Geistern einer schmerzenden Trennung befreien sollte, eben dort

auf meine eigenen Gespenster stoßen würde. Manchmal bewies das Schicksal einen ziemlich merkwürdigen Sinn für Humor. Aber man sollte niemals über das Schicksal spotten. Denn meist hat es noch etwas in petto.

»Kann ich nicht helfen?«, fragte mich Sonja Trauernicht gleich, nachdem ich meine Sachen ausgepackt hatte. Es wäre im Moment im Büro nicht viel zu tun und sie könnte sich jederzeit freinehmen.

Auch das noch!

Ich teilte ihr ziemlich unverblümt mit, dass sie mir eher ein Hindernis als eine Hilfe wäre. Das fand sie komisch. Dabei meinte ich das durchaus ernst. Ich vertröstete sie auf den Zeitpunkt, wenn es so weit wäre, die Farben aufzutragen. Die sollte sie natürlich schon mit auswählen dürfen. Sie kochte mir noch Kaffee und machte Schnittchen. Dann zog sie endlich ab. Und ich konnte die angestrengt kundenfreundliche Miene wieder von meinem Gesicht nehmen, das daraufhin vermutlich einen Ausdruck annahm, den Cornelius als hochgradig schlecht gelaunt bezeichnet hätte.

So ging es die nächsten Tage weiter. Immerhin bekam ich jede Menge Kaffee und Schnittchen, nur als Sonja irgendwann mit Kuchen ankam, musste ich sie ausbremsen. Abends arbeitete ich an meinem Dachboden, bis ich mich vor Müdigkeit kaum noch auf den Beinen halten konnte. Jeden Abend zögerte ich den Moment, in dem ich in meine Wohnung zurückkehren musste, noch weiter hinaus. Dort warteten die Untätigkeit, die Stille, die Leere, die Einsamkeit auf mich. Am vierten Tag schaffte ich eine Matratze auf den Dachboden. Dort saß ich dann bis spät in die Nacht, machte mir ein paar Kerzen oder

Teelichter an, trank Rotwein und träumte mich in den Schlaf.
Neugierig wie er war, kreuzte natürlich Cornelius irgendwann auf. Aber weil ich nur Knurr- und Brummlaute von mir gab und ihn ansonsten ignorierte, haute er bald wieder ab. Mit Marita war es nicht ganz so einfach.
»Hey Jonas, störe ich dich?«, fragte sie, als sie die Treppe zum Dachboden hochkam.
»Natürlich nicht«, gab ich zurück.
Sie sah sich um, die Finger in die Gesäßtaschen ihrer Jeans gesteckt. Ihre Haltung erinnerte mich an Sam.
»Ich finde es gut, dass du dich hier einrichtest«, sagte sie schließlich.
Darauf wusste ich nichts zu sagen, darum nickte ich nur.
»Ist alles okay mit dir?«
»Alles klar«, antwortete ich.
Wieder schaute sie sich um. Irgendetwas war komisch an ihrem Verhalten.
»In zwei Wochen ist die große Hofparty.«
»Ah ja, okay.«
»Tja, du kannst dazu natürlich einladen, wen du willst.«
»Hm, ich werde Anton Bescheid sagen.«
»Anton, ja, prima Kerl.«
»Marita?«
»Ja?«
»Hast du etwas auf dem Herzen?«
Sie wiegte den Kopf hin und her und machte: »Puh.« Dann kam sie auf mich zu und umarmte mich einfach. Ich war ziemlich verblüfft und wusste erst gar nicht, was ich davon halten sollte. Aber ich mochte sie wirklich gern, und es tat gut, sie im Arm zu halten.

»Weißt du«, meinte sie, nachdem sie sich von mir gelöst hatte, »die Dinge sind nicht immer so, wie sie ausschauen.« Dann stieg sie wieder die Treppe runter. Ich hatte keine Ahnung, was, zum Teufel, sie mir damit hatte sagen wollen. Als Nächste kam Pia.

»Hallo Onkel Jonas.«

Ich entschied, dass ich eine Tür oder wenigstens eine Luke brauchte, etwas, das man verschließen konnte.

»Pia, das hier ist eine Baustelle. Weißt du, was eine Baustelle ist?«

»Ja.«

»Dann weißt du auch, dass Kinder auf einer Baustelle nichts zu suchen haben.«

»Och.«

Ich wusste, dass Kinder, wenn man ihnen ein Mal etwas erlaubt, es von da an als ihr natürliches Recht betrachten. Es tat mir zwar leid, aber ich musste hart bleiben.

Meine Muffeligkeit erfüllte ihren Zweck, die Halb- und Viertelchinesen ließen mich schließlich in Ruhe. Es wurde überhaupt sehr ruhig in unserem kleinen Hinterhof. Es schien, als hätte mit dem Verschwinden von Sam, Hella und Maja unser Gemeinschaftsleben ein Ende gefunden. Das war insofern seltsam, als alle drei ursprünglich gar nicht dazugehört hatten. Dennoch schienen sie nicht nur mir zu fehlen. Manchmal, wenn ich den Hof durchschritt, an der verwaisten Grillecke vorbei, und den Blick über die abweisenden Fenster wandern ließ, hatte ich den Eindruck, dass alles auf sie zu warten schien. So, als bräuchten sie nur durch den Toreingang zu kommen und alles würde schlagartig wieder zum Leben erwachen. Doch nichts geschah. Jeder kümmerte sich um seinen Kram und ließ den anderen in Ruhe.

Während mir dieser kommunikative Blackout nicht ungelegen kam, war er für eine andere Bewohnerin unseres Blocks sehr viel betrüblicher. Unser Haus- und Hofhund Loui litt sichtlich unter Rudelentzug. Eines Abends vernahm ich das vorsichtige Tapsen kleiner Pfoten auf den Stufen, die zu meinem Dachboden führten. Ein kleiner, dunkler Kopf tauchte auf mit zwei Augen, die mich etwas ängstlich beäugten. Dann schnüffelte Loui sich langsam in meine Richtung vor. Natürlich bettelte sie um meine Aufmerksamkeit und wollte, dass ich irgendwelche Dinge durch die Gegend warf, denen sie dann hinterherjagen konnte. Aber das war nicht drin. Schließlich gab sie es auf und trollte sich in die Ecke, in die ich meine Jacke gelegt hatte, ließ sich seufzend auf ihr nieder und beschränkte sich darauf, mir mit ihren braunen Hundeaugen bei der Arbeit zuzusehen.

Mit der Zeit kam sie öfter, und ich gewöhnte mich daran, dass sie bei mir rumlungerte. Ihre dankbare Anspruchslosigkeit war genau die richtige Gesellschaft für mich. Irgendwann begann ich, sie an meinen Gedanken teilhaben zu lassen.

»Was meinst du, Loui, soll ich das Dach isolieren?«

Sie musterte die Unterseite der dunkelroten Dachpfannen. Ich bemerkte die Skepsis in ihrem Blick.

»Es wäre besser, weißt du, vor allem im Winter. Da kann es nämlich arschkalt werden.«

Sie schnaufte verächtlich.

»Du hast recht, das sieht bescheuert aus.«

Sie streckte sich wohlig.

»Genau, ein echter Wolf pfeift auf so etwas.«
Loui verstand es, einfach zuzuhören. So dauerte es nicht lange, bis ich ihr mein Herz ausschüttete.
»Weißt du, Hella ist wirklich eine tolle Frau«, erzählte ich ihr. »Es hat mich richtig erwischt, verstehst du, was ich meine?«
Loui grunzte, ich nahm das als ein Ja.
»Bei euch Hunden ist das natürlich einfacher. Ihr schnuppert einander am Hintern rum und wisst gleich, ob da etwas läuft oder nicht. Beneidenswert, aber du siehst doch ein, dass dieses Verfahren nicht auf Menschen übertragbar ist.«
Loui kratzte mit ihrem Hinterlauf hingebungsvoll an ihrem Schlappohr rum.
»Ich dachte immer, ich verstünde die Frauen. Aber das mit Hella«, ich schüttelte den Kopf, »das verstehe ich einfach nicht. Du bist doch auch eine Frau, kannst du mir mal erklären, was da los ist?«
Loui grinste und klopfte mit dem Schwanz auf den Boden. Da merkte ich, was ich hier eigentlich tat: Ich unterhielt mich mit einem Hund!
Ich ging zu ihr und kraulte ihr den Kopf.
»Ich muss es dir ganz offen sagen«, erklärte ich ihr. »Das mit uns beiden, das wird nichts. Tut mir leid.«
Dann aber kam der Abend, an dem ich sehr spät heimkehrte. Und verdammt froh darüber war, dass das kleine Wollknäuel auf mich gewartet hatte.

Es war am Freitag. Ich hatte es so eingerichtet, dass ich bei Sonja Flur und Küche fertigstellte und sie auf diese Weise übers Wochenende wieder einräumen konnte. Für den Flur hatte ich einen matten Grauton gewählt, der ihr sehr gut gefiel. Dieses Grau hatte ich, etwas kräftiger, auf einer Wand der Küche weitergeführt. Für die Essecke hingegen hatte ich einen Ton ausgesucht, den sie mir in ihrem Designerbuch gezeigt hatte: ein Rotbraun, das ganz gut zu ihren hellen Möbeln passte.

»Ja, das ist es«, rief sie und drehte sich in ihrer Küche um die eigene Achse, nachdem ich meine Sachen zusammengepackt hatte.

Ich war an diesem Tag in einer merkwürdigen Stimmung. Die ganze Woche hatte ich schlecht geschlafen, was mich etwas reizbar machte. Das durfte ich natürlich nicht an meiner Kundin auslassen, obwohl sie mir mit ihrer übertrieben guten Laune und dem ständigen Gelache ziemlich auf die Nerven ging. Dass ich nicht darauf einstieg, schien sie nicht im Geringsten zu stören. Im Gegenteil, je trockener und knapper meine Antworten ausfielen, umso freudiger scharwenzelte sie um mich herum. Als ich nun fertig war und gerade gehen wollte, lud sie mich zum Essen ein.

Ich überlegte nur kurz. Zwar war sie eine Nervensäge, aber dafür konnte sie auch mühelos eine Unterhaltung allein bestreiten. Wenn ich ab und zu also mal nicken oder »Aha« sagen würde, wäre das völlig ausreichend. Als Alternative erwartete mich zu Hause ein Kühlschrank, der außer einer Tube Senf und ein paar Oliven nichts zu bieten hatte. Verdammt, ich hatte Hunger und keine Lust, wieder alleine rumzuhängen. Also sagte ich ja.

Wir gingen zu einem Italiener gleich bei ihr um die Ecke, dessen Bedienung Sonja mit viel Hallo, Signora und Va bene begrüßte. Ich hielt mich da raus.

»Möchten Sie einen Aperitif?«, fragte sie mich, als wir unsere Plätze eingenommen hatten.
Ich hatte seit Sonntag nichts mehr getrunken, jetzt hatte ich Lust auf einen Drink. Sonja bestellte zwei Grappa.
Das half sofort. Ich begann mich wohl zu fühlen. Zum Essen bestellte Sonja einen sizilianischen Weißen, den ich ausgezeichnet fand. Mittlerweile hatte ich mich an die übertriebene Höflichkeit des Personals gewöhnt. Auch Sonja begann mir sympathischer zu werden. Das gedämpfte Licht verlieh ihren Augen ein geheimnisvolles Glühen. Ihre Lippen glänzten, und ihre Wangen waren leicht gerötet vom Wein und der Atmosphäre des Abends. Trotzdem dauerte es noch ein Weilchen, bis ich merkte, dass sie mich anbaggerte.
Es gelang mir, meine Verblüffung zu verbergen. Das wäre wahrscheinlich gar nicht nötig gewesen. Sonja war ein Mensch, der eher auf Senden als auf Empfangen gepolt war. Selbst wenn ich sie mit offenem Mund angestarrt hätte, wäre ihr dies vermutlich noch als Kompliment erschienen.
Während sie weiter auf mich einplapperte, fielen mir all die Signale auf, die sie dabei aussendete. Wie sie sich vorbeugte, wobei sich die Bluse über ihren Brüsten spannte, und sie den Ausschnitt um eine Spur weiter öffnete. Wie sie sich mit der Zunge über die Lippen fuhr und mich anlachte. Wie ihre Hand mit dem Glas spielte und im Grunde darum bettelte, berührt zu werden. Und als ich das alles beobachtete, wurde mir klar, dass sie sich nicht erst seit heute Abend um mich bemühte. Sie machte das schon die ganze Woche, ich war nur zu blöde gewesen, es wahrzunehmen.

Als sie nach dem Hauptgericht in die Waschräume verschwand, hatte ich Gelegenheit, diesen Fall etwas genauer zu durchdenken. Mittlerweile suchten sich zwei Grappa und eine halbe Flasche Wein einen Platz in meinem Körper. Zumindest die Grappa waren direkt ins Hirn gespurtet. Dort brachten sie einiges durcheinander. Statt mir nämlich Gedanken über die Konsequenzen einer erotischen Fortsetzung dieses Abends zu machen, wuchs die Kränkung, die ich durch Hellas Abweisung erfahren hatte, und durchbrach die dünne Haut meiner Selbstbeherrschung. Warum, fragte eine wütende Stimme in mir, musste ich hier mit dieser komischen Frau rumsitzen? Wo war Hella? Warum war sie nicht hier und blitzte mich mit ihren wunderschönen Augen an?
Ich spürte, wie Groll und Grappa meine Bedenken fortspülten, und bestellte mir gleich noch einen Kurzen. Als Sonja zurückkam, hatte ich zwar noch keine Entscheidung getroffen, befand mich aber in einer herrlich entspannten »Scheiß drauf«-Stimmung.
Natürlich fragte sie mich, als wir das Restaurant verließen, ob ich noch einen Drink bei ihr nehmen wolle, und natürlich sagte ich ja. Als wir dann in ihrer Wohnung waren und sie den Wein aus dem Kühlschrank holte, war ich kurz am Zweifeln. Anscheinend hatte die frische Luft wieder für ein bisschen Klarheit in meinem Oberstübchen gesorgt. Jedenfalls fragte ich mich, ob das, was hier gerade anlief, wirklich klug war.
Für Sonja gab es diese Zweifel nicht. Wir hatten gerade mal einen Schluck genommen, als sie schon an mich heranrückte. Sie legte mir die Hände auf die Brust und bot mir ihren Mund dar. Das widerstrebte mir. Ich erwiderte

ihre Umarmung, aber ihrem Mund wich ich aus, indem ich ihr mit den Lippen über die Wangen und den Hals strich. Sie schmiegte sich an mich. Ihr Körper war weich und warm. Das blieb nicht ohne Wirkung, und diese Wirkung blieb wiederum ihr nicht verborgen. Während ihre Hände mein Haar durchwühlten und ich ihren Atem an meinem Ohr spürte, presste sie ihren Schoß an meinen und rieb sich an dem Widerstand, den sie dort vorfand. Dann löste sie sich von mir, krallte ihre Fingernägel in meine Brust und raunte: »Komm!«

Ich folgte ihr etwas benommen durch den Flur Richtung Schafzimmer. Gänzlich unpassende Fragen krochen mir in Zeitlupengeschwindigkeit durch den Kopf. War das wirklich ich, der das hier tat? Wollte ich das überhaupt? War ich so scharf, dass es mir egal war, mit wem ich ins Bett ging? Diesen Fragen standen ein paar schlichte Feststellungen gegenüber: Sie ist eine Frau. Sie will vögeln. Und zwar mit mir. ›Was soll's‹, dachte ich also und schob alle störenden Gedanken beiseite.

Mit flinken Fingern knöpfte sie ihre Bluse auf und streifte auch gleich ihren BH ab. Ich starrte auf ihre Brüste, deren Rundungen in einem merkwürdigen, aber reizvollen Kontrast zu ihrem spitzen Gesicht standen. Es waren schöne Brüste, zweifellos, dennoch verwirrte mich ihr Anblick. Denn sie kamen mir bekannt vor.

Das war natürlich Unsinn. Ich war mir sicher, dass Sonja und ich noch nie bis zu diesem Punkt gekommen waren. Auch hatte ich sie nie im Bad überrascht oder irgendwann in spärlich bekleideten Zustand angetroffen. Trotzdem war ich mir ganz sicher: Ich hatte diese Brüste schon mal gesehen.

Sonja war sichtlich erfreut über mein Interesse. »Gefalle ich dir?«, gurrte sie, als sie langsam auf mich zukam.
Das war zwar nicht die Frage, die mich beschäftigte, aber sie wartete die Antwort ohnehin nicht ab. Sie nahm meine Hände und legte sie an ihre Brüste. Unwillkürlich packte ich zu, wahrscheinlich etwas zu fest, denn sie stöhnte auf. Doch gleich darauf umschlang sie mich mit den Armen, ein Bein klemmte sie hinter mein Knie. Dann presste sie sich an mich, und ehe ich mich versah, hatte ich ihre Zunge in meinem Mund. Und das war der Moment, in dem es mir einfiel. Jetzt wusste ich wieder, wo ich ihre Brüste schon mal gesehen hatte.
Während sie an meinen Hemdknöpfen herumzerrte, sah ich das Foto einer jüngeren Sonja wieder vor mir und hörte wieder die Stimme, die mich fragte: »Findest du Tante Sonjas Brüste schön?« Es war die Stimme eines kleinen Mädchens. Schlagartig wurde ich nüchtern.
Sonja schob ihre Hand in meine Hose. Was sie dort vorfand beziehungsweise nicht vorfand, ließ sie stutzen.
»Was ist los?«, fragte sie heftig atmend.
Mir war klar, dass das jetzt ein kritischer Augenblick war. Doch als ich mich von ihr löste und dabei auch ihre Hand wieder aus meiner Hose glitt, empfand ich nur ungeheure Erleichterung.
»Ich glaube, das sollten wir nicht tun«, sagte ich.
Sie sah mich ungläubig an. »Was soll das heißen? Spinnst du?«
»Tut mir leid, aber ich habe zu viel getrunken. Es geht nicht.«
Sie lachte auf. »Das fasse ich nicht. Wirst du schon von einem Glas Wein impotent, oder was?«

Das Gespräch nahm eine unangenehme Wendung. Es wurde Zeit, dass ich hier wegkam. Als ich mich zum Gehen wandte, schnappte sie sich ihre Bluse, streifte sie über, schloss sie aber nicht, sondern hielt sie nur mit den Händen vorne zusammen. So kam sie hinter mir her.

»Was glaubst du, wer du bist, du Mistkerl?«, zischte sie. »Denkst du, ich weiß nicht, was da läuft?«

Ich blieb stehen. »Wovon redest du?«

»Ist es Hella, hinter der du her bist?«, fragte sie lauernd. »Oder ist es die Kleine?«

Es dauerte ein paar Sekunden, bis ich begriff. Aber dann verschlug es mir die Sprache. Ihr Gesicht war zu einer hässlichen Maske geworden. Was hatte mich nur geritten, dass ich mit dieser Frau hatte vögeln wollen. Fassungslos schüttelte ich den Kopf. »Du bist doch nicht ganz dicht.«

»Scheißkerl«, rief sie mir nach, kurz bevor die Tür hinter mir ins Schloss fiel.

Als ich ins Freie trat, holte ich erst mal tief Luft. Der Mond grinste schief. »Ich schätze«, sagte ich zu ihm, »dieser Job hat sich erledigt.«

Dann ging ich zu Fuß nach Hause. Und war verdammt froh, als mich dort das kleine Wollknäuel schwanzwedelnd empfing.

XV

Offenbarungen

Ist es Hella, hinter der du her bist? Oder ist es die Kleine? Wie Säure ätzten sich diese Worte in mein Gehirn. Anfangs war der Schmerz, den sie verursachten, nur oberflächlich, doch je länger ihr Gift in mir wirkte, desto zorniger wurde ich. Die schreiende Ungerechtigkeit dieser Unterstellung sowie die Unmöglichkeit, sie wirksam kontern zu können, brachte alles in mir durcheinander. Meine latente Gereiztheit und meine Kränkung über Hellas ablehnendes Verhalten mischten sich ebenfalls noch in dieses Gemenge mit hinein. Hatte sich denn die ganze Welt gegen mich verschworen? Sogar meine Schwester hatte sich von mir abgewandt, und ich wusste, verdammt noch mal, nicht, wieso. Selbst Loui ließ sich kaum noch blicken.
Zu allem Überfluss war der Dachboden fertig. Was sollte ich jetzt tun? Zum Zeichnen oder gar Malen war ich nicht in der Lage. Es wären Bilder geworden, vor denen jeder weggelaufen wäre. Also baute ich Rahmen und bezog sie mit Leinwand, um wenigstens etwas zu tun zu haben. Ein halbes Dutzend hatte ich schon fertig, als mich eines Abends ein Pochen aus meinen finsteren Gedanken riss.

Ich schaute mich verwirrt um, bis ich begriff, dass das Geräusch von der verriegelten Luke kam, die ich mittlerweile über der Treppe angebracht hatte. Mit dem festen Vorsatz, jeden ungebetenen Gast – und das war fast jeder Bewohner dieser Erde – zum Teufel zu jagen, riss ich die Luke auf.
Dann konnte ich nur noch ein völlig verblüfftes: »Sam?« ausstoßen.
»Hallo Jonas«, sagte meine Schwester, »können wir raufkommen?«
»Ja, sicher«, ich trat zurück, »aber wieso wir? Wer …?«
Dann erkannte ich, wer hinter Sam die Treppe raufkam: Es war Anton.
»Hey Jonas, wir müssen mit dir reden.«
Anton machte ein ziemlich ernstes Gesicht. Sam hingegen schien sich prima zu amüsieren, sie grinste fröhlich, als sie mich umarmte. Dann schaute sie sich erst mal neugierig um. Ich versuchte derweil zu kapieren, was los war. Gelang mir aber nicht.
»Also, wir müssen mit dir reden«, wiederholte Anton.
Sam verdrehte die Augen. Ich fand, die beiden benahmen sich ziemlich merkwürdig. Von Sam war ich das ja gewohnt, aber was war mit Anton los? Und wieso tauchten sie zusammen bei mir auf?
Wahrscheinlich hätte ich es unter normalen Umständen längst kapiert, aber die Umstände waren nicht normal. So sah ich nur völlig ratlos von einem zum anderen.
Sam stieß Anton den Ellbogen in die Seite. »Nun mach schon.«
Anton streckte das Kreuz durch: »Also, Jonas, Sam und ich, wir …« Dann gab er sich einen Ruck: »Wir sind zusammen.«

»Na endlich«, murmelte Sam.

Ich muss wohl ziemlich blöde geguckt haben, denn Anton fügte hinzu: »Sie ist jetzt mein Mädchen.«

Sam bedachte ihn mit einem Seitenblick. »Dein Mädchen?«, fragte sie ungläubig. Anton beachtete sie nicht, sah nur mich an. Inzwischen rastete es bei mir endlich ein.

»Du und Sam, ihr seid …«, ich wedelte mit der Hand, »ihr seid ein Paar?«

»Wow«, machte Sam, »noch so ein Schnellmerker.« Ich ignorierte sie.

Anton verzog den Mund und nickte heftig. Immer noch hatte er diesen merkwürdigen Ausdruck in den Augen.

»Ist das … in Ordnung für dich?«

Sam verschränkte die Arme vor der Brust: »Da bin ich aber mal gespannt.«

»Ob das …« Endlich kapierte ich. Anton wollte mein Einverständnis. »Mann«, sagte ich inbrünstig, »das ist aber so etwas von in Ordnung.«

»Wie schön«, murmelte Sam und guckte in die Luft.

»Heilige Scheiße«, rief Anton und hielt mir die offene Hand hin, »das war mir wichtig.«

Mein alter Kumpel Anton. Natürlich: alte Rockerehre. Wenn du etwas mit der Schwester eines Kumpels anfängst, musst du ihn fragen. Sonst ist Ärger angesagt. Wie ich diesen Typen liebte.

Ich schlug grinsend ein, und wir hauten uns gegenseitig krachend auf die Schulter. Den Schmerz in meiner zerquetschten Hand unterdrückte ich. Dann riss uns Sam aus unserer kleinen Privatfeier:

»Seid ihr Schwuchteln jetzt fertig? Ich könnte nämlich ein Bier vertragen.«

»Du willst also wirklich wieder malen?«, fragte Sam, während sie mein Atelier inspizierte. »Finde ich gut.«
Ich hatte mit Brettern und Kisten ein paar Sitzgelegenheiten improvisiert, während Anton das Bier aus seinem Auto holte. Jetzt ploppte er uns drei Flaschen auf und verteilte sie.
»Ich kann euch gar nicht sagen, wie froh ich bin, euch zu sehen«, sagte ich.
»Ich hätte es dir schon längst erzählt«, meinte Sam. »Aber Anton wollte das selbst machen. Dauerte allerdings ein bisschen.«
»Mensch, Anton«, fragte ich, »hast du wirklich gedacht, dass ich etwas dagegen haben könnte?«
Er zuckte mit den breiten Schultern. »Na ja, Sam hat doch eigentlich etwas Besseres verdient.«
Sam schüttelte nur ungläubig den Kopf, dann wandte sie sich mir mit einer hilflosen Geste zu. *Siehst du,* schien sie damit zu sagen.
Es war wirklich an der Zeit, dass ich etwas klarstellte.
»Nee, Anton«, sagte ich, »was Besseres als dich gibt's nicht. Prost Alter, auf euch.«
Er klickte mit seiner Flasche so kräftig an meine, dass wir um ein Haar mein Atelier mit Bier getauft hätten.
»Wieso habe ich das mit euch beiden eigentlich nicht mitbekommen?«, fragte ich dann.
»Na, weil du im Konzert warst«, erklärte Sam, und dann erzählten sie mir, wie sie sich an dem Abend, nachdem Anton mir beim Ausräumen des Dachbodens geholfen hatte, im Hof kennengelernt hatten. Sie erzählten wechselseitig und sahen sich dabei immer wieder an, Anton mit einem Strahlen in den Augen, das ich an ihm nicht

kannte. Und Sam mit so einem komischen schiefen Grinsen, das mir alles sagte. Jedenfalls waren sie hinterher noch durch die Kneipen gezogen und hatten eine Menge Spaß gehabt.

»Am nächsten Morgen lag sie neben mir«, erzählte er, »aber ich schwöre dir, da war noch nichts.«

»Nee, aber dann«, feixte Sam.

»Ist schon gut, so genau will ich das gar nicht wissen.«

Wir tranken alle drei von unserem Bier. Dann wies Anton mit der Hand, die die Bierflasche hielt, ein wenig unbestimmt in den Raum. »Ist das jetzt deine Werkstatt?«

»Hm«, nickte ich.

»Bilder?«

»Hm.«

»Schon eines fertig?«

Ich schüttelte den Kopf: »Nö.«

»Kommt noch?«

»Hm.«

»Gut.«

»Ich unterbreche nur ungern euren Redeschwall, Jungs«, meinte Sam, »aber ich würde da gerne noch mal nachhaken.«

Sie fasste mich ziemlich scharf ins Auge. »Du siehst nicht gut aus, Jonas. Was ist los?«

»Nichts. Es ist alles okay. Ich freue mich, dass ihr hier seid.«

»Verarsch mich nicht.«

Ich sträubte mich noch ein Weilchen, aber das war natürlich vergebens. Schließlich war sie meine Schwester. Nach und nach pulte sie alles aus mir heraus.

»Und sie hat nicht gesagt, was los war?«, fragte sie stirnrunzelnd, nachdem ich von Hellas letztem Anruf erzählt hatte. Ich schüttelte den Kopf.

»Und du hast das einfach so hingenommen?«

»Was heißt hier ›einfach so hingenommen‹? Sie wollte mich nicht mehr sehen.«

Anton nickte ernst. Sam verdrehte die Augen. »Und du bist nicht sofort zu ihr gefahren?«

»Natürlich nicht«, sagte ich.

»Natürlich nicht«, sagte Anton.

»Mann, ihr seid vielleicht Helden.«

»Wieso? Verstehst du etwa, was da los war?«, fragte ich.

»Ja. Nein. Ich weiß nicht, aber da stimmt doch etwas nicht. Ich kenne die Frau ja nicht, aber nach dem, was du erzählt hast, ist sie entweder ein ganz falsches Miststück, was ich mir nicht vorstellen kann. Oder sie hat ein richtiges Problem, und dieser Anruf war ein Hilferuf.«

»Aber warum hat sie dann nichts gesagt?«

»Vielleicht ist das, was ihr passiert ist, etwas, dessen sie sich schämt. Und sie will nicht, dass du davon erfährst.«

So hatte ich das noch nicht gesehen.

»Das ist ja ein Ding«, meinte Anton.

»Ja, ja«, sagte Sam, »wir Frauen haben auch so unsere Macken.«

Wir schauten sie beide an.

»Wieso ›auch‹?«, fragte Anton.

Sam betrachtete ihn liebevoll. »Also, ich erkläre es jetzt mal in Großbuchstaben: Ich sitze hier mit einem großen, starken Typen, der meint, er müsste erst mal meinen Bruder fragen, ob er mich flachlegen darf. Und dieser Bruder«, sie wandte sich an mich, »der sich jahrelang vor dem Leben und der Liebe versteckt, dieser Bruder lässt

die einzige Frau laufen, an der ihm etwas liegt. Das meinte ich mit: auch. Prost, Jungs.«
Sam nahm einen kräftigen Schluck, wir starrten sie nur an. Sie nahm wieder mich aufs Korn.
»Was hast du denn geglaubt?«, fragte sie. »Dass dir das Glück einfach so in den Schoß fällt?«

Später, als ich wieder allein war, saß ich noch lange auf meiner Kiste und starrte durch das Fenster hinaus in den Himmel. Ich war nicht zufrieden mit mir.
Wenn Sam recht hatte – und danach sah es verdammt noch mal aus –, hatte ich mich nicht sehr klug verhalten. Dabei waren es nicht nur Sams Worte, die mir zu denken gaben, sondern auch Antons Verhalten.
Sicher, es war ein wenig albern, dass er meinte, mich fragen zu müssen, wenn er mit meiner Schwester zusammen sein wollte. Aber so war er nun mal. Anton lebte nach seinem eigenen Kodex, und an den hielt er sich. Auch wenn ihn dies dazu zwang, einen anderen Kerl, nämlich mich, um Erlaubnis zu fragen. Anton stand für seine Handlungen ein. Und ich?
Oh ja, es hatte mir geschmeichelt, dass Maja in mir den tollen Kerl sah. Aber als ich bei den beiden zu Hause war und den Ärger dort gerochen hatte, hatte ich mich gleich wieder aus dem Staub gemacht. Ging mich ja nichts an. War nicht meine Baustelle.
Danach hatte ich Maja zwar mit nach St. Peter-Ording genommen, aber als es schwierig wurde, schnell wieder abgegeben. Und mich dann nicht mehr um sie gekümmert.
Als Hella mich schließlich anrief, um mir zu sagen, dass wir uns besser eine Weile nicht mehr sehen sollten, hatte

ich nichts anderes mehr gesehen als meine eigenen Gefühle und meinen verletzten Stolz. Hatte ich auch nur einen Gedanken daran verschwendet, was mit ihr los war?

An unserem gemeinsamen Abend war Hella ziemlich weit aus der Deckung gekommen. Und sie hatte es, weiß Gott, schwerer gehabt als ich. Was hatte ich dagegen von mir gegeben? Anscheinend nicht viel. Jedenfalls nicht genug, dass sie glaubte, sich an mich wenden zu können, als sie in Schwierigkeiten geriet. Und das war es, was Sam und Anton mir heute Abend – jeder auf seine Weise – klargemacht hatten: dass ich für meine Handlungen nicht eingestanden war.

»Also gut«, sagte ich in die Stille hinein, wobei mir auffiel, dass ich mittlerweile nicht mal mehr einen Hund hatte, der mir zuhörte. Auch egal, dann würde ich es eben der Nacht erzählen. Oder der Mondin. Die war zwar nicht zu sehen, aber sie hörte sonst ja auch alles.

»Dann werden wir uns dem mal stellen.«

Ich stand auf und griff mir einen der Rahmen, die ich gebaut hatte. Ich stellte ihn auf die Staffelei und versuchte mir vorzustellen, was für ein Bild ich malen könnte.

»Womit soll ich anfangen?«, fragte ich und ließ die Nacht oder die Mondin mit dieser Formulierung bewusst darüber im Unklaren, ob ich damit das Bild meinte oder was ich in Bezug auf Hella zu tun gedachte. Ein bisschen Spannung musste sein.

»Ich weiß es noch nicht«, gab ich zur Antwort und fuhr mit dem Finger über die Leinwand. »Das ist das Problem, ich weiß es nicht.«

Jetzt begann mein Finger, eine Linie zu zeichnen. Ich sah

in Gedanken die Kontur, die dadurch entstand, und ahnte das Bild, das auf mich wartete.
»Aber ich bin ja nicht dumm«, flüsterte ich und ließ meinen Finger immer schneller über das Tuch gleiten, sodass sich, nur für mich sichtbar, Linie an Linie fügte.
»Jedenfalls nicht so sehr, dass ich nicht einen Weg finden würde«, fügte ich dann hinzu. »Es gibt da nämlich jemanden, der Bescheid weiß. Und den werde ich mir greifen.«
Ich trat zurück, um mein noch imaginäres Werk zu begutachten. Weißt du, die Dinge sind nicht immer so, wie sie ausschauen, hatte Marita gesagt.
Marita.

XVI

Intrigen

Ich erwischte Marita am nächsten Abend. Sie stand in der Küche und wusch Salat, als ich an die offene Verandatür klopfte.

»Jonas, komm rein«, rief sie.

»Hey Marita, wie geht's?«

»Prima. Willst du Cornelius sprechen?« Sie wandte sich halb vom Waschbecken ab und wies mit dem Daumen in Richtung Wohnzimmer. »Der guckt gerade seine Lieblingsserie.«

Durch die offene Tür hörte ich dramatische Musik, dann eine atemlose Frauenstimme: *»Lenny? Was ist mit dir?«*

»Nein«, sagte ich, »ich wollte mit dir sprechen.«

»Mit mir?«

Ich beobachtete ihre Reaktion. Erstaunen? Neugier? Wachsamkeit? Jedenfalls war sie nicht ganz unbefangen.

»Ja, ich brauche deinen Rat.«

»Okay, setz dich doch. Willst du einen Kaffee?«

»Gerne.« Ich setzte mich an den Küchentisch.

»WER IST DENN DA?«, kam Cornelius' Stimme aus

dem Wohnzimmer, gefolgt von einer drängenden Männerstimme: *»Emily!«*

»Jonas, er will mit mir über etwas reden, was dich nichts angeht.«

»OKAY.«

»Du hast mich von Anfang an betrogen.«

Marita legte den gewaschenen Salat in den Schleuderkorb. Dann trocknete sie sich die Hände ab, goss mir aus einer silbernen Thermoskanne einen Kaffee ein und setzte sich mir gegenüber an den Tisch. »Schieß los.«

»Also«, begann ich, während ich mir Zucker in den Kaffee einrührte, »es geht um Hella.«

»Ja.«

»Du weißt, dass wir uns letzte Woche getroffen haben?«

Sie nickte.

»Danach wollte sie mich nicht mehr wiedersehen.« Ich beobachtete sie über den Rand der Tasse hinweg, während ich trank.

»Oh Jonas …«

»Sie hat mir aber nicht gesagt, warum.«

»Weil ich dich liebe«, rief die Männerstimme nun verzweifelt von nebenan. Marita verdrehte die Augen.

»Cornelius, könntest du bitte den Fernseher leiser stellen.« Keine Reaktion.

Ich wartete. Marita kaute auf der Unterlippe. Jetzt war ich mir sicher, dass sie Bescheid wusste. Außerdem kommt der Befehl von ganz oben, hatte Cornelius gesagt, als er mich seinerzeit wieder auf die Baustelle bei Sonja Trauernicht geschickt hatte. Was konnte das wohl anderes heißen, als dass es Maritas Idee gewesen war. Marita hatte mich mit Hella verkuppeln wollen.

»Aber du weißt, warum, nicht wahr?«, fragte ich leise.
Marita nickte.
»Oh Lenny.«
Marita stand auf und ging die Tür zum Wohnzimmer schließen. Dann setzte sie sich wieder.
Sie seufzte einmal schwer und sah mich bekümmert an.
»Ich habe ihr versprechen müssen, dir nichts zu erzählen.«
Ich nickte langsam und trank von meinem Kaffee. Ich hatte also recht gehabt.
»Tja, so läuft das aber nicht, Marita. Ich bin nämlich beteiligt.«
»Ich weiß, und ich bin auch froh, dass du mich darauf ansprichst. Ich fand es nämlich falsch, dir nichts zu sagen. Aber Hella hat darauf bestanden. Sie wollte nicht, dass du da mit reingezogen wirst.«
»Wo mit reingezogen?«
»In die Auseinandersetzung mit ihrem Ex. Ich glaube, dass da etwas sehr Hässliches läuft. Und ich glaube nicht, dass sie alleine damit fertig wird. Aber wenn ich dir davon erzähle, steckst du unweigerlich mit drin. Das muss dir klar sein.«
Ich nickte nur. Während ich langsam meinen Kaffee trank, erzählte sie mir die Geschichte. Und sie hatte recht, ich steckte mit drin, mehr als ich geglaubt hatte.
Als Hella an dem Abend nach dem Konzert nach Hause gekommen war, hatte Martin, Majas Vater, sie bereits erwartet. Er machte ihr heftige Vorwürfe. Dass sie unfähig wäre, sich um ihre Tochter zu kümmern, dass sie sie ständig irgendwo abgeben würde und dass er diese Vernachlässigung nicht länger dulden würde.

»Das ließ Hella sich natürlich nicht bieten. Du kannst dir bestimmt vorstellen, was da los war?«
Wieder nickte ich, diesmal mit einem Anflug schlechten Gewissens. Sie hatte wirklich allen Grund gehabt, nicht ans Telefon zu gehen.
»Danach kam er mit der nächsten Schweinerei. Er warf Hella vor, dass sie Majas Gesundheit und sogar ihr Leben gefährdete.«
»Der hat sie doch nicht alle«, sagte ich ungläubig.
»Wart's ab. Du und Maja, ihr habt doch einen Ausflug gemacht?«
»Wir waren in St. Peter-Ording. Wieso?«
»Die Geschichte hat er so gedreht, dass Hella ihre gemeinsame Tochter einem leichtsinnigen Menschen anvertraut hat, der sie beim Motorradfahren gefährdet hat, und dass er gerade noch rechtzeitig gekommen ist, um Maja retten zu können, allerdings verletzt.«
»Das ist doch Quatsch. Die Kleine war richtig gut drauf. Jedenfalls, bis ihr Vater sie abgeholt hat.«
»Es kommt noch besser«, sagte Marita. »Er war mit ihr bei einem Arzt, der Hautabschürfungen an den Knien festgestellt hat. Außerdem – und das war, glaube ich, der Grund, weswegen Hella dir nichts gesagt hat – hat sie wohl irgendwann einmal, als sie dich noch nicht so gut kannte, etwas Dummes über dich gesagt. Sie hat mir nicht erzählt, was das war, aber ihr Ex will es nun gegen sie verwenden. Weißt du, was sie meinte?«
Im ersten Moment dachte ich, dass Hella ihm erzählt hätte, ich würde frisch verlassene Frauen ausnutzen. Doch damit konnte er kaum groß punkten. Es musste etwas anderes sein. Mit einem Mal blitzte ein Satz in mei-

nem Gedächtnis auf, jene Bemerkung, die ich nicht mehr hatte vergessen können, weil ich ihr in hilfloser Wut ausgeliefert gewesen war.

»Oder ist es etwa die Kleine?« Es war der Satz, den Sonja Trauernicht mir nachgerufen hatte. Und da fügte sich alles zusammen: der Abend an der Tanke, Laura in ihrem scharfen Fummel und ein Typ im ochsenblutroten Jaguar.

»Ich kann es mir denken«, sagte ich und erzählte Marita von dem Abend, als ich Laura zu ihrer Party gebracht hatte, dass Hella uns zusammen gesehen hatte und wohl im ersten Moment falsche Schlüsse daraus gezogen hatte.

»Ach, du liebe Scheiße«, sagte Marita. Im gleichen Moment ging die Tür zum Wohnzimmer auf, und ein breitmäulig gähnender Cornelius betrat die Küche. Bei Maritas letzten Worten klappte sein Mund zu.

»Jonas, du hast einen schlechten Einfluss auf meine Frau.«

Ich verzog das Gesicht, mir war nicht nach Witzen zumute. Immerhin merkte Cornelius das sofort. Er setzte sich an den Tisch: »Was'n los?«

Während Marita ihn ins Bild setzte, versuchte ich, meinen Zorn auf dieses verlogene Arschloch von Martin im Zaum zu halten. Wut half hier nicht weiter. Was ich brauchte, war ein klarer Kopf.

»Was will der Typ denn schon machen?« Cornelius schien das nicht aus der Ruhe zu bringen. »Will er Hella etwa wegen einer Schramme am Knie seiner Tochter das Sorgerecht wegnehmen?«

»Du hast natürlich recht«, stimmte Marita ihm zu. »Damit kann er das Sorgerecht nicht anfechten. Die Gesetze sind beinhart auf der Seite der Mutter. Und das müsste ihm klar sein. Was mich beunruhigt, ist, dass er offenbar trotzdem damit droht.«

»Und das bedeutet?«

»Dass er noch etwas anderes in der Hand hat.«

»Was sollte das sein?«, fragte Cornelius.

Marita sah mich besorgt an: »Hella hat mir noch erzählt, dass Maja beim Arzt ganz komische Fragen beantworten musste. Und dass ein Protokoll darüber erstellt wurde. Sie war anscheinend sehr verstört.«

Es dauerte ein paar Sekunden, ehe ich die Bedeutung dieser Information begriff. Und selbst dann konnte ich es nicht glauben.

»Was ist los?«, fragte Cornelius. »Habe ich da etwas nicht mitbekommen.«

»Er hat es wohl nie direkt ausgesprochen«, erklärte Marita, »aber er lenkt das Geschehen in eine sehr hässliche Richtung. Er will dir etwas anhängen, Jonas.«

»Anhängen? Aber was …« Dann begriff auch Cornelius. »Heiliger Strohsack«, stieß er hervor.

In meinem Kopf wirbelten die Gedanken durcheinander. Wie war so viel Bosheit nur möglich? Ich hatte der Kleinen doch nur eine schöne Zeit machen wollen. ›Aber wahrscheinlich‹, dachte ich bitter, ›sagen das alle Kinderschänder.‹

»Das kriegt der nie durch«, sagte Cornelius voller Inbrunst.

»Natürlich nicht«, gab Marita zu. »Aber allein schon damit zu drohen ist eine ungeheure Belastung für Hella. Damit setzt er sie enorm unter Druck.« Sie wandte sich

an mich: »Jonas, du bist ihm doch schon begegnet. Was hast du für einen Eindruck von ihm?«
Dass er ein Arschloch ist, wollte ich schon sagen. Aber ich riss mich zusammen. Was nicht leicht war, denn ich war so wütend, dass mich geradezu Mordgelüste durchtobten. Ich schloss die Augen und dachte an meine beiden Begegnungen mit dem Mistkerl. Der ersten in Sonja Trauernichts Wohnung, als ich noch nicht wusste, dass er Majas Vater war. Und der auf der Landstraße, als er Maja abholte. Beide gaben nicht viel her. Dann aber fiel mir mein Besuch in Hellas Wohnung ein, und ich dachte an die giftige Atmosphäre, die ich dort gespürt hatte. Da wusste ich die Antwort: »Macht. Er will Macht ausüben.«
Marita nickte, als hätte sie diese Antwort erwartet. »Ich kenne diese Sorte Mann.«
»Woher?«, fragte Cornelius misstrauisch.
»Aus meinem früheren Leben, Süßer.« Dann wandte sie sich wieder an mich. »Er will ihr Maja nicht wegnehmen. Er will sie wiederhaben. Beide, seine Frau und sein Kind. Er betrachtet sie als seinen Besitz, auch wenn Hella sich von ihm getrennt hat. Ich bin sicher, dass er darauf gesetzt hat, sie wiederzubekommen. Aber dann kamst du.«
»Genau«, schloss sich Cornelius umstandslos der Interpretation seiner Frau an. »Und nicht nur Hella fährt auf dich ab, sondern auch noch die Kleine, seine Tochter, sein Sonnenschein. Er hat sie bestimmt noch nie auf dem Motorrad mitgenommen. Du bist sein schlimmster Feind, sein Alptraum, du bist sein …«
»Ist ja gut«, unterbrach Marita ihn. »Aber Cornelius hat

recht, und das war es, was ich dir sagen wollte. Du steckst da mit drin. Bis über die Halskrause.«

Ich versuchte, in Maritas und Cornelius' Mienen zu lesen. Ihre Blicke waren ernst, neugierig, gespannt, aber nicht im mindesten besorgt.

»Ihr denkt, ich kriege das hin, oder?«

Sie nickten im gleichen Takt. Augenblicklich verging mein bitterer Zorn. Diese beiden Menschen vertrauten mir. Nie würden sie den Verleumdungen Martins auch nur einen Funken Glauben schenken. Ich hätte ihnen gerne gesagt, wie viel mir das bedeutete. Aber ich hatte einen Kloß im Hals.

»Was willst du jetzt tun?«, fragte Cornelius.

Darüber hatte ich bereits begonnen nachzudenken. In mir reifte eine Idee heran, die aber noch ein wenig Zeit brauchte, um Kontur anzunehmen. Ich stand auf, kippte den Rest Kaffee in die Spüle und stellte die Tasse anschließend in die Spülmaschine. Dabei spürte ich fast körperlich Maritas und Cornelius' Blicke in meinem Rücken.

»Ich gehe mal ins ›Denkarium‹«, sagte ich und wandte mich zum Gehen.

»Ins ›Denkarium‹? Was soll das heißen?«, hörte ich Cornelius hinter mir sagen.

»Jetzt lass ihn in Ruhe. Jonas weiß schon, was er tut.«

»Woher willst du das wissen? Und überhaupt, wieso lässt du ihn machen, was er will? Das tust du bei mir doch auch nicht.«

»Das ist etwas anderes.«

Draußen war die blaue Stunde angebrochen. Ich suchte den Mond, aber es war wohl noch zu früh für ihn. Bevor ich mir einen Plan zurechtlegen konnte, musste ich noch etwas herausfinden. Zwar kannte ich mich mit Dämonen aus und wusste, wie man sie austrieb, aber von Sorgerecht und den dazugehörigen Finessen hatte ich keine Ahnung. Doch das musste ich auch nicht, ich kannte nämlich jemanden, der darüber Bescheid wusste.

Ich zog das Handy hervor und blätterte durch mein Telefonbuch, bis ich ihren Namen hatte. Sie meldete sich nach dem zweiten Läuten.

»Ja, hallo«, sagte sie.

»Hier ist Johnny. Ich habe ein Problem und bräuchte deinen Rat.«

Sie lachte: »Komm vorbei.«

Eine halbe Stunde später öffnete sie mir die Tür.

»Hallo Johnny«, sagte sie lächelnd.

»Hallo Maria, gut siehst du aus.«

XVII

Opfer

Zwei Tage später stand ich am Hafen, ungefähr dort, wo ich mich von Hella an dem Abend nach dem Konzert verabschiedet hatte. Es hatte mich hierhergezogen, weil ich glaubte, hier unsere kurze gemeinsame Zeit erfühlen zu können. Als ob der Ort ihre Gegenwart gespeichert hätte und ihr Duft noch in der Luft hinge. Das war natürlich ziemlich albern, aber ich konnte nichts dagegen tun. Wahrscheinlich würde ich noch ziemlich oft solche Dummheiten machen.

Es war neunzehn Uhr dreißig, eine gute Zeit zum Anrufen. Die Nummer fand ich in der Anruferliste meines Handys.

»Ja!«, bellte mir die Stimme entgegen, als Martin Kotzbrocken abnahm.

»Jonas Bachmann«, sagte ich ruhig, und nur die Götter wussten, was mich dies an Selbstbeherrschung kostete. »Wir sollten miteinander reden.«

»Warum?«

»Weil ich sonst dafür sorge, dass Sie Maja nur noch auf Fotos anschauen können.«

Er schnaubte durch das Telefon. Allein dafür hätte ich gerne etwas getan, was nur seine Nase und meine Faust betraf. »Machen Sie sich nicht lächerlich, was wollen Sie schon tun?«
Ich registrierte zufrieden, dass er das Gespräch nicht beendete.
»Eine Klage wegen Verleumdung gegen Sie anstrengen. Wird zwar nicht viel bringen, aber das Jugendamt ist bestimmt nicht begeistert, wenn jemand in einem Sorgerechtsfall mit solchen Methoden vorgeht.«
Mir war klar, dass mein Vorgehen nicht ohne Risiko war. Wenn er es wirklich darauf anlegte, Hella das Sorgerecht wegzunehmen, würde er sich von dieser Drohung kaum einschüchtern lassen. Mein Plan beruhte auf der Annahme, dass er bluffte. Dass er Hella einschüchtern wollte, um seinen Einfluss auf sie nicht zu verlieren. Ob ich damit richtiglag, würde sich genau jetzt herausstellen. Wenn ich mich irrte, würde er auflegen. Er tat es nicht.
»Ich bin morgen Nachmittag auf einer Baustelle in Elmshorn. Um achtzehn Uhr können wir uns dort treffen.« Er nannte mir die Adresse.
»Sie haben fünf Minuten«, knurrte er, bevor er auflegte. Das war seine Art, zum Schluss noch mal den Dicken zu machen. Es kümmerte mich nicht.
Ich setzte mich auf eine Bank, stützte mein Kinn in die Hände und durchdachte noch mal alles. Maria hatte mich nur ungläubig angesehen, als ich ihr die Geschichte erzählt hatte.
»Der spinnt doch«, meinte sie. »Hält der uns wirklich für so dämlich?«

Dann erzählte ich ihr von der ärztlichen Untersuchung. Sie schüttelte nur den Kopf.
»Weißt du«, sagte sie, »bei diesen Trennungsgeschichten mit Kind laufen manchmal absurde Dinge ab. Wir vom Jugendamt kennen das schon. Damit kommt er nicht durch. So wie du das erzählst, kann die Mutter oder auch du ihn wegen übler Nachrede drankriegen. Das wird er nicht wagen. Wenn hier einer etwas riskiert, dann er.«
Zwar würden die Leute vom Jugendamt nicht entscheiden, wenn es zu einem Sorgerechtsstreit käme, doch sie wären in das Verfahren mit einbezogen. Erst recht, wenn es um eine solche Sache ginge. Und das war ein Vorwurf, bei dem sofort alle Alarmglocken zu läuten beginnen würden.
»Dieser Verdacht wurde schon zu oft unbegründet geäußert. Es gab da mal eine gewisse Hysterie. Und auch wenn die zuständigen Stellen dem nachgehen werden, so reagieren sie doch ziemlich giftig, wenn der Verdacht sich als falsch herausstellt. Diese Trittbrettfahrerei, die meistens nach wirklich schlimmen Fällen einsetzt, kotzt uns in der Behörde ziemlich an.«
Maria sah mir wohl an, dass mich die ganze Sache ziemlich mitnahm.
»Mach dir keine Sorgen, Johnny«, hatte sie mich getröstet. »Du bist in dieser Geschichte nicht das Schwein.«
›Tja, da mochte sie recht haben‹, dachte ich, als ich nun über den Hafen schaute. Doch leider war es im Leben nicht immer so, dass die Schweine bestraft wurden und die Guten am Ende gut dastanden. Doch zumindest würde ich nicht zulassen, dass die beiden Menschen, an denen mein Herz hing, darunter zu leiden hatten.

Damals, in jener Zeit nach Lydia, als ich nicht mehr weiterwusste, bin ich mal in einer Kneipe an einen Typen namens Ives geraten, der aus dem Senegal stammte. Wir sind höllisch versackt, und ich kann mich bei weitem nicht mehr an alles erinnern, worüber wir uns unterhalten haben. Doch irgendwann erzählte er mir, dass in seiner Heimat Voodoorituale etwas ganz Alltägliches seien. Ich fragte ihn: »Sag mal, glaubst du wirklich an diesen Blödsinn?«

Er stieg sofort auf meinen herzlichen Ton ein.

»Was bist du für eine arrogante Arschloch«, schimpfte er mit französischem Akzent. »Du machst dich lustig über Voodoo? *Merde,* deine ganze weiße Scheißwelt ist voll mit Voodoo. Da, schau!« Er zeigte in die Ecke, wo ein stummer Fernseher ein Fußballspiel übertrug. »Menschen bemalen sich ihre Gesichter und tragen bunte Fahnen durch die Straßen. Warum machen sie das, eh? *Pourquoi?* Weil sie so vernunftig sind?«

Ich sah mit etwas verschwimmendem Blick auf den Fernseher, wo gerade eine gigantische Voodooveranstaltung gezeigt wurde.

»Oder eure *médecine* und Apotheken und die ganze *industrie avec.* Sie machen euch einen Körperteil mit ihren Tabletten gesund und fünf andere krank. Dann müsst ihr noch mehr Tabletten kaufen. Und wenn ihr so krank seid, dass euer Schwanz nicht mehr steht, verkaufen sie euch auch dafür Tabletten.«

»Also, ich nehme keine …«

»Eure Voodoopriester sind überall. Sie tragen Anzüge und erzählen euch, was ihr alles machen müsst, um glücklich zu sein. Kaufe dies Ding, und du kannst alle Frauen

haben. Kaufe das, und du bekommst die Mann deines Lebens.«
»Den Mann«, unterbrach ich ihn, aber Ives hatte keinen Sinn für Feinheiten.
»Und weißt du, was die größte Voodoo ist? Das Börse.«
»Die Börse«, korrigierte ich wieder.
»Die *putain de connasse de merde*-Börse«, brüllte er mich an. Er war ganz schön in Fahrt gekommen. Ich beschloss, erst mal die Klappe zu halten. Wenn einem Kerl etwas am Herzen lag, sollte man ihn reden lassen. Vor allem, wenn er die Statur eines Mike Tyson hatte und ziemlich wütend war.
»Scheiß Börse«, grummelte er und leerte sein Bier, bevor er weiterredete. »Das ist euer Gott und eure Kirche. Und ihr alle glaubt daran. Das ist Voodoo. Aber ihr nennt es nicht Voodoo, ihr nennt es Psychologie. PSYCHOLOGIE!«
Das gefiel mir. Also nickte ich mal. Dann merkte ich, dass er mich mit zusammengekniffenen Augen ansah.
»Weißt du, was der Sinn ist von Voodoo? Warum es benutzt wird?«
Ich dachte an die Börse und die Psychologie. »Na, wegen des Geldes?«, riet ich.
»Nein, *putain,* Geld ist auch nur ein Voodoo.« Er legte mir seine radkappengroße Pranke auf die Schulter. »Es geht um Macht. Es geht immer nur um Macht. Und wo Macht ist, da ist auch Voodoo.«
Nach dieser durchzechten Nacht hatte ich Ives nicht mehr wiedergesehen. Was nicht schlimm war, es gibt Freundschaften, die nur für ein paar Stunden geschaffen sind. Aber seine Voodootheorie hat mich nicht mehr losgelas-

sen. Sie stimmte nämlich. Wenn man genau hinschaute, sah man, dass jeder, der nach Macht strebte, auch eine Art Voodoo benutzte. Wir nennen es nur anders. Bei uns heißt das Manipulation, Intrige oder eben Psychologie. Aber es funktioniert nach dem gleichen Muster: Es verbirgt sich. Macht lebt nämlich von Täuschung. Sie hält uns etwas vor die Nase, das wir mit großen Augen anstarren. Und während wir uns täuschen lassen, macht sie mit uns, was sie will. Doch dagegen gab es ein Mittel, gewissermaßen einen Anti-Voodoo: Man musste die Macht stellen. Musste sie ihrer Maske berauben. Und genau das war es, was ich mit Martin Kotzbrocken vorhatte.

Ich war ein wenig früh dran am nächsten Abend. Daher lehnte ich mich an den Kotflügel meines Wagens und betrachtete den sechsstöckigen Rohbau des Apartmenthauses, zu dem er mich bestellt hatte. Die Bauarbeiter hatten längst Feierabend gemacht, die Maschinen standen still. ›Ein Stapel Bauholz, verschlossene Container, drei geparkte Privatwagen auf dem zerfurchten Bauplatz, alles in allem eine passende Szenerie für einen Mord‹, dachte ich. Aber das war es nicht, was ich im Sinn hatte.

Im Untergeschoss entdeckte ich jetzt eine Gruppe von vier Männern, alle mit Bauhelm. Einer war Anzugträger und benahm sich, als wäre er der Chef der anderen. Selbst auf die Entfernung hin erkannte ich Hellas Ex. Während er redete, fuchtelte er mit einer langen Papierrolle herum, wahrscheinlich den Bauplänen. Anscheinend war er genau wie Hella Architekt. Ich dachte daran, dass ich mein Vorurteil über Architekten überdenken sollte. Immerhin gehörte Hella auch zu dieser Spezies. Aber das musste ja nicht heute Abend sein.

Die vier traten nun auf den Vorplatz heraus. Martin K. bemerkte mich, ersparte sich aber einen Gruß. War mir recht. Während er redete und die anderen nickten, studierte ich ihn wie ein Boxer seinen Gegner. Er genoss es sichtlich, Anweisungen erteilen zu können. Und seine Gesprächspartner, vermutlich die Verantwortlichen für die Ausführung, mussten da wohl oder übel mitspielen. Tja, das war der Unterschied zu mir. Ich musste nicht mitspielen. Aber das hatte ja auch seinen Preis.

Als er endlich fertig war – ich war mir sicher, dass er die Chose absichtlich in die Länge gezogen hatte, um mich warten zu lassen – und die anderen zu ihren Autos gingen, nahm er mich ins Visier und marschierte auf mich zu. Mit der Papierrolle zerhackte er bei jedem Schritt unschuldige Luft. Ich hatte mich bereits entschieden, wie ich vorgehen wollte.

»Also, was wollen Sie?«, herrschte er mich an, noch während er auf mich zukam.

Ich wartete, bis er vor mir stehen blieb. In drei Schritt Entfernung, wie ich registrierte. Trotz seines Auftretens wusste er nicht, was er von mir halten sollte, und hielt Sicherheitsabstand. Ich ließ ihn zappeln, die Arme vor der Brust verschränkt. Seine Bauleiter fuhren in zwei Autos vom Hof.

Dass ich seiner Aufforderung nicht gleich folgte, passte ihm nicht. Seine Augen weiteten sich etwas, sein Kiefer schob sich etwas vor, und seine schlauchförmigen Lippen zuckten. Der Mund öffnete sich, um die nächste akustische Duftmarke zu setzen. Ich kam ihm zuvor.

»Sie wollen sie wiederhaben, nicht wahr?«

Damit, dass ich es sofort auf den Punkt brachte, überraschte ich ihn. Ich hatte leise gesprochen, ohne jede Spur von Aggressivität. Fast so, als ob ich mit einem Freund redete. Sein Gehirn brauchte ein paar Sekunden, um sich darauf einzustellen. Ehe es damit fertig war, legte ich schon nach: »Denn Sie lieben sie immer noch?«

Das schaffte ihn, er lief rot an. Ich trat auf ihn zu, unterlief die Distanz, die er hatte halten wollen. Nun konnte ich noch leiser sprechen. Auf diese Weise sickerten meine Worte durch seine Verteidigungsanlagen hindurch und richteten größtmöglichen Schaden an.

»Sie lieben Hella und Sie ertragen es nicht, dass ein anderer sie anfasst. Sie berührt. Ihr Lust schenkt. Sie lieben auch Maja, und der Gedanke, dass ein anderer sie auf den Knien schaukeln könnte, mit ihr lacht und sie in den Arm nimmt, wenn sie weint, dieser Gedanke ist Ihnen unerträglich. Aber wissen Sie was? Genau das wird geschehen.«

»Niemals«, quetschte er mühsam hervor. Ich ließ ihm keine Möglichkeit, mehr zu sagen, rückte ihm noch mehr auf die Pelle, ließ ihm keine Zeit.

»Sie werden sie verlieren. Alle beide. Weil Sie sich mit mir angelegt haben. Weil Sie mich benutzen wollen. Aber das lasse ich nicht zu. Ich werde Sie mit Verleumdungsklagen bombardieren. Ich werde das Jugendamt auf Sie hetzen, die Sozialbehörde und meinetwegen auch die Presse. Wenn Sie gegen mich Krieg führen wollen, werden Sie ihn verlieren.«

»Ich lasse mich von Ihnen nicht einschüchtern.«

Das lief schon mal ganz gut, er war in der Defensive. Ich setzte nach.

»Genau. Wir werden uns beharken. Wir gehen aufeinan-

der los. Rechtsanwalt gegen Rechtsanwalt, Gutachten gegen Gutachten, Herumstochern im Dreck, alles wird verwendet, nichts bleibt verborgen. Und wissen Sie was? Mir ist das scheißegal, denn ich habe nichts zu verlieren. Aber wie sieht das bei Ihnen aus? Mit Ihrem Beruf? Und Ihrem Ruf? Und was noch viel wichtiger ist«, ich senkte wieder die Stimme, »was ist mit Hella und Maja? Was wird die Kleine durchmachen, wenn sie in diesem Krieg zwischen den Fronten hin- und hergezerrt wird? Glauben Sie etwa, dass Hella Sie je wieder lieben wird, wenn Sie eine solche Schlammschlacht anfangen?«
»Und Sie?«, stieß er hervor. »Glauben Sie, dass Sie sie auf diese Weise gewinnen können?«
Nun hatte ich ihn da, wo ich ihn haben wollte. Ich trat zurück, lehnte mich wieder an den Kotflügel meines Autos und verschränkte die Arme vor der Brust. Es war an der Zeit, meinen Trumpf auszuspielen.
Ich schaute an ihm vorbei zu dem Rohbau des Hauses. Die untergehende Sonne in meinem Rücken erzeugte surreale Reflexe auf den von Baustaub verschlierten Fenstern. Plötzlich stieg ein Gefühl des Widerwillens in mir hoch. Warum musste ich mich mit so einem Zombie herumschlagen? Ich war es so unendlich leid.
»Ich würde fast alles tun, um diese Frau zu gewinnen«, sagte ich. »Aber nur fast. Und genau deswegen sind wir hier. Weil ich Ihnen ein Angebot machen will. Wenn Sie es ablehnen, wird das geschehen, was ich gerade geschildert habe. Wir werden uns gegenseitig fertigmachen, obwohl wir wissen, dass keiner von uns gewinnen kann.«
Ich beobachtete ihn. Er sagte kein Wort, aber es arbeitete in ihm. Er hatte den Köder geschluckt.

»Ich will, dass Sie Hella in Ruhe lassen«, erklärte ich. »Sie werden sie nicht länger bedrohen und weiter unter Druck setzen. Sie werden sie ihr eigenes Leben führen lassen. Sie werden für Maja da sein und sich um sie kümmern. Sie werden ihr ein richtiger Vater sein. Und Sie werden die Kleine nicht benutzen, um Ihre eigenen Interessen durchzusetzen. Kurz und gut: Sie werden sich anständig benehmen. Haben Sie das verstanden?«

Es war klar, dass er darauf nicht antworten würde.

»Und Sie?«, fragte er stattdessen. »Was werden Sie tun?«

»Ich ziehe mich zurück«, sagte ich leise. Das war er, mein Trumpf. Marita würde mich wahrscheinlich erwürgen, wenn sie davon erführe.

»Ich werde Hella nicht anrufen und mich in keiner Weise mehr um sie bemühen. Keine Rendezvous mehr, keine Ausflüge mit Maja.« Ich hob in entwaffnender Geste die Hände. »Ich trete ab. Das ist mein Vorschlag.«

Auf seiner Stirn grub sich eine Denkerfalte ein.

»Für Sie ist das ohnehin nur eine Verschnaufpause«, fuhr ich in gleichmütigem Ton fort. »Wenn Sie es versauen, wird in kürzester Zeit der nächste Hengst bereitstehen. Eine Frau wie Hella bleibt nicht unbemerkt. Aber jetzt haben Sie erst mal eine Chance.«

Ich trat wieder an ihn heran, ging diesmal sogar beinah auf Tuchfühlung. »Sie haben die Wahl. Überlegen Sie nicht zu lange.«

Damit ließ ich ihn stehen. Als ich losfuhr, sah ich im Rückspiegel, wie er zu seinem Auto stapfte, und schickte ein Stoßgebet an den Mond, dass ich diesen Idioten nie wiederzusehen bräuchte. Dann schaltete ich das Radio ein und suchte nach einer Musik, die meine Sinne von den Eindrücken der letzten Minuten befreien könnte. Ich fand Frank Ramond, das war nicht schlecht. Eine knorrige Stimme, klare, unverfälschte Musik.

Natürlich hatte ich mich gefragt, wie Hella an so einen Typen hatte geraten können. Um dann auch noch ein Kind mit ihm zu bekommen. Aber erstens war das Kind eine Wucht, schon dafür lohnte es sich, Ärger in Kauf zu nehmen. Und zweitens hatte ich selbst schon ein paar Fehlgriffe getan, so etwas kam vor. Im Übrigen konnte es gut sein, dass dieser Martin früher mal ein ganz patenter Bursche gewesen war. Obwohl es mir schwerfiel, das zu glauben. Jetzt jedenfalls hatten sich seine schlechten Eigenschaften zur Gänze entfaltet. Und darum, da war ich mir ganz sicher, würde es ihm nie gelingen, Hella zurückzugewinnen. Jedenfalls nicht, wenn sie die war, für die ich sie hielt. Mit dieser Hoffnung hatte ich ihn nur verarscht. Aber ob mir das helfen würde?

Schon wieder hatte ich das gleiche blöde Gefühl wie an jenem Abend, als ich sie im Taxi nach Hause geschickt hatte. Wieder wusste ich nicht, ob das, was ich gerade getan hatte, klug war.

Oder unglaublich dämlich.

Nicht im mindesten kam mir in den Sinn, dass ich den gleichen Fehler zweimal gemacht hatte. Nämlich den, Hellas Ex zu unterschätzen.

XVIII

Alarm

Vorsichtig trug ich die letzten Farbtupfer auf. Dann verharrte meine Hand vor der Leinwand. Ich zögerte. Langsam sank die Hand mit dem Pinsel herab. Gleichzeitig änderte sich meine Blickweise, Flächen fügten sich zusammen, bildeten Formen, gewannen Tiefe. Ich trat einen Schritt zurück, suchte das Bild nach Ungenauigkeiten ab. Kurz zuckte die Hand wieder nach vorne, aber das war nur ein Reflex. Das Bild war fertig.

Ich schaute auf. Außerhalb der offenen Fenster spannte sich ein hellblauer Sommerhimmel über den Häuserblock. Schräg fielen Sonnenstrahlen ein, es musste bereits sechzehn Uhr durch sein. Erst jetzt vernahm ich die Geräusche aus dem Hof, Rufe, Lachen, Kinderstimmen. Sie umgaben mich schon eine ganze Weile, ohne dass ich sie bewusst wahrgenommen hätte. Etwas verwundert machte ich mir klar, dass die Hofparty offenkundig schon angefangen hatte.

Während ich die Pinsel auswusch, betrachtete ich immer wieder das Bild, das ich gerade fertiggestellt hatte. In einem Punkt zumindest hatte ich mich getäuscht. Zwar

war es mir gelungen, in den jeweiligen Phasen des Malens meine Sehnsucht nach Hella zu vergessen. Dafür war sie aber umso heftiger zurückgekehrt, sobald ich aus meiner Versunkenheit wieder aufgetaucht war. Das hatte dazu geführt, dass ich jeden Tag gleich nach Feierabend ins Atelier ging, um dort an den Entwürfen und schließlich an dem Bild zu arbeiten, bis ich die Augen nicht mehr aufhalten konnte. Und nach dem Aufwachen morgens lenkte ich meine Gedanken bewusst wieder auf das Bild, nur um nicht an Hella denken zu müssen. Das war natürlich anstrengend, und so blieb es die ganzen Tage über, bis ich endlich wieder hier oben in meiner Klause war und weitermachen konnte. Ich war wie ein Junkie. Sobald ich aufhörte zu malen, fühlte ich mich wie auf Entzug. Und es wurde immer schlimmer. Heute Morgen war ich um vier Uhr aufgestanden, weil ich nicht mehr hatte schlafen können. Und jetzt?

Was würde ich jetzt tun, nachdem das Bild fertig war? Schon allein die Vorstellung, dass ich keine Droge mehr hatte, ließ mich innerlich verkrampfen.

»Stell dich nicht so an«, schimpfte ich mit mir. »Es war nur ein Abend, und es ist nicht mal groß etwas passiert.«

Soso, glaubte ich eine spöttische Stimme zu vernehmen, *wer das wohl glauben soll.*

Die Stimme hatte recht. Natürlich war etwas passiert. Nichts, was sich greifen oder auch nur plausibel erzählen ließe. Dennoch hatte es mich ganz schön umgehauen. Ich bemühte mich, die Bedeutung dessen, was mit uns geschehen war, herunterzuspielen. Doch es gelang mir nicht. Natürlich wollte ich sie anrufen, trotz meines Paktes mit ihrem Ex. Ich tat es nicht. Natürlich hoffte ich, von ihr zu hören, um wenigstens zu erfahren, ob mein Plan aufgegangen war und sie nun freier atmen konnte. Aber ich hörte nichts!

Und insgeheim hatte ich sogar gehofft, dass sie zu diesem Hoffest kommen würde, wenigstens heute Nachmittag, damit Maja mit den anderen Kindern herumtoben konnte. Genau deswegen war ich auch schon seit vier Uhr wach. Aber der Nachmittag war bald vorüber, und ich war mir sicher, dass die Kleine sich nicht von der verschlossenen Luke hätte abhalten lassen.

Ich reinigte umständlich meine Finger, um den Moment, da ich das Atelier verlassen müsste, hinauszuzögern. Auch wenn der Lärm dort draußen mich nicht im Geringsten bei der Arbeit gestört hatte, so war ich doch längst noch nicht dazu bereit, mich unter Menschen zu begeben. Kurz dachte ich sogar daran, hierzubleiben und mich zu verstecken. Aber das war ein kindischer Impuls, außerdem hatte ich mittlerweile einen Mordshunger. Ich warf den Lappen beiseite und wollte mich gerade auf den Weg machen, als es mit einem Mal an der Luke pochte.

Mein Herz machte einen Satz, aber dann vernahm ich Maritas Stimme: »Jonas, ich muss mit dir reden.«

Ich drehte die Staffelei mit dem Bild um, sodass es von der Treppe aus nicht zu sehen war, dann entriegelte ich die Luke und klappte sie auf.

»Ich wollte gerade runterkommen«, sagte ich, weil ich annahm, dass sie gekommen war, um mich aus meiner Einsiedelei herauszuholen. Dann aber merkte ich, dass sie etwas auf dem Herzen hatte.

»Ich habe gerade mit Hella gesprochen. Irgendetwas stimmt da nicht«, sagte sie. »Du musst etwas unternehmen.«

Zwanzig Minuten später hielt ich vor Hellas Haus. Ich war sofort aufgebrochen, nachdem Marita mir von dem Telefonat erzählt hatte. »Ich hatte beide, sie und Maja, eingeladen, und sie wollten auch kommen«, berichtete sie. »Dann, als sie nicht auftauchten, rief ich bei ihr an. Hella war völlig verändert.«

Die beiden Frauen hatten offenbar die ganze Zeit Kontakt gehalten. Nun erfuhr ich auch, dass meine Aktion offenbar Wirkung gezeigt hatte. Ihr Ex sei auf einmal so umgänglich gewesen wie schon seit langem nicht mehr. Keine Rede mehr davon, dass Maja vernachlässigt würde, oder gar von einer Anfechtung des Sorgerechtes. Geradezu verwandelt sei er gewesen. »Steckst du da etwa dahinter?«, fragte Marita mich.

Ich hatte nicht geantwortet, sondern ihr nur mit einer ungeduldigen Handbewegung bedeutet weiterzureden.

Hella sei von Mal zu Mal entspannter gewesen, auch mit Maja habe Marita am Telefon gesprochen, und die Kleine habe sich riesig gefreut, zu uns zu kommen.

»Aber heute dann«, fuhr Marita ratlos fort, »habe ich sie kaum wiedererkannt. Weißt du, Hella und ich, wir haben einen Draht zueinander. So etwas passiert selten, aber vorhin kam sie mir vor wie eine Fremde. Sie sagte nur, dass sie nicht kommen würde. Als ich fragte, was los ist, bekam sie kaum noch ein Wort raus und hat schließlich aufgelegt. Jonas, ich mache mir Sorgen, aber ich kann hier nicht weg. Du musst zu ihr fahren. Irgendetwas stimmt da nicht.«

Also fuhr ich sofort los, ohne groß nachzudenken. Und nun stand ich vor dem Haus. Während ich zu ihren Fenstern im zweiten Stock hochschaute, fragte ich mich, ob ich im Begriff war, einen Fehler zu machen. Ich hatte ihrem Ex versprochen, nicht hierherzukommen. Wenn ich jetzt dort hineinginge, verstieße ich gegen unseren Deal. Er könnte wieder mit seinem Psychoterror anfangen. Andererseits gab es dort oben anscheinend ernsthafte Schwierigkeiten. Marita schlug keinen Alarm, solange es nicht wirklich notwendig war. Und wenn da etwas schieflief, dann hing das ganz sicher mit Martin Kotzbrocken zusammen. Also hatte er zuerst gegen den Pakt verstoßen. Oder?

»Drauf gepfiffen«, sagte ich und stieg aus dem Wagen.

Gerade als ich den Eingang erreichte, kam jemand heraus. So brauchte ich unten nicht zu läuten. Als ich vor ihrer Wohnungstür stand, zögerte ich kurz. Was, wenn mein Lieblings-Martin die Tür öffnete?

Dann würde ich wenigstens Bescheid wissen. Ich drückte auf die Klingel.

Es waren keine Männerschritte, die sich der Tür näherten. Aber das musste noch nichts heißen. Natürlich war ich darauf gefasst, dass es mich heftig treffen würde, sie wiederzusehen. Doch als sie dann die Tür öffnete und vor mir stand, haute es mich beinah um. Zwar trug sie kein Feenkleid, einfach nur Jeans und ein ärmelloses Top. Dennoch war alles sofort wieder da: unser gemeinsamer Abend in der Krypta, ihr Kopf an meiner Schulter, der Spaziergang, unsere Umarmung, der Kuss. Sie war so unglaublich schön und so …

… wütend!

»Was willst du?«, zischte sie.

Im ersten Moment brachte ich kein Wort heraus. Alles Mögliche hatte ich erwartet, aber nicht so einen Empfang.

Ehe ich mich aber so weit sammeln konnte, um eine einigermaßen verständliche Antwort zu geben, stieß sie ein gepresstes »Verschwinde« hervor und knallte die Tür zu.
Ich starrte auf die schmale, geriffelte Milchglasscheibe der Altbautür und kapierte überhaupt nichts mehr. In einem Reflex meiner zumindest ansatzweise christlichen Erziehung suchte ich mein Verhalten nach irgendwelchen Verfehlungen ab, konnte aber keine finden. Daraufhin wich meine Verblüffung einem noch vollkommen ungerichteten, aber ehrlichen Zorn. WAS SOLLTE DAS?
Hatte ich mich ihr gegenüber nicht die ganze Zeit wie ein verdammter Gentleman verhalten? Hatte ich mir für Maja nicht fast ein Bein ausgerissen und mich nicht beschwert, als mir daraus ein Strick gedreht werden sollte? Ich hatte mich sogar mit diesem Oberarschloch auf einen Deal geeinigt, von dem ich überhaupt nichts hatte. Und jetzt das hier! Mir reichte es. Ich drückte wieder auf die Klingel.
Ehe sie etwas sagen konnte, platzte ich heraus: »Ich bin hier, weil ich mir Sorgen gemacht habe. Und du knallst mir die Tür vor der Nase zu.«
Ich erkannte, wie sie mit sich rang. Ärger und Verletztheit, Hilflosigkeit und Enttäuschung zuckten abwechselnd über ihr Gesicht wie Lichtreflexe auf dem Meer. Ihre Unfähigkeit, diese Gefühle vor mir zu verbergen, ließ meinen Zorn augenblicklich wieder verrauchen.
»Wenn du es willst«, sagte ich ruhig, »wenn du es wirklich willst, werde ich verschwinden und dich nie wieder belästigen. Aber nicht so, Hella. So nicht!«
Es arbeitete noch ein paar Sekunden in ihr, dann öffnete sie mir die Tür und sagte leise: »Komm rein.«

Es war nur ein halbes Einlassen, denn sie bat mich nicht in die Küche oder in einen anderen Raum. Sie stand mir im Flur gegenüber und wartete darauf, was ich sagen würde. Ich sah mich um. Es hatte sich nichts Wesentliches verändert seit meinem letzten Besuch. Ich versuchte, die Atmosphäre zu erschnuppern, suchte den Einfluss des Dämons, wie ich ihn damals wahrgenommen hatte. Aber entweder hatte sich der schon in Luft aufgelöst, oder meine Wahrnehmung hatte gelitten. Ich tippte auf Letzteres.
»Marita war beunruhigt«, begann ich vorsichtig.
»Hat sie dich geschickt?« Ich bemerkte die Bitterkeit, die in dieser Frage mitschwang. Dennoch blieb mir nichts anderes übrig, als zu nicken.
»Dann sag ihr, dass ...«
»JOHNNY!«
Aus dem Flur, der nach hinten führte, kamen vierzig Kilogramm Mädchen angerannt und knallten mir gegen den Bauch.
»Gehen wir jetzt zu der Party?«, fiepte sie in mein Hemd.
»Maja, geh bitte in dein Zimmer«, sagte Hella.
»Warum?«, nuschelte Maja an meinem Bauch.
»Jetzt! Sofort!«
Während die Kleine sich widerstrebend von mir löste und brummelnd wieder in ihr Zimmer stapfte, versuchte ich, meine Gedanken zu ordnen. Was war hier passiert? Hatte sich Hella etwa wieder mit ihrem Ex versöhnt? War dies das Resultat meiner tollen Idee? Dem Schicksal wäre es zuzutrauen, das machte mit Typen wie mir gerne solche Scherze. Ich versuchte mir vorzustellen, wie Hella mit Martin Kotzbrocken ...

Irgendwie konnte ich es nicht glauben.
Aber was war es dann? Hatte er vielleicht eine andere Variante unserer Begegnung abgegeben? So etwa in der Art: *Er wollte dich loswerden. Ich soll dir sagen, dass er keinen Bock auf eine Frau mit Kind hat.* Das wäre genau die Vorgehensweise, die ich ihm zutraute.
»Hör zu«, versuchte ich es erneut, weil sie mich immer noch ansah, ohne etwas zu sagen, »ich weiß nicht, was dir Martin von unserem Treffen erzählt hat, aber ich …«
»Treffen?«, fragte sie verdutzt. »Was für ein Treffen?«
›Okay‹, dachte ich, ›das war es also nicht.‹ Aber jetzt konnte ich auch nicht mehr zurück.
»Ich habe mich mit ihm getroffen. Wir haben über dich geredet.«
Sie sah mich mit großen Augen an: »Wirklich? Davon wusste ich nichts.«
Jetzt verstand ich gar nichts mehr. Sie anscheinend auch nicht.
»Warum bist du dann so sauer auf mich?«
Diese Frage warf noch einmal die ganze Bandbreite von Gefühlen auf ihr Gesicht. In einem Moment dachte ich, sie würde mir die Augen auskratzen, im nächsten, dass sie heulend weglaufen würde. Schließlich aber siegte das, was ich von Anfang an in ihr gespürt hatte: ihre Kraft.
»Weil du …« Sie schluckte, rang mit ihren Tränen und um ihre Fassung. Dann stieß sie hervor:
»Weil du mit Sonja gevögelt hast, du Mistkerl!«

»In dem Moment fiel mir ein, dass ich diese Brüste schon mal gesehen hatte«, sagte ich. »Da war es endgültig vorbei.«

Wir saßen in Hellas Küche. Ich hatte die ganze Zeit aus dem Fenster geschaut, während ich ihr von dem Abend mit Sonja erzählte. Es war nicht viel zu sehen da draußen, aber es war auch nicht besonders rühmlich, was ich zu erzählen hatte. Deshalb wollte ich lieber woanders hinschauen. Jetzt aber wandte ich mich ihr wieder zu.

»Du erinnerst dich? Als wir uns bei Sonja wiedergesehen haben? Ich mit Maja? Tante Sonjas Brüste?«

Hella kicherte. »Und ob. Es war urkomisch.« Dann wiegte sie den Kopf. »Na ja, jedenfalls im Nachhinein.«

»Und sie hat dir erzählt, wir hätten …«

Hella nickte. »Ja. Sie hat mir von einer heißen Liebesnacht erzählt. Sie hat sich für die Beschreibung richtig Zeit genommen.«

Hella machte nicht den Eindruck, als ob sie dieses Telefonat genossen hätte.

»Dann meinte sie noch, dass du sie seither ständig anrufen würdest. Was ihr lästig wäre. Du wärst zwar gut im Bett, aber ansonsten doch etwas schlicht gestrickt.«

Das war ja eine nette Beschreibung. Ich schüttelte verständnislos den Kopf: »Warum macht sie das?«

»Offenbar hast du sie gekränkt. Keine Frau mag es, wenn sie zurückgewiesen wird.«

Wir saßen über Eck an ihrem Tisch, unsere aufgestützten Ellbogen nur eine Handbreit voneinander entfernt. Es brachte mich ganz schön durcheinander, so nah bei ihr zu sein. Aber ich wollte nicht, dass irgendetwas zwischen uns blieb.

»Ich will nichts beschönigen« sagte ich. »Noch vor ein paar Wochen hätte ich es gemacht. Aber«, ich zuckte mit den Achseln, »es ging nicht.«

»Warum nicht?«, fragte sie leise.
»Na, wegen dir.« Ich sah sie forschend an: »Glaubst du mir?«
Sie hatte den Blick gesenkt. Um ihre Mundwinkel zuckte es. Dann nickte sie. Und sah mich wieder an. Aller Ärger, alle Zweifel waren fortgewischt. Hella glühte. Nein, sie loderte. Sie sprang auf, ich sprang auf. Ein Stuhl polterte um. Ehe wir wussten, wie es geschah, lagen wir uns in den Armen. Ich küsste ihr Gesicht, ihren Hals, konnte nicht genug bekommen. Und gleichzeitig zog und zerrte sie mich. Wir rempelten gegen den Tisch, die Obstschale fiel um. Äpfel kullerten über die Tischplatte.
»Was macht ihr denn da?«
Erschreckt fuhren wir herum. Hella war mit dem Rücken halb über den Tisch gebeugt, ich direkt vor ihr, sie bedrängend. Maja stand in der Tür und beäugte uns neugierig. Ich versuchte, mein heftig pochendes Herz wieder in die Brust zu zwängen.
»Wir«, sagte ich noch etwas atemlos, »wir gehen jetzt zu einer Party.«

Teil drei

Oh, Jonas

Da beriets in der Luft,
unfassbar beriet es
über sein fühlbares Herz.
R. M. Rilke

XIX

Lustmond

Unser Hof hatte sich in eine Kirmes verwandelt. Überall standen bekannte oder unbekannte Menschen in Gruppen herum, tranken, lachten, aßen. Zwischen ihren Beinen rannten Horden von Kindern umher, immer auf der Jagd nach einem Ball, einem Frisbee oder irgendeinem anderen Objekt, das flog, rollte oder sprang. Dazwischen tobte Loui. Sie war mittlerweile halb wahnsinnig. So viel Rudel hatte sie noch nie.

Als ich mit Hella und Maja eintraf, wurden die beiden sofort in Beschlag genommen. »Na endlich«, hatte Marita nur gesagt und sich Hella geschnappt. Zu diesem Zeitpunkt hätte man Maja nur noch per Lautsprecheransage finden können. Ein paar Minuten lang stand ich etwas ratlos herum. Dann fand mich Sam und brachte mir ein Bier.

»Komm, trink etwas«, meinte sie lachend. »Du siehst ein bisschen verwirrt aus.«

»Bin ich auch«, gab ich zu, stieß mit ihr an und genoss den frischen, herben Geschmack des Bieres.

»Kennst du das«, fragte ich dann, »dass sich innerhalb einer unglaublich kurzen Zeitspanne alles ändert?«

»Jau, kenn ich.«

»Dachte ich mir. Noch vor einer Stunde war ich ein einsamer und ziemlich unglücklicher Mann.«

»Und jetzt?«

»So genau weiß ich das noch nicht, aber es fühlt sich großartig an. So großartig, dass es mich schon wieder misstrauisch macht.«

»Na, du bist ja ein komischer Vogel. Sie ist doch hier, deine Feuerfrau.« Sam wies mit der Flasche in Richtung Hella, die mit Laura und Marita auf der Terrasse stand. Als hätte sie mitbekommen, dass wir von ihr redeten, guckte Hella zu uns herüber und winkte kurz. Sie hatte sich nicht umgezogen, bevor wir uns auf den Weg gemacht hatten, aber sie sah einfach umwerfend aus.

»Was muss denn noch passieren«, fuhr Sam fort, »damit du dich endlich wohl fühlst?«

»Du hast mal wieder recht«, gestand ich ein. »Ich verspreche, mich nicht mehr zu beschweren.«

»Und dich zu amüsieren.«

»Und mich zu amüsieren.«

»Und dich um diese tolle Frau …«

»Sam!«

»Ja?«

»Mach hier nicht die Mutti.«

»Okay.«

Wir tranken friedlich von unserem Bier und schauten den anderen Gästen zu. Dabei fiel mir Anton auf, der nicht weit von uns entfernt mit ein paar Jungen in Pias Alter Fußball spielte.

»Wie geht es weiter mit euch?«, fragte ich.

Sie zuckte mit den Achseln und grinste. »Du weiß doch, ich bin nicht so gut im Plänemachen.«
Die Jungen versuchten gerade mit vereinten Kräften, Anton das Leder abzujagen. Der aber verteidigte geschickt den Ballbesitz.
»Ich habe gerade eine Vision«, sagte ich.
Sam folgte meinem Blick. Auch ihr musste auffallen, wie viel Spaß Anton mit den Kids hatte. »Auweia!«, murmelte sie.
»Du musst ja nicht gleich eine ganze Fußballmannschaft gründen.«
»Ich hasse dich.«
Um sie abzulenken, zeigte ich auf Laura und ihre Gang, die sich vor dem Eingang des Schuppens versammelt hatte. Ein paar der Jungen stöpselten gerade die Anlage zusammen, während die Mädchen gut sichtbar vor ihnen posierten.
»Guck mal, die fangen gerade mit dem an, was wir immer noch nicht richtig gelernt haben.«
Sam lachte: »Aber wir wissen mittlerweile wenigstens, dass wir dabei nicht cool sein müssen.«
»Stimmt«, gab ich zu. »Immerhin etwas. Bin ich früher eigentlich auch so rumgelaufen?«
Sam verdrehte die Augen: »Du warst die Pest.«
»Wieso das denn?«, fragte ich sie verdutzt.
»Weil alle meine Freundinnen in dich verknallt waren. Es ist mir unglaublich auf die Nerven gegangen, dass sie immer über dich reden wollten.«
»Echt? Das habe ich gar nicht gemerkt.«
»Tja«, meinte sie trocken, »das war dein Markenzeichen.«

»Also, warte mal, wenn ich mich recht entsinne, gab es da jede Menge ...«
»Hey ihr beiden, klasse Party, was?«
Cornelius hatte mit den Jungs aus der Firma die Grillecke in Beschlag genommen. Jetzt kam er mit Andi im Schlepptau rüber. Wir prosteten uns zu.
»Gleich geht die Raubtierfütterung los«, meinte er. »Danach wird alles, was unter einen Meter vierzig ist, zum Schlafen abtransportiert.«
»Und du meinst, das funktioniert?«
»Klar, danach sind wir dran.«
Ich spähte wieder zu den Jungen aus Lauras Gang hinüber, die immer noch mit Kabeln und Lautsprechern hantierten. Irgendwie war ich mir sicher, dass diese Halblinge bald die Party übernehmen würden.
»Wo ist eigentlich Madame Li?«, fragte ich, weil ich Cornelius' Mutter noch nicht gesehen hatte.
»Schmollt«, gab er zurück. »Was meinst du denn, warum ich so gute Laune habe?«
»Was macht eigentlich dein Dachboden?«, fragte Andi.
»Ist fertig. Aber heute lass ich ihn verschlossen. Mit den ganzen Teenagern wäre das zu gefährlich.«
»Gefährlich? Wie meinst du das?«, fragte Cornelius alarmiert.
»Ich mal dir ein Bild.«
Wie auf Kommando schauten wir alle zu den Mädchen rüber. Dort machte sich gerade leichte Unruhe breit. Im nächsten Moment erfuhren wir, warum.
Ein Knacken ertönte, dann dröhnte mit einem Mal eine ziemlich wilde Musik über den Hof, die nur wenige Sekunden später wieder aussetzte.

»War das jetzt Gangsta-Rap?«, fragte Cornelius stirnrunzelnd.
»Nee«, sagte Andi verwundert. »Das war AC/DC.« Andi war unser Hardrock-Spezialist.
»Sind das keine Gangsta-Rapper?«
»Nicht wirklich.«
»Hörte sich aber so an.«
»Woher willst du wissen, wie sich Gangsta-Rap anhört?«
»Sehe ich etwa aus wie ein Musikbanause?«
»Ja.«
Cornelius wandte sich empört an mich, aber ich machte eine abwehrende Geste. Dann bemerkte ich, dass Hella wieder zu mir rüberschaute. Ich konnte nur grinsen. Das bekam Cornelius mit.
»Ah, ich verstehe, Feuer und Luft, Yin und Yang«, verkündete er. »Eine sanfte und milde Partnerin ist der ideale Nährboden für eine harmonische Familie.«
Mir sackte der Kinnladen runter, Andi grinste. Cornelius warf uns einen missbilligenden Blick zu.
»Ihr glaubt anscheinend, dass das frauenfeindlich ist«, dozierte er weiter. »Mitnichten, meine bleichhäutigen Freunde, mitnichten, seht zum Beispiel meine Frau und mich. Da …«
In diesem Moment passierten zwei Dinge fast gleichzeitig, von denen jedes für sich schon ausgereicht hätte, ihn am Weiterreden zu hindern. Als Erstes setzte mit einem Schlag die Musik wieder ein, aber diesmal in einer Lautstärke, die auf der Stelle die Hörnerven aller Anwesenden betäubte. Den Bruchteil einer Sekunde später knallte der Fußball gegen Cornelius' Schädel.

Es war ein harter Treffer. Sein Kopf kippte zur Seite, seine Pupillen zuckten in die entgegengesetzte Richtung. Er wankte. Die Musik brach wieder ab, der abgeprallte Ball kullerte ins Gebüsch. In einem Reflex griff ich nach seinem Arm.

»Was, äh …«, stammelte er.

»Oh, verdammt«, Anton kam mit zerknirschtem Gesichtsausdruck angelaufen, »das war ein Volltreffer.«

Ich hielt Cornelius immer noch am Arm, er schien ein bisschen wackelig auf den Beinen. »Also, dieser Gangsta-Rap«, nuschelte er.

»Meinst du, er bleibt jetzt so?«, fragte Andi, wobei er mit seinem von der Bierflasche abgespreizten Zeigefinger auf Cornelius wies.

»Mann, Jonas«, sagte der, bedachte mich mit einem etwas glasigen Blick und haute mir mit der Hand auf die Schulter, »du altes Arschloch.«

»Ich hoffe nicht«, antwortete ich.

»So ein chinesischer Schädel hält schon etwas aus«, meinte Anton zuversichtlich. Sam wiegte zweifelnd den Kopf.

»Hey, wie sieht es aus bei euch?«, fragte Marita, die gerade mit Hella rüberkam.

»Prima, Schatz«, sagte Cornelius, während er sich auf meine Schulter stützte. Marita musterte ihren Gatten mit zusammengekniffenen Augen, bemerkte das Bier in seiner Hand und runzelte misstrauisch die Stirn. Bevor sie aber nachhaken konnte, entfuhr Andi ein erstauntes: »Na, hoppla!«

Da er mir dabei über die Schulter starrte, wandte ich mich um. Die Frau, die gerade in den Hof kam, trug ein blau-

weiß gepunktetes Kleid. Sie sah toll aus. Und sie kam direkt auf uns zu.
»Hallo Maria«, begrüßte ich sie.
»Sophia?«, fragte Cornelius, als er ihr die Hand gab. Maria blinzelte irritiert. Als ich ihr dann Andi vorstellte, veränderte sich etwas in ihrem Gesicht. Es waren nur Kleinigkeiten, ihr Lächeln wurde eine Spur fraulicher, ihre Lider senkten sich etwas, und ihre Schultern bogen sich ganz leicht nach hinten. Andi reagierte mit einem offenen, souveränen Lächeln, er war ein alter Hase.
Marita nahm Cornelius die Bierflasche aus der Hand und zog ihn mit sich. Sam lehnte sich an Anton, der sofort seinen Arm um sie legte, und Andi fragte Maria, was sie trinken wollte. Ich stand ein wenig neben den Dingen. Da kreuzte sich mein Blick mit dem Hellas. Es war ein forschender und zugleich amüsierter Blick. Ich las eine Frage darin. *Was wird nun, Jonas,* schien sie zu fragen. *Was wird nun mit uns?*
Mir wurde klar, dass ich darauf eine Antwort finden musste.

Als ich mit einem Glas Wein für Hella aus der Terrassentür trat, bemerkte ich ihn. Oder besser: sie. Sie schien auf dem gegenüberliegenden Dachfirst zu hocken, leuchtete so rund wie eine aufgeblasene Gaslaterne und grinste so unanständig wie eine neapolitanische Puffmutter auf uns herab. Die Mondin rauschte heute Abend im Schlampenlook an.
Ich hielt kurz inne und betrachtete im Lichte dieser Erkenntnis das Treiben im Hof. Der Lärm des Nachmittags war abgeebbt, die Kinder drängten sich in der Grill-

ecke, angelockt von dem Geruch der Würstchen, die dort langsam knusprig brieten. Aus den Lautsprechern vor dem Schuppen kam jetzt Musik, allerdings noch sehr dezent, vermutlich aus Rücksicht auf uns ältere Partygänger. Dennoch veränderte sie die Stimmung. Obwohl sie noch nicht tanzten, bewegten sich Lauras Freunde anders auf diesem Klangteppich. Es lag in ihren Blicken, ihrem Lachen und ihren Gesten. Das Prickeln junger Küsse lag in der Luft. Ich hatte das Gefühl, dass Cornelius und etlichen anderen Vätern eine schlaflose Nacht bevorstand.

»Was war denn?«, fragte Hella, als ich ihr das Glas brachte. »Du hast geguckt, als fände hier gerade die Rocky Horror Picture Show statt.«

Wir hatten uns etwas aus dem Fokus des Geschehens zurückgezogen und uns auf eine Bank seitlich des Schuppens gesetzt.

»Es gefällt mir, dass hier wieder etwas passiert«, antwortete ich und setzte mich neben sie. »Die letzte Zeit war es ein bisschen zu ruhig.«

Ich sah ihr zu, während sie an dem Wein nippte, betrachtete ihre wundervollen Lippen, den Schwung ihres Halses.

»Wenn du mich so anschaust, werde ich ganz nervös«, sagte sie.

»Du hast mir gefehlt«, erklärte ich ihr. »Es hat mir nicht besonders gefallen, dass du mich nicht wiedersehen wolltest.«

»Ich weiß. Mir hat es auch nicht gefallen. Aber ich wollte nicht, dass du da mit reingezogen wirst. Es war ziemlich schmutzig.«

»Hm, Marita hat es mir erzählt.« Ich hob entschuldigend die Hand. »Ich habe sie mehr oder weniger dazu genötigt.«

Hella nickte. »Ich glaube, insgeheim habe ich darauf gehofft. Aber sag mal, wie war das jetzt mit dir und Martin? Ihr habt euch getroffen? Warum?«

Ich erzählte ihr, wie sich mir die Sache dargestellt hatte: »Er hat dir Schwierigkeiten bereitet, weil er mich als Bedrohung angesehen hat. Also habe ich ihm erklärt, dass ich dich nicht mehr wiedersehen werde, wenn er sich anständig benimmt.«

Sie drehte nachdenklich ihr Weinglas in der Hand. »Deswegen war er also auf einmal so umgänglich. Und ich dachte, er hätte eingesehen, dass er falsch gehandelt hat.«

»Hat er ja vielleicht auch.« Es ging mir zwar gegen den Strich, das Arschloch zu verteidigen, aber ich hatte ein leicht schlechtes Gewissen, weil ich unseren Pakt gebrochen hatte.

Hella schwieg einen Moment, dann sagte sie: »Das gefällt mir nicht.«

»Was meinst du damit? Was gefällt dir nicht?«

Sie sah mich nicht an, aber ich konnte sehen, wie es hinter ihrer Stirn arbeitete. Dann wandte sie sich mir zu. Sie war zornig.

»Ihr habt einen Deal gemacht?«, fragte sie. »Ihr habt unter euch ausgemacht, wer mich bekommt?«

»Na ja …« Ich war ein wenig verwirrt. Diese Interpretation des Geschehens überraschte mich. »So … war das nicht.«

»Nicht?«

Wenn ich ihren Blick in Form eines Wetterberichtes hätte beschreiben müssen, hätte ich gesagt, dass da gerade ein Gewitter aufzog.

»Meinst du nicht, dass ich darüber selbst entscheiden sollte?«

»Natürlich, ich wollte ja auch nicht …«

»Ich meine, was habt ihr euch dabei gedacht? Was wäre gewesen, wenn ich unter diesen falschen Voraussetzungen tatsächlich wieder mit Martin zusammengekommen wäre? Hätte dir das gefallen?«

Ich konnte nur den Kopf schütteln. Mittlerweile zuckten die ersten Blitze durch ihre Pupillen.

»Bist du wirklich so ein selbstloser Held, dass du dich für mein Glück opfern wolltest, oder …«, sie fixierte mich mit ihren Feueraugen, »oder wolltest du einfach nur Schwierigkeiten vermeiden?«

Ich hatte den Eindruck, dass sie noch nicht fertig war. Also hielt ich erst mal den Mund.

»Vielleicht war es dir ja ganz recht so. So konntest du dein Leben ohne große Störungen weiterleben. Du sagst, ich habe dir gefehlt. Habe ich das wirklich? Oder hast du nur einer kleinen romantischen Begegnung hinterhergeträumt? Die Architektin, die sich in dich verknallt und an deinem Hals geheult hat. Ich habe dir gefehlt? Davon habe ich nichts gemerkt.«

Ich konnte ihr nur stumm zuhören, während sie sich ganz fürchterlich in eine falsche Richtung verrannte. Dummerweise hatte sie zumindest im Ansatz nicht ganz unrecht. Nur war das, was sie daraus machte, völlig daneben. Ich musste sie irgendwie stoppen, wusste aber nicht, wie. Kurz dachte ich daran, sie einfach zu küssen, aber mein Instinkt sagte mir, dass das schiefgehen würde. Die Rettung kam aus unerwarteter Richtung.

Hella setzte schon zum nächsten Spruch an – und sie machte nicht den Eindruck, als würde der versöhnlicher werden –, als Maja angerannt kam, sich auf ihren Schoß fallen ließ und ungestüm drauflosplapperte: »Mama-kannichheutebeiPiaschlafen,weilwirdannnochspielenkönnenundMaritahatgesagtichdarfdasaberichmussdicherstfragenBITTE ...«

»Nein Maja, das geht nicht ...«

»Mamaaa, bitte!« Maja zappelte auf dem Schoß ihrer Mutter herum, sie war anscheinend nicht bereit nachzugeben.

»Also, du kannst erst mal mit Pia ...«

»DANKE.« Die Kleine würgte ihre Mutter kurz und heftig, sprang von ihrem Schoß und war bereits wieder auf und davon, ehe Hella ihren Satz beenden konnte. Ich wusste, dass ich nur ein paar Sekunden hatte. Ich musste sofort etwas unternehmen, um der Sache zwischen uns eine andere Wendung zu geben. Ich stand auf.

»Komm«, sagte ich und hielt ihr die Hand hin, »ich will dir etwas zeigen.«

Sie zögerte, blickte misstrauisch auf mich und meine ausgestreckte Hand.

»Was ist?«, fragte ich. »Irgendwann wirst du mir sowieso vertrauen müssen. Warum fangen wir nicht gleich damit an?«

Das schien die richtige Ansprache gewesen zu sein. Der Ärger, der noch vor wenigen Minuten in ihren Augen gestanden hatte, schien verflogen. Sie ergriff meine Hand und folgte mir. Ich merkte mir, dass Hellas Temperament einen kurzen Zügel hatte.

Inzwischen hatte sich die Partystimmung weiter eingegrooved. Alle waren mit sich oder ihrem Gegenüber beschäftigt, niemand beachtete uns, als wir uns durch die Meute der Teenager an der Musikanlage vorbei in den Schuppen schlängelten. Niemand außer Marita.
Ich bemerkte ihren Blick, als ich mich noch einmal kurz umdrehte. Es schien sie zu amüsieren. Mir war es recht, ich wusste, dass ich mich auf sie verlassen konnte.
»Was wird das?«, fragte Hella, als ich die Stufen zum Dachboden hochstieg.
Ich drehte mich um und beugte mich zu ihr: »Ich schätze, du musst mit dem Schlimmsten rechnen.« Sie boxte mich in den Bauch.
Ich entriegelte die Luke und stieß sie auf. Neugierig um sich schauend, folgte Hella mir auf den Dachboden. Ich klappte die Luke wieder zu und schob, von ihr unbemerkt, den Riegel vor. Ich hatte keine Lust, dass irgendein Teenager uns folgte. Dann prüfte ich das Licht, das hier mittlerweile herrschte. Ein wenig dunkler als draußen, und der Mond hatte es auch noch nicht bis zu den Fenstern geschafft. Ich würde nachhelfen müssen.
Unter Hellas erstaunten Blicken stellte ich ein paar Kerzen vor die Staffelei, die immer noch verkehrt herum vor der Wand stand, und entzündete sie eine nach der anderen. Dann versuchte ich mir vorzustellen, ob das Licht den richtigen Effekt erzeugen würde, wenn ich die Staffelei umdrehte. Es musste gleich beim ersten Mal passen. Ich schob die Kerzen ein wenig hin und her, bis ich sicher war, dass das Licht stimmte. Hella hatte die ganze Zeit neben der Luke gestanden und meine Vorbereitungen verwundert beobachtet. Jetzt ging ich zu ihr und führte

sie an den Schultern zu ihrem Platz, schob sie ein wenig nach links, nach rechts, maß den Abstand, führte sie einen Schritt zurück. Das geschah natürlich auch, um bei ihr die Spannung zu erhöhen. Und es funktionierte. Sie ließ alles mit sich machen, war neugierig, amüsiert, gespannt. Kurz: Sie hatte ihren ganzen Ärger vergessen. Sie war nur noch hier. Bei mir. Und dem Bild. Ich trat an die Staffelei.

»Ich musste ein wenig improvisieren«, sagte ich, »weil ich mein Modell nur aus dem Gedächtnis malen konnte.« Dann drehte ich das Bild um.

Langsam trat ich beiseite und beobachtete dabei ihr Gesicht. Als sie begriff, was das Bild darstellte, weiteten sich ihre Augen. Es war das erste Mal seit vielen Jahren, dass ich die Wirkung eines meiner Bilder auf einen Betrachter studieren konnte. Wobei Hella ganz sicher der wichtigste Betrachter war, den dieses Bild je finden würde. Denn es zeigte sie. Es zeigte sie so, wie ich sie in Erinnerung behalten hatte.

Ich zog mich noch weiter in den Schatten zurück. Es war unnötig. Hellas ganze Aufmerksamkeit war von dem Bild gefesselt, und in ihrem Gesicht spiegelte sich das, was ihre Augen darin erkannten. Das war die schönste Antwort, die sie mir geben konnte. Langsam trat ich hinter sie. Über ihre Schulter hinweg konnte ich nun das Bild im weichen Licht der Kerzen sehen. Und hatte das Gefühl, Hella doppelt vor mir zu haben.

Obwohl ich wusste, dass sie nicht einmal einen halben Schritt vor mir stand, schien sie gleichzeitig in der Krypta des Michels zu sein, genau zu dem Zeitpunkt, in dem das Orchester Strawinsky gespielt hatte. Das Bild zeigte sie aus einer Perspektive, die ich nie eingenommen hatte, nämlich aus der des Orchesters. Es zeigte eine Frau in einem hellen Kleid, die wie hingegossen in ihrem Stuhl saß. Ihr rechter Fuß stand ein wenig seitwärts, ihre Knie waren geschlossen, eine beinah unelegante Geste, die es mir aber ermöglicht hatte, ihre Selbstvergessenheit darzustellen. Ihre linke Hand lag in der eines Mannes, der neben ihr saß. Ihr Kopf lag an seiner Schulter. Von ihm sah man nur einen Teil als Schattenriss. Doch sie selbst war so deutlich wie die wirkliche Hella. Ihr Körper war voller verletzlicher Sinnlichkeit, und auf ihrem Gesicht mit den geschlossenen Augen zeichnete sich die ganze Bandbreite der Gefühle ab, die die Musik in ihr hervorgebracht hatte. Erst jetzt erkannte ich, wie sehr ich sie in diesem Bild zum Leben erweckt hatte. Ich beugte mich zu ihr, sodass mein Mund ganz dicht an ihrem Ohr war.

»Du willst wissen, was ich getan habe, seit wir uns an jenem Abend trennten?«, fragte ich sie leise. »Ich war hier. Und du warst auch hier. Du warst in jedem Moment hier. Du warst im Licht und in den Farben. Du warst da, als ich einschlief, und du warst da, als ich aufwachte. Wahrscheinlich warst du auch in jedem verdammten Traum, den ich geträumt habe. Aber ich durfte dich nicht sehen. Ich wusste nicht, wie ich das ertragen sollte. Darum habe ich dich gemalt.«

Ihr nahm ihren berauschenden Duft wahr, rührte mich aber nicht, wartete einfach nur auf ihre Reaktion. Da wandte sie sich um. Und nun war es das Gesicht auf der Leinwand. Nein, es war ihr Gesicht. Sie war da, vor mir. Endlich.

»Lass mich nicht noch mal so allein«, stieß sie hervor und fiel mir entgegen.

»Müssten wir nicht mal wieder runtergehen?«

Ihr Atem kitzelte an meinem Hals. Ich vergrub meine Nase in ihrem Haar und brummte: »Mmh.«

»Steh du zuerst auf«, sagte sie, hielt aber ihre Arme weiterhin um meinen Hals geschlungen.

»Geht nicht«, antwortete ich.

»Warum denn nicht?«

»Weil du zuerst aufstehen musst.«

»Du kannst es doch versuchen.«

Ich machte einen halbherzigen Versuch, es klappte natürlich nicht. Wir saßen auf der Matratze, ich mit dem Rücken an die Wand gelehnt, Hella saß seitlich zwischen meinen Knien, beide Beine über mein rechtes Bein gelegt.

»Es geht nicht, du bist zu schwer.«

Sie boxte mich in die Seite. »Sei nicht so gemein.«

»Wenn du nicht aufstehst, kann ich auch nicht aufstehen.«

»Ich mag aber nicht.«

Das gefiel mir. Ich küsste sie wieder. Ihre Lippen waren voll und weich und ihre Wangen warm. Von unten dröhnte gedämpft die Musik der Teenager zu uns herauf. Ich kam mir selbst ein wenig wie ein Teenager vor.

»Und wenn Maja nach mir sucht?«, fragte sie nach einer Weile.

»Darüber brauchst du dir keine Gedanken zu machen. Die ist beschäftigt. Außerdem hat Marita ein Auge auf sie.«

»Du hast wahrscheinlich recht«, seufzte sie leise. »Ich weiß gar nicht mehr, wie es ist, sich keine Sorgen machen zu müssen. Weißt du, ich musste immer alles im Griff haben. Im Beruf sowieso und privat noch mehr. Glaub mir, das ist kein Kontrollzwang. Es ging einfach nicht anders.«

»Ich weiß«, sagte ich und legte meine Hand in ihren Nacken. Unten wechselte die Musik. Eine rauhe Männerstimme sang zu einem weichen Rhythmus ein hartes Lied.

»Ich weiß nicht mehr, wie lange ich schon aufpassen muss«, fuhr Hella leise fort. »Es war schon so, als ich noch mit Martin zusammen war. Er war sehr geschickt darin, jeden meiner schwachen Momente zu seinem Vorteil zu nutzen. Zuletzt habe ich nur noch unter der Dusche geweint. Ich begreife gar nicht mehr, warum ich das so lange mitgemacht habe.«

Wieder betrachtete ich über ihren Kopf hinweg das Bild und las darin die Verletztheit, die nun aus ihren Worten sprach.

»Dann fing er an, das Gleiche mit Maja zu machen. Erst da setzte mein Widerstand ein. Danach hat er begonnen, mich über Maja zu manipulieren. Es war so eine miese Zeit.«

Mir fiel auf, dass ein kühles Licht die Scheiben der Fenster berührte. Anscheinend tastete sich da eine neugierige Freundin in den Hof vor.

»An dem Abend, als wir in der Krypta waren«, erzählte Hella, »habe ich all das zum ersten Mal vergessen und loslassen können.« Sie hob den Kopf und sah mich an. »Und dir prompt den Kragen vollgeheult.«

»Das war okay, ich habe für diese Fälle immer ein Sabberlätzchen dabei.«

Sie kicherte. »Genau diesen Moment musstest du natürlich malen.«

»Oh ja, weil ich dich in diesem Moment mit all meinen Sinnen wahrgenommen hatte. Vorher habe ich versucht, die Motive zu malen, bei denen ich dich nur mit den Augen gesehen hatte. Das funktionierte aber nicht.«

»Ich glaube, ich verstehe, was du meinst«, sagte sie. Wir schauten beide zu dem Bild hinüber, das immer noch vom Licht der Kerzen beleuchtet in der Mitte des Raumes stand. Ich fragte mich, ob die Mondin es schon entdeckt hatte.

»Es ist wunderschön«, flüsterte sie. »Aber es tut auch weh, es zu betrachten. Denn es zeigt mir, welchen Preis ich habe bezahlen müssen.«

Ich drückte sie an mich, weil ich ahnte, dass da noch mehr Tränen warteten. »Scheiße!«, fluchte sie dann erstickt. »Dieser verdammte Mistkerl.«

Ich wartete, bis es vorbei war. Das würde noch öfter passieren, ich kannte mich da aus. Nach einer Weile fragte sie: »Wo hast du das Malen gelernt?«

»Ein bisschen konnte ich es schon immer«, sagte ich, »den Rest habe ich mir auf der Kunsthochschule beibringen lassen.«

»Wirklich? Und warum hast du damit aufgehört?«

Ihre Augen waren groß und voller Vertrauen. Ich strich ihr eine Strähne aus der Stirn. »Ich hatte etwas verloren.«

»Und jetzt?«

Ich wiegte den Kopf. »Ich weiß nicht, das alles ist auch für mich noch ein wenig ungewohnt. Aber ich glaube, ich finde es gerade wieder.«

Wieder schwiegen wir. Doch unsere Körper sprachen zueinander. Meine Hand lag auf ihrer Hüfte. Ich hatte sie unter ihr Top geschoben, weil ich ihre Haut spüren wollte. Aber das war mir nicht genug, ich wollte mehr von ihr fühlen. Sie schien es zu merken. Ihre Hand knöpfte mein Hemd auf und schob sich darunter.

»Was willst du als Nächstes malen?«, fragte sie.

»Na, dich«, sagte ich, »aber diesmal musst du mir Modell stehen.«

»Wie willst du mich malen?«

»Ich weiß noch nicht. Ich muss dich erst noch studieren, muss viel mehr von dir sehen und aufnehmen.«

»Von mir sehen? Aha«, sagte sie mit einem kleinen Lächeln. »Warum nicht gleich?«

Sie zog ihre Beine zurück, sodass sie vor mir kniete, richtete sich etwas auf und zog mit einer geschmeidigen Bewegung ihr Top aus. Dann legte sie mir wieder ihre Arme um den Nacken. »So etwa?«

»Hmm«, machte ich bejahend und strich mit den Fingerspitzen über ihre zarte Haut. Unten änderte sich wieder die Musik, eine helle Stimme sang unverständlichen Text zu einem schnellen, harten Rhythmus. Hellas Blick wanderte zu der Luke.

»Glaubst du, dass jemand hier hochkommt?«

Ich schüttelte den Kopf und konzentrierte mich auf ihre kleinen, runden Brüste. Sie beugte sich meinen Händen entgegen.

»Dies ist ein verzauberter Ort«, sagte ich und hauchte ganz leicht über ihre Brustwarzen, die sich mir prompt entgegenreckten. »Wir befinden uns jetzt in einer anderen Welt«, flüsterte ich, wobei meine Lippen nur noch Millimeter von den rotbraunen Knospen entfernt waren. »Und wir stehen unter dem Schutz des Mondes.«

Als ich mit den Lippen vorsichtig an ihnen knabberte, seufzte sie wohlig.
»Außerdem habe ich den Riegel vorgeschoben.«
Ihr Lachen war dunkel und weich, ihr Mund leicht geöffnet, ihre Wangen waren gerötet. Sie war so schön, dass es beinah schmerzhaft an mir zog. Vielleicht sah sie mir das an, denn ihre Augen öffneten sich etwas, und augenblicklich begann ein Strom zwischen uns zu fließen, ähnlich dem, den wir in der Krypta erlebt hatten, nur viel intensiver, viel fordernder.
Mit fahrigen Händen zerrte sie mir das Hemd von den Schultern, während ich mich mit ihrer Jeans abmühte. Dann streifte sich jeder selbst eilig die Hosen ab, damit wir uns endlich fühlen konnten. Als wir uns nebeneinanderlegten, überkam mich trotz meiner Erregung eine unendliche Ruhe. Alles war nun gut, wir waren zusammen. Das Licht der Kerzen ließ verspielte Schatten über unsere Haut tanzen. Hellas Augen waren hell und klar und ohne Angst.
»Ich bin ein wenig aus der Übung«, sagte sie, während ihre Finger über meinen Bauch abwärts glitten.
»Wir haben es nicht eilig. Die Party dauert noch ein paar Stunden.«
Unten setzte wieder neue Musik ein. Mit einem seltsam fernen Johlen wurde Michael Jackson begrüßt. Und nur wenige Meter über diesem Johlen spürte ich voller Genuss, wie mich die Finger meiner Geliebten umschlossen.
Wir ließen uns Zeit, streichelten uns, erkundeten einander mit den Augen, den Händen, mit Lippen und Zunge. Und während ein Teil von mir sich ganz diesem Spiel

hingab, versuchte ein anderer, es zu dirigieren. Das tat meinem Genuss keinen Abbruch, denn ich wollte, dass Hella sich gehen ließ. Dass sie mir vertraute und die Kontrolle über sich aufgab. Darum hielt ich auch inne, als ich spürte, dass sie bereit für mich war.

»Ich habe kein Kondom dabei«, flüsterte ich. »Tut mir leid, aber darauf war ich nicht vorbereitet.«

Ich sah ihr an, dass sie es auch so hätte geschehen lassen. Aber das ging nicht. Noch nicht.

»Bei mir ist es sicher«, sagte sie.

Ich dachte kurz nach: »Bei mir auch.«

»Dann können wir es doch ohne Kondom machen. Wenn du willst?«

Ich glaube, uns beiden war klar, was das bedeutete. Dass es nämlich mehr als einfach nur ein One-Night-Stand sein sollte. Es war schon fast ein Versprechen.

»Ja«, sagte ich.

»Ja«, sagte sie und drängte sich an mich. Dann war es ganz leicht. Ich nahm ihre Bewegung auf und zog sie auf mich. Sie richtete sich auf. Ihre Hände lagen auf meiner Brust, während sie sich langsam an mir zu reiben begann. Ich konnte mich nicht sattsehen an ihr. Dann nahm sie mich mit einer geschickten Bewegung ihres Beckens auf und senkte sich langsam und mit einem genussvollen Seufzer auf mich herab. Da ließ auch ich endlich los.

Die Kerzen waren heruntergebrannt. Das Bild lag im Schatten. Nur die helleren Flächen ließen sich vage ausmachen. Ich wusste, dass sich das bald ändern würde.

Hella war in meinem Arm eingeschlafen. Das rührte mich. Weil es mir ihr Vertrauen zeigte. Während ich das unendlich langsam wandernde Licht der Mondin beobachtete, versuchte ich zu ergründen, was das alles für mich bedeutete. Zwischendurch widmete ich mich immer wieder dem schlafenden Gesicht in meiner Armbeuge, nur um sicherzugehen, dass dies kein Traum, sondern Wirklichkeit war.

Dann wieder starrte ich in die Weite meines nächtlichen Ateliers und durchlebte die vergangene Stunde von neuem. Wieder und wieder. Sah Hellas Gesicht vor mir, ihr heimliches Gesicht, ihr Lustgesicht. Spürte ihre Hitze, vernahm von neuem die kleinen Laute ihrer sich steigernden Erregung. Fühlte mich, fühlte sie und konnte nicht genug davon bekommen. Ganz fern erklang immer noch Musik, lachten Menschen, aber das war es ja nicht, was ich der Mondin erzählen wollte. Ich wollte ihr von uns erzählen, von diesem Abend und davon, dass ich die Liebe wiedergefunden hatte.

Langsam tastete sich das kühle Licht über das Bild. Es berührte bereits den Schattenriss des Mannes. Als Nächstes würde es Hellas Gesicht finden, mit seinen geschlossenen Augen wäre es wie das Gesicht einer Schlafenden. Und darin, in den Gesichtern der Schlafenden zu lesen, hatte meine grausame Göttin große Erfahrung.

Hella bewegte sich ein wenig im Schlaf und schob ihre Hand über meine Brust. Dann lag sie wieder still. Sie hatte geweint danach, als unser beider Atem sich wieder beruhigte, ich aber immer noch in ihr war.

»Warum weinst du?«, hatte ich sie gefragt.

»Weil ich glücklich bin«, hatte sie geantwortet. Da habe auch ich es gefühlt, das Glück. Durch sie. Es war ein wenig so wie in der Krypta, als ich irgendwann nicht mehr

wusste, ob das, was ich empfand, mir oder ihr gehörte. Und jetzt? War ich, Jonas Bachmann, glücklich?
Ich lauschte in mein Inneres. Was ich dort vorfand, ließ sich am ehesten mit Frieden umschreiben. Das hörte sich nach weniger an als Glück. Doch das war es nicht, denn es gab nichts, was ich dem hätte hinzufügen wollen. Also war es ein erfüllter Frieden. Und das war dem Glück doch schon ziemlich nahe.
Gedankenverloren betrachtete ich diesen Körper an meiner Seite und fragte mich, ob das Glück für Männer etwas anderes war als für Frauen. Vielleicht, doch für beide war es in jedem Fall ein höchst seltenes Gut.
Mit einem Mal hatte ich eine Idee, wie ich die Intensität dessen, was ich gerade erlebte, noch steigern könnte. Ich löste mich vorsichtig aus ihrer Umarmung, nahm mir den Skizzenblock und setzte mich im Schneidersitz ans Fußende der Matratze. Dann beobachtete ich die Schlafende, die Kontur ihrer Hüfte und ihrer Schultern, die etwas helleren Flächen ihrer Haut, die ein unbestimmtes Licht reflektierten, und die Zonen ihres Körpers, die noch vollständig im Dunkeln lagen. Ich setzte den Stift auf das Papier.
Drei Skizzen hatte ich bereits von ihr angefertigt, als ich aus der Versunkenheit des Zeichnens auftauchte, weil ich so etwas wie eine Berührung gespürt hatte. Unwillkürlich wandte ich mich um. Da rieselte ein Schauer über meinen Rücken. Das Bild lag im vollen Mondlicht. Und das, was es enthüllte, konnte unmöglich von mir stammen. Denn ich sah es zum ersten Mal.
Es war, als hätte das Licht die hingegossene Frauengestalt zum Leben erweckt. Ihre Gliedmaßen hatten an Körper-

lichkeit gewonnen, die Brust schien sich im Rhythmus der Atemzüge zu bewegen, und fast war mir, als würden sich im nächsten Moment die Augenlider heben und als würde die Gestalt aus dem Bild heraustreten, hinaus in das flimmernde, sinnliche Licht des Mondes. Für einen Sekundenbruchteil hatte ich das Gefühl, in eine andere Welt zu blicken. In eine Welt, in der es möglich war, dass Bilder zum Leben erwachten. Und in der noch ganz andere Dinge geschahen.

All mein Schauen, mein Denken, mein Fühlen war auf diese pulsierende Fläche konzentriert, hinter der sich eine andere Dimension zu verbergen schien. Ich rührte mich nicht, wagte kaum zu atmen, um das Fragile dieser Wahrnehmung nicht zu stören. Dann tauchte ich ein, und in einem tranceartigen Schauen glaubte ich mit einem Mal, nächtliche Lichtungen in heidnischen Wäldern zu erkennen. Das Mondlicht, das auf das Bild fiel, schien bis in diese andere Welt hineinzureichen und zeigte mir Gestalten, die sich dort bewegten. Es war kein mittelalterlicher Hexensabbat, auch keine Nymphenerotik. Es war ein Universum, das hinter der sichtbaren Erscheinung der Frauen existierte, ein Universum, das den Gesetzen von Fruchtbarkeit und Blut folgte und an dem alle Frauen, wissend oder unwissend, teilhatten. Es war ein bedrohliches und zugleich bedrohtes Universum. Ich begriff, dass dieses Universum vor den Männern geheim gehalten werden musste. Denn diese würden es zerstören, weil sie keinen Anteil daran hatten.

Die Frauen wiederum verstanden die Wut der Männer nicht. Was für diese unerreichbar blieb, war für sie ganz selbstverständlich. Es war ihr Zuhause. Die Männer erfuhren von dieser Welt nur, wenn sie liebten. Und wenn sie von einer Frau geliebt wurden. Dafür begehrten und hassten die Männer sie.

Noch während diese Gedanken in vager Form durch meinen Kopf zogen, begann ich bereits wieder zu zeichnen, schnell, aber mit sicherem Strich. Das Mondlicht tastete sich neugierig weiter durch mein Atelier, so als wüsste es, dass seine Aufgabe erfüllt war. Und als wollte es nun überprüfen, welche Wirkung sein Zauber hervorgerufen hatte.

Ich wusste nur, dass die Mondin mir ein Geschenk gemacht hatte. Aber mir hätte auch klar sein müssen, dass die Geschenke der Mondin immer ihren Preis hatten.

XX

Lügenmond

Mit einem Becher Kaffee in der Hand genoss ich die Frühsonne. Ich saß auf derselben Bank seitlich des Schuppens, auf der ich mich am Vorabend beinah mit Hella gestritten hatte. Sie und Maja hatte ich bereits nach Hause gefahren. Beim Abschied waren wir ein wenig befangen gewesen. Das lag an Maja, die auf der Rückbank mit dem Fuß wippte. Schließlich hatte ich Hella doch geküsst, erst nur kurz, dann noch einmal etwas intensiver. Der Fuß hörte auf zu wippen. Aber die Kleine sagte nichts dazu.

Die Party war wohl ein ziemlicher Erfolg gewesen. Nur hatten Hella und ich nicht viel davon mitbekommen. Aber das war nicht schlimm. Wir hatten unsere eigene Party gefeiert. Ebenso wie Maja. In Pias Zimmer war es anscheinend zu einer großartigen Kissenschlacht gekommen. Kurz: Alle waren zufrieden. Ich auch. Und das nicht nur, weil Hella und ich zusammengefunden hatten, sondern wegen dem, was mir diese Nacht darüber hinaus noch beschert hatte.

Ich überlegte kurz, ob ich ein schlechtes Gewissen haben

sollte, weil ich mehr an meine nächtlichen Entwürfe dachte als an Hella. Doch das ließ sich kaum voneinander trennen. Auch wenn sie in den neuen Skizzen nicht auftauchte, so hatte ich doch Elemente aus den zuvor von ihr gezeichneten Akten übernommen. Was dabei herausgekommen war, verwirrte mich noch immer.

Es waren keineswegs surrealistische Motive dabei entstanden. Die Frauengestalten, die ich entworfen hatte, befanden sich in alltäglichen Situationen: bei der Arbeit, beim Einkauf, im Bad. Dennoch war etwas aus der unheimlichen Stimmung dieser vom Mond inspirierten Szenerie in die Zeichnungen eingeflossen. Eine der Skizzen beispielsweise zeigte eine Frau, die mit einem Einkaufskorb am Arm über einen Berg von Obst und Gemüse hinweg dem Betrachter in die Augen schaute. Dabei hielt sie ein rote Paprika in der Hand, als prüfe sie deren Reifegrad. Das war das Offensichtliche. Tatsächlich aber hatte die Frau etwas Unbarmherziges an sich, sodass der Eindruck entstand, als hielte sie keine Paprika, sondern eine Handgranate, die sie im nächsten Augenblick auf den Betrachter werfen wollte.

Auch auf den anderen Bildern hatten die durchweg weiblichen Gestalten, selbst wenn sie nur ganz flüchtig entworfen waren, bedrohliche oder sogar dämonische Züge. Sie wirkten, als könnten sie sich im nächsten Moment in Raubtiere verwandeln und fauchend aus dem Bild herausspringen. Ich hatte noch keine Ahnung, wie ich das auf der Leinwand umsetzen sollte, aber es beschäftigte mich unablässig.

»War das nicht ein großartiges Fest?« Cornelius war um den Schuppen herumgekommen, eine dampfende Tasse

Tee in der Hand, und setzte sich nun neben mich. »Wenn ich nur nicht solche Kopfschmerzen hätte.«
»Wahrscheinlich ein paar Biere zu viel«, meinte ich unschuldig. Anscheinend hatte er nicht im mindesten mitbekommen, dass Anton ihn mit dem Fußball beinah ausgegongt hätte.
»Hmm«, brummte er nicht ganz überzeugt und schlürfte seinen Tee.
»Ich habe gestern übrigens ganz vergessen, dir zu erzählen«, berichtete er dann, »dass ein neuer Job reingekommen ist. Eine Wohnung.«
Augenblicklich regte sich in mir der gleiche innere Widerstand, den ich schon bei Sonja gespürt hatte. Ich kaute noch ein wenig darauf herum, bevor ich antwortete: »Weißt du, ich glaube, das ist nichts mehr für mich.«
»Was?«, fragte Cornelius. »Das Arbeiten?«
»Nein, das mit dem Renovieren bei den frisch verlassenen Frauen.«
»Warum erstaunt mich das nicht?«
»Keine Ahnung. Warum erstaunt dich das nicht?«
»Hä, hä.«
»Was: hä, hä?«
»Es hat dich also auch endlich erwischt. Jetzt dauert es nicht mehr lange, und du hast zu Hause auch nichts mehr zu sagen. Darum: hä, hä.«
Darauf fiel mir nicht viel ein. »Cornelius, du bist ein Spinner.«
»Ich weiß. Nichts für ungut, ich finde sie ja auch nett.«
»Wir sind wirklich noch sehr weit davon entfernt, irgendwelche Pläne zu machen.«
»Verstehe.«

»Außerdem hat das eine nicht unbedingt etwas mit dem anderen zu tun.«

»Nicht unbedingt, alles klar.«

»Cornelius, du nervst.«

»Ist ja gut.«

Wir schwiegen ein Weilchen und schlürften aus unseren Tassen. »Jammerschade«, sagte er dann, »es lief so gut.« Ich dachte an meinen letzten Abend bei Sonja Trauernicht. Der war nicht so gut gelaufen. Jedenfalls nicht in dem Sinne, dass ich damit rechnete, jemals von ihr weiterempfohlen zu werden. »Tja, man muss wissen, wann Schluss ist.«

»Na gut, aber den Job machst du noch, okay?«

»Sicher.«

Er stand auf. »Ich habe dir für morgen Abend einen Termin gemacht, ist das in Ordnung?«

»Ja, ja, leg mir nur die Adresse raus.«

Schon eine Minute später hatte ich diesen neuen Job wieder vergessen. Und bis zu dem Zeitpunkt, da Cornelius mir am Montagnachmittag einen Zettel mit der Adresse in die Hand drückte, verschwendete ich keinen Gedanken mehr daran. Nicht einmal, als ich vor dem Haus einparkte, das sich in edelster Hamburger Wohnlage befand. Es handelte sich um einen Neubau mit terrassenförmig versetzten Wohnungen, von denen man direkt auf die Alster schauen konnte. Ein wenig wunderte ich mich schon, dass ein einfacher Handwerker wie ich hierhergerufen wurde. Denn das hier war eher die Kundschaft, die einen Innenarchitekten engagierte, bevor sie auch nur eine neue Lampe kaufte. Doch das war nichts, worüber ich mir den Kopf zu zerbrechen brauchte. Ich dachte vielmehr daran, nach diesem Termin noch bei Hella vorbeizufahren. Ohne besonderen Grund, sondern einfach, weil ich Lust hatte, sie zu sehen.

Die Gegensprechanlage war mit einer hinter getöntem Glas versteckten Kamera ausgestattet. Hier wurde nicht jeder reingelassen. Ich drückte auf die Klingel mit dem Namen »van Steen«, schaute in die Kamera und wartete. Der Summer ertönte, ohne dass ich mich identifizieren musste. Während ich durch das mit Marmor verkleidete und mit rotem Teppichboden ausgelegte Treppenhaus ins oberste Stockwerk hochstieg, fragte ich mich, ob ich vielleicht noch ein paar Blumen für Hella besorgen sollte und eine Kleinigkeit für Maja, irgendetwas Praktisches wie eine Kreissäge oder so. Dann war ich oben. Die Tür ging auf, und es traf mich wie ein Schlag in die Magengrube.

Sie war älter geworden. Kein Wunder, ich ja auch. Aber sie war noch immer schön, vielleicht sogar noch schöner als früher, weil sie jetzt fraulicher wirkte. Vor allem aber waren es diese unglaublichen Augen, die mich umhauten. Ich brachte kein Wort heraus.

»Schön, dich wiederzusehen, Jonas«, begrüßte sie mich und fügte dann hinzu: »Komm doch rein.«

Für mich jedoch klang es so, als hätte sie gefragt, ob sie meinen Kopf haben könne.

Es hatte zu regnen begonnen, ein leichter Sommerregen, weich und zärtlich. Ich hielt ihm mein Gesicht entgegen und genoss die Kühle der Tropfen auf meiner Haut. Ich war nicht zu Hella gefahren. Es ging einfach nicht.

Nachdem ich mich von meiner Überraschung erholt hatte, war mir aufgefallen, dass Lydia ihrerseits keineswegs überrascht gewesen war, mich zu sehen.

»Als mir eine Freundin von diesem Johnny erzählte, hatte ich zuerst keine Ahnung. Dann aber sagte sie etwas, was mich aufhorchen ließ. Sie sagte, du hättest eine Art gehabt, sie anzusehen, als verstündest du alles, was sie fühlte. Dir gegenüber habe sie Dinge äußern können, deren sie sich vorher nicht einmal bewusst gewesen sei. Es gibt nicht viele Männer, die so schauen können.«

Ihrem Lächeln entnahm ich, dass sie eine Reaktion von mir erwartete, vielleicht sogar genau diesen alles verstehenden Blick. Als ich ihr diesen Gefallen aber nicht tat, fuhr sie etwas kühler fort: »Ich habe mir dann die Nummer deiner Firma geben lassen, nachdem Stephen ausgezogen ist.«

Stephen?

Wir standen immer noch im Flur, der so groß war, dass ein Sofa reingepasst hätte, ohne zu stören. Gegenüber der Eingangstür befand sich eine verschlossene Doppeltür, zur Rechten ein längerer, schmaler Flur und zur Linken eine geöffnete Tür in ein leer wirkendes Zimmer. Dorthin führte mich Lydia jetzt.

Während ich ihr auf dem knarrenden Eichenparkett folgte, beobachtete ich sie. Sie trug einen dunkelblauen Rock und eine cremefarbene Bluse. Beides saß perfekt. Ihre Schuhe mit den hohen, aber nicht zu hohen Absätzen waren von professioneller Eleganz. Sie sah aus wie eine Galeriebesitzerin, die gerade nach Hause gekommen war und sich lediglich das Jackett ausgezogen hatte.

Eine Galeriebesitzerin?

Stephen?

Mir schoss das Blut in die Wangen, als mir einfiel, dass der Galerist, der damals ihre Skulpturen ausgestellt hatte, Stephen van Steen hieß. Konnte es wirklich sein, dass sie mich für diesen aalglatten Typen verlassen hatte, während ich in Marokko meinen Arsch riskierte, um unsere Rechnungen bezahlen zu können? Vielleicht hatte ich ein wenig zu heftig nach Luft geschnappt, denn sie wandte sich mir auf einmal zu und fragte: »Ist alles in Ordnung?«

Es kostete mich einige Selbstbeherrschung, um mir nichts anmerken zu lassen. So gelassen, wie ich konnte, erwiderte ich ihren Blick, diesen Blick aus smaragdgrünen Augen. »Sicher, alles klar.«

Sie lächelte wieder. Es war das Lächeln einer Frau, die oft lächelte.

»Es steht doch nichts mehr zwischen uns, oder?«, fragte sie dann. »Ich meine, das hier ist ein Job, weiter nichts.«

»Genau«, gab ich zurück, »nichts weiter als ein Job.«

Und dieses »nichts weiter« ließ ich mir nun vom Regen aus der Seele spülen.

Der Asphalt glänzte, und wenn ein Auto vorbeifuhr, sprühte es kleine Wasserfontänen in die Luft, schwach beleuchtet vom Licht der Laternen. Ich wollte Hella anrufen. Wollte ihr sagen, dass ich sie vermisste. Dass ich gerne ihre Nähe gespürt hätte. Dass ich sie brauchte. Aber ich tat es nicht.

Die Begegnung mit Lydia hatte mich mit einem Schlag in die Vergangenheit zurückkatapultiert, mir dort einen Berg unverbrauchter Gefühle aufgeladen und mich damit wieder in die Gegenwart geschossen. Wie sollte ich auf diese Weise Hella gegenübertreten? Sollte ich etwa der

Frau, die eben erst in mein Leben getreten war und selbst gerade dabei war, ihren eigenen Ballast abzuwerfen, sollte ich dieser Frau jetzt etwa meinen emotionalen Sperrmüll präsentieren?

Und wenn nicht? Wenn ich sie jetzt besuchte, ohne ein Wort über Lydia zu verlieren? Nein, das würde nicht funktionieren. Hella brauchte keine Gedankenleserin zu sein, um meinen inneren Aufruhr zu bemerken. Ich war mir sogar sicher, dass sie ihn am Klang meiner Stimme feststellen würde, wenn ich sie anriefe. Sie würde fragen, was mit mir los war. Und dann würde ich es ihr erzählen. Das wollte ich nicht. Darum lief ich durch die verregneten Straßen.

Ich musste zu einem Entschluss kommen: Sollte ich diesen Job machen oder nicht?

Niemand konnte mich zwingen, und Cornelius würde es nicht einmal versuchen. Wenn ich ihm erzählte, um wen es sich bei der neuen Auftraggeberin handelte, würde er mir wahrscheinlich sogar verbieten, dort wieder hinzugehen. Das war nicht das Problem. Das Problem war mein Stolz.

Den Auftrag jetzt abzulehnen wäre ein Eingeständnis meiner Schwäche gewesen. Lydia würde wissen, dass ich ihr auswich. Wegen damals, weil sie mich verlassen hatte. Es würde ihr zeigen, dass ich ihre Gegenwart nicht ertrug und immer noch unter unserer Trennung litt. Es würde ihr zeigen, dass sie nach wie vor Macht über mich besaß. Und das konnte ich nicht zulassen. Nicht allein wegen mir, sondern auch wegen Hella. Es würde unser Verhältnis vergiften. Ich hatte keine Wahl, ich musste es durchziehen. Ich musste diesen Job erledigen. Aber es würde sehr schwer werden.

Was sollte ich Hella sagen? Wie sollte ich das schaffen?

Tagsüber die Wohnung meiner alten Liebe zu renovieren und abends zu meiner neuen zu gehen? Ich hatte ja schon geahnt, dass die grausame Mondin ihren Preis einfordern würde. Aber was sie sich diesmal ausgedacht hatte, war an Perfidie kaum noch zu überbieten. Dennoch wies es eine gewisse Folgerichtigkeit auf. Immerhin hatte sie auch meine erste Liebe mit ihrem Licht gesegnet. Es hätte mir klar sein sollen, dass sie mich nicht so einfach davonkommen lassen würde.
Und auch darum hatte ich eine lange Nacht im Regen vor mir.

Ich telefonierte am nächsten Abend mit Hella. Ich sagte ihr, dass Johnny einen neuen Job hätte, aber dass ich mich nicht mehr wohl in dieser Rolle fühlte. Sie lachte und fragte: »Soll ich dich ablenken?«
»Es wäre schön, wenn wir am Wochenende etwas zusammen unternehmen könnten«, gab ich zurück.
Die winzig kleine Pause vor ihrer Antwort signalisierte mir, dass sie gehofft hatte, mich schon vorher zu sehen. Doch als sie antwortete, war davon nichts zu spüren.
»Gerne«, sagte sie. »Wie wäre es, wenn wir zusammen nach St. Peter-Ording fahren? Maja hat mir so viel vom Strand und den ekligen Krabbenbrötchen erzählt, dass ich mir das alles unbedingt selbst einmal ansehen muss.«
»Großartige Idee.« Ich spürte, wie die Jetztwelt mich rief. Das Meer, die Luft voller Würze, ein Kind mit seinem Drachen. Und Hella!
Ja, mit Hella am Meer. Allein schon bei dem Gedanken ging es mir besser. »Wie wäre es, wenn wir uns dort einquartieren?«

»Ist das ein unzüchtiges Angebot?«
»Und wie.«
»Dann nehme ich es an.«
»Ich wusste, wie ich dich rumkriegen kann.«
Wieder lachte sie. »Du hast es ja schon mal geschafft.«
Nach dem Telefonat schaute ich von meinem Küchenfenster aus in den Hof hinunter. Mir fiel ein, dass ich heute nicht in meinem Atelier gewesen war. Ich hatte auf dem Weg durch den Hof nicht einmal ans Malen gedacht.

»Ich möchte in diesem Zimmer einen Türkisschimmer an den Wänden haben.«
Der Raum, in dem wir standen, ging über das Eck des Hauses. Zwei Fenster wiesen nach Südwesten, zur Alster, ein weiteres nach Südosten. Der Lichteinfall war optimal. Ich fragte mich, welche Funktion dieses Zimmer bis vor Kurzem noch gehabt hatte. Bei dem anderen Raum, der durch einen Torbogen von diesem getrennt war, war das klar. Reichlich Steckdosen, ein Internetanschluss und ein Aktenschrank wiesen ihn als ehemaliges Büro aus. Vermutlich das von Stephen, genauso wie auch dieser Raum wahrscheinlich von ihm bewohnt worden war.
»Einen Farbton, der an das Licht über dem Meer erinnert, verstehst du?«
Lydia machte nicht den Eindruck, dass sie unter dem Ende ihrer Beziehung litt. Meine Voodookünste waren hier also glücklicherweise nicht gefragt.
»Einen Türkisschimmer?«
»Ja, du hast ihn manchmal in deinen Bildern gehabt. Es war nur ein Hauch, so als würde er im nächsten Moment verschwinden. Weißt du, was ich meine?«

Ich schüttelte den Kopf. »Nein, nicht so richtig.«
Ihr Blick war voller Mitleid. »Oh, Jonas«, sagte sie.
Das war genau der Ton, den ich hasste. Ohne mich weiter um sie zu kümmern, begann ich mit meinen Vorbereitungen. Sie stöckelte hinaus. Während ich alles mit Folie abklebte, hörte ich sie hinten im Flur und in der Küche hantieren. Eigentlich sahen diese beiden Räume gar nicht so schlecht aus. Als Fachmann hätte ich sogar von einer Renovierung abgeraten. Doch Lydia hatte ein paar ganz besondere Ideen. Die Wände sollten so glatt sein, dass sie wie poliert wirkten. Das hieß, dass ich den Untergrund neu aufbereiten musste und dass danach die Schleifmaschine zum Einsatz käme. Dann müsste ich sogar alle Türritzen verkleben. Außerdem müsste ich mit Maske arbeiten, angenehm war das nicht.
»Ich muss jetzt los.«
Lydia stand im Torbogen, in einem hellgrünen Kostüm, das sie ganz sicher passend zu ihrer Augenfarbe gewählt hatte.
»Ich habe dir einen Schlüssel dagelassen.« Sie wies auf den Aktenschrank. »Wenn du Kaffee willst oder irgendetwas anderes, bediene dich. Ach ja, und …«
Sie zog aus ihrer Umhängetasche einen Kugelschreiber und ein kleines silbernes Etui hervor, entnahm ihm eine Visitenkarte und notierte etwas auf deren Rückseite.
»Meine Mobilnummer.« Sie steckte die Karte zwischen Wand und Rahmen des Durchgangs. »Wenn etwas ist, ruf mich an. Falls ich das Gespräch gerade nicht annehmen kann, rufe ich so bald wie möglich zurück.«
»Ich denke, das wird nicht nötig sein.«
»Für alle Fälle«, meinte sie, und ich war mir nicht sicher, ob das nur eine Floskel war oder mehr.

Dann stand sie einfach nur da, drei Meter entfernt, und hatte ihre rätselhaften Augen auf mich gerichtet. Ich wartete.

»Es ist schön, dich wiederzusehen.«

Ich nickte.

»Ich habe oft an dich gedacht in den letzten Jahren.«

Tja, das hatte ich auch.

»Es war nicht leicht, weißt du?«

So?

Vielleicht fiel ihr nichts mehr ein, vielleicht war es auch unhöflich von mir, nicht zu antworten, jedenfalls huschte ein leichter Anflug von Unwillen über ihr Gesicht. Aber kurz darauf war sie wieder vollkommen beherrscht.

»Also dann«, sagte sie, drehte sich um und ging.

Eine Zeitlang arbeitete ich vor mich hin. Dabei versuchte ich mich zu erinnern, wann ich jemals ein Türkis verwendet hatte, das so zart gewesen war, dass es im nächsten Moment schon wieder hatte verschwinden wollen. Es fiel mir aber nicht ein. Überhaupt konnte ich mich kaum noch an meine früheren Bilder erinnern. Alles, was vor dem Vogelkopf kam, den Lydia damals hatte haben wollen, war verworren. Und alles, was danach kam, gehörte zu Lydia und war zusammen mit ihr verschwunden. Bis jetzt.

Verärgert darüber, dass ich diesen Erinnerungen so wenig entgegenzusetzen hatte, hielt ich in meiner Arbeit inne. Es war mein erster Arbeitstag bei Lydia, doch ich hatte schon genug. Ich schaute mich um in dieser Nobelwohnung und fragte mich, was ich hier eigentlich tat. Dabei fiel mein Blick auf die Karte, die sie hinterlassen hatte. Ich zupfte sie aus dem Spalt und las: »Kunstgalerie van

Steen«. Ich hatte also richtiggelegen mit meiner Vermutung. Ich dachte kurz daran, die Karte wegzuwerfen, steckte sie dann aber ein. Jetzt stand mir doch der Sinn nach einem Kaffee.

Lydia hatte eine dieser Kaffeemaschinen, die so leicht zu bedienen waren wie ein Spaceshuttle. Also kochte ich einfach Wasser und goss das Pulver direkt in der Tasse auf. Während ich über den heißen Kaffee pustete, inspizierte ich die Küche. Kunststoff, Glas, Stahl, alles wirkte kühl und so sauber, als könnte hier nicht einmal eine Mikrobe Nahrung finden.

Mit der Tasse in der Hand trat ich in den Flur. Weiter hinten, direkt neben der Küche, befand sich ein Badezimmer mit Toilette. Es sah allerdings unbenutzt aus, wahrscheinlich war es das von Stephen. Das hieß, dass es noch ein Bad geben musste. Ich tippte auf die Tür gegenüber, die nur angelehnt war. Und richtig, dieses Bad wurde eindeutig von einer Frau benutzt. Außerdem war es deutlich größer. Ohne es zu betreten, schaute ich um die Ecke, um die geräumige Badewanne zu bewundern, und blickte dabei durch eine zweite offene Tür hindurch in Lydias Schlafzimmer.

Ich zog mich wieder zurück, weil mich das nichts anging. Doch der kurze Blick hatte gereicht, um nicht nur ein breites Bett mit roter, seidig glänzender Wäsche erkennen zu können, sondern auch noch eine weitere ebenfalls geöffnete Tür. Während ich wieder nach vorne ging, schlussfolgerte ich, dass der Raum, in den diese letzte Tür führte, der gleiche sein musste, der auch vom Flur aus zu erreichen war. Nachdenklich blieb ich vor der verschlossenen Doppeltür stehen.

Nun gehörte es zu den selbstverständlichen Regeln meines Jobs, dass ich keine verschlossenen Türen öffnete. Zudem hatte Lydia bei meinem ersten Besuch betont, dass sie nur die beiden leeren Räume renoviert haben wollte. Wir hatten uns nur dort und in der Küche aufgehalten. In ihr Wohnzimmer, von dem ich annahm, dass es hinter dem verschlossenen Bereich lag, hatte sie mich nie geführt. Das mochte mich kränken, doch nichtsdestoweniger hatte ich es zu akzeptieren. Warum also machte ich mich nicht einfach wieder an meine Arbeit?

Weil ich nicht wollte.

Weil es nach all der Scheiße, die ich mit Lydia erlebt hatte, die eine Kränkung zu viel war. Weil sie mir gerade mit ihrem »Oh, Jonas«- und »Ich habe oft an dich gedacht«-Gequatsche auf die Nerven gegangen war. Und weil ich keine Lust mehr hatte, so zu reagieren, wie sie es mir vorgab. Also öffnete ich die Tür.

Ich hatte richtig getippt, es war das Wohnzimmer, und was für eines. Der Raum war fast so groß wie meine ganze Wohnung. Ein dunkelroter Teppich beherrschte die Mitte, darauf eine schwarze Ledergarnitur mit Glastisch. An den Wänden, einander gegenüber, hingen zwei große Bilder. Ich streifte die Schuhe von meinen Füßen und trat ein. Langsam schaute ich mich um und schlürfte dabei meinen Kaffee.

Der Duft eines Parfüms hing in der Luft. Ich schloss die Augen und erkundete diesen sphärischen Teil von Lydias Existenz. Das meiste war fremd, aber dann glaubte ich, etwas wahrzunehmen, das ich kannte. Einen Herzschlag lang war ich mir nicht sicher, doch dann aktivierte der Geruch des Parfüms einen Bereich meiner Erinnerungen,

den ich damals als Erstes versiegelt hatte: den Duft ihrer Haut, ihres Schweißes, ihrer Lust.
Ich schüttelte unwillig den Kopf, als könnte mich das von den mit diesem Duft verbundenen, unwillkommenen Gefühlen befreien. Gerade wollte ich mich wieder aus dem Wohnzimmer und damit auch aus der Vergangenheit zurückziehen, als ich eine weitere Tür entdeckte. Sie stand halb offen, ich erblickte einen Korbstuhl und einen kleinen Tisch. Doch der Raum lag im Halbdunkel. Das kam mir merkwürdig vor, denn er wies ebenso wie das Zimmer, in dem ich arbeitete, nach Südwesten zur Alster hin. Neugierig geworden, stellte ich meine Tasse auf dem Glastisch ab und näherte mich der Tür. Mit den Fingerspitzen stieß ich sie auf.
Und erstarrte.

An diesem Abend verbrachte ich einige Zeit im Internet. Die Galerie van Steen besaß Dépendancen in Mailand, Tokio und, seit jüngstem, auch in New York. Offenbar wurden die beiden Letzteren von Stephen van Steen betrieben, während seine Frau, Lydia, sich um Hamburg und Italien kümmerte. Kein Wort davon, dass die beiden getrennt lebten. Zumindest geschäftlich waren sie eine Einheit.
Ich klickte mich durch eine Fotoserie der Hamburger Galerie. Sie lag in Pöseldorf, einer der besten Adressen der Stadt. Ein paar russische Maler, etwas Leipziger Schule, Skulpturen eines Japaners und wechselnde Installationen. Ich starrte noch ein Weilchen auf den Bildschirm, dann hielt es mich nicht mehr. Ich machte mich auf den Weg nach Pöseldorf.

Ich parkte im Mittelweg, weil ich nicht wusste, ob Lydia vielleicht noch im Geschäft war, und keinesfalls wollte, dass sie mich dabei erwischte, wie ich ihr nachspionierte. Weit brauchte ich nicht zu gehen. Die verglaste Front der Galerie mit dem vergoldeten Schriftzug »van Steen« war keine fünfzig Meter von der Hauptstraße entfernt. Ich blieb ihr gegenüber im Eingang einer kleinen Boutique stehen und betrachtete das, was ich gerade noch im Internet gesehen hatte. Die Räume waren beleuchtet, aber es schien niemand mehr dort zu sein. Im ersten Stock erkannte ich weitere Ausstellungsräume und an der rechten Seite, gut einsehbar, eine Art Büro. Zumindest standen dort ein Schreibtisch und ein rotes Sofa.

Ich überquerte die Straße und spähte durch die Scheiben. Einige der größeren Bilder waren so angebracht, dass sie für Passanten gut sichtbar waren. Die Wände waren weiß, die Beleuchtung war perfekt. Es bestand kein Zweifel, Lydia hatte es weit gebracht.

Nach einer Weile fuhr ich wieder nach Hause, wollte aber noch nicht schlafen gehen. Also stieg ich die Stufen zu meinem Atelier hoch. Hellas Bild stand noch genauso, wie ich es an dem Abend mit ihr hingestellt hatte. Ich betrachtete es lange und dachte daran, wie viel es mir bedeutet hatte, endlich wieder zu malen. Ich versuchte, das wiederzufinden, was ich dabei gefühlt hatte: die Befreiung, die Magie, die Einzigartigkeit dessen, was ich tat. Aber es gelang mir nicht.

Ich holte die Skizzen hervor, die ich in der Nacht, als Hella hier gewesen war, noch angefertigt hatte, und breitete sie auf dem Boden aus. Ich versuchte mir vorzustellen, wie ich diese Motive auf die Leinwand bringen könnte. Doch immer wieder tauchte ein anderes Bild in meinem Geist auf und unterlief meine Bemühungen. Schließlich gab ich nach und kehrte in Gedanken zu dem Augenblick zurück, in dem ich in Lydias Wohnung die letzte Tür aufgestoßen hatte.

Ich hatte mit meiner Annahme schon richtiggelegen, der Raum wies mit einer breiten Fensterfront zur Alster. Und wie sein Pendant, das ich gerade in der Mache hatte, verfügte auch seine zweite Außenwand über Fenster. Doch an diesen hier waren außen Lamellenjalousien angebracht, um den Lichteinfall je nach Bedarf dosieren zu können. Diese Konstruktion war der reine Wahnsinn, wie mein praktischer Verstand sofort erkannte. Denn die Jalousien wurden, wie ich gleich feststellte, elektrisch gesteuert. Wartung und Säuberung mussten enorm aufwendig sein. Doch das war es nicht, was mich so erschüttert hatte.

Bei dem Raum handelte es sich offensichtlich um Lydias Atelier, denn ich erkannte die vertrauten Utensilien: Gips, Pappe, Drahtgestelle. Allerdings sahen diese Dinge etwas verwaist aus, so als wären sie lange nicht mehr benutzt worden. Dafür standen der Korbsessel und der Tisch so, dass der dort Sitzende die einzige fertige Skulptur in der Mitte des Raumes betrachten konnte. Es war ein perfekt geformter männlicher Akt, der die Illusion erzeugte, als wolle er im nächsten Moment auf den Betrachter zuspringen. Die Hände waren angriffslustig zu Klauen gekrümmt. Aber das war es nicht, was dieser Skulptur ihre Bedrohlichkeit verlieh. Es war der Kopf, ein Vogelkopf mit grausamen Augen. Ich kannte diesen Kopf, denn ich hatte ihn entworfen.

Damals, als ich Lydia zum ersten Mal begegnet war.

XXI

Giftmond

Manchmal herrscht an der Nordsee ein bissiger Wind, auch im Sommer. Er kneift und zwickt, als sei er ein launisches Wesen, das mit den Strandurlaubern sein böses Spiel treibt. Dann wieder ist der Nordseewind voller Wärme und Leichtigkeit. Bei Ebbe kräuselt er das Wasser in den Prielen, kühlt die Haut mit einem zarten Sprühnebel und hilft den Kindern und den jung gebliebenen Erwachsenen beim Drachensteigenlassen. Höchstens dass er mal einen Strohhut oder einen Sonnenschirm durch die Luft wirbelte. Aber das verzieh man ihm. Einen solchen Wind hatten Hella, Maja und ich in St. Peter-Ording.

Als ich die beiden am Samstagmorgen abholte, war ich erst mal sprachlos. Hella hatte nur eine Tasche und einen Sonnenhut bei sich, Maja hingegen plante anscheinend einen dreimonatigen Aktivurlaub in der Karibik. Vom Schwimmring über Taucherflossen, Quietschenten, Bücher, Sonnenbrille, Plastikeimer, Schaufel und diverse andere Erdarbeitsgeräte bis hin zu Kescher und Luftmatratze war alles dabei, was man für ein Überleben in der Wildnis brauchte. Fast jedenfalls.

»Wir könnten noch ein Boot mitnehmen«, schlug ich vor.
»Au ja«, rief Maja. Hella kicherte.
»Hallo Jonas«, begrüßte sie mich, und ihre Augen leuchteten vor Freude.
»Hey«, gab ich zurück und grinste wahrscheinlich wieder ziemlich dämlich.
»Küsst ihr euch jetzt wieder?«, meinte Maja leicht genervt.
»Ja«, antwortete ich und küsste Hella, allerdings nicht zu lange, weil ich noch etwas klären musste. Ich brauchte nicht allzu lange, um Maja runterzuhandeln. Ich erzählte ihr einfach von dem neuen Drachen, den ich im Auto hatte. Schon vergaß sie Quietschente, Flossen und einen Großteil des anderen Krams. Hut und Sonnenbrille allerdings waren unverzichtbar. Die behielt sie auch im Auto auf, während wir fuhren.
»Wie war deine Woche?«, fragte Hella mich.
»Anstrengend«, wich ich aus. Ich wollte nicht von Lydia sprechen. Es hätte die Stimmung zerstört, zumindest meine. Viel lieber ließ ich mir von ihrer Woche erzählen. So verbrachten wir bei geöffneten Fenstern und in bester Ferienlaune die zwei Stunden Fahrt bis an die Nordsee, wo uns der milde Wind begrüßte.
Wir machten uns gleich auf den Weg zum Strand. Da war Maja schon nicht mehr zu halten. Hella sah ihr etwas besorgt hinterher.
»Keine Sorge«, meinte ich, »der Stein, an dem sie sich letztes Mal geschrammt hat, ist extra gesprengt worden.«
Hella boxte mich in die Seite und umarmte mich dann.
»Ich habe mich so auf dieses Wochenende gefreut«, flüsterte sie mir ins Ohr.

»Ich auch«, gab ich zurück, und das war in einem Maße wahr, wie ich es ihr nicht erklären konnte. All die verwirrenden und zum Teil bedrückenden Empfindungen der vergangenen Tage waren wie fortgeblasen, seit Hella ihre Wohnungstür geöffnet hatte und ich die beiden inmitten eines Bergs nutzlosen Gerümpels hatte stehen sehen. Das hier war Leben und Gegenwart, nicht Vergangenheit und Fluch.

Nicht weit von dem Platz, wo ich das letzte Mal gesessen hatte, bauten wir unser Lager auf, mit Decke, Sonnenschirm und Kühltasche. Wir zogen die Hosen und Strümpfe aus und genossen Wärme, Wind und Sonne. Maja hüpfte, gut sichtbar in ihren roten Sachen, am Strand herum. Ich wandte mich Hella zu, die sich auf die Ellbogen gestützt entspannt zurückgelehnt hatte und nun meinen Blick erwiderte. Der Wind zupfte an ihrer Hutkrempe, und die Sonne ließ kleine Fünkchen in ihren Augen tanzen. Ich ließ meinen Blick weiter über ihren Körper wandern. Unter ihrem T-Shirt trug sie keinen BH, sodass die Spitzen ihrer Brüste sich ungeniert unter dem Stoff erheben konnten. Ich bekam wahnsinnige Lust auf sie.

»Das ist aber ein frecher Blick«, kommentierte sie mein Verhalten.

»Du gefällst mir eben, und das kannst du ruhig mitkriegen.«

Sie grinste mich an, und ohne dass wir ein Wort zu sagen brauchten, wussten wir, dass wir uns auf die gemeinsame Nacht freuten. In weiser Voraussicht hatte ich nicht nur ein Doppelzimmer für uns, sondern auch ein Einzelzimmer für Maja gebucht.

»Gab es eigentlich noch Ärger?«, fragte ich nach einer Weile.

Hella begriff anscheinend, dass ich Martin damit meinte. Sie dachte kurz nach, den Blick auf das Meer gerichtet, und schüttelte dann den Kopf. »Etwas ist anders geworden«, erzählte sie dann. »Vielleicht hat er es versucht, vielleicht hat er die gleichen Tricks angewandt wie immer. Nur haben sie nicht mehr funktioniert. Deswegen weiß ich gar nicht genau, ob er immer noch seine Spielchen spielt. Ich weiß nur, dass ich einfach nicht mehr mitspiele. Ich glaube, er hat keine Macht mehr über mich.«

Sie wandte sich mir zu. »Hast du das bewirkt?«

Ich musste lachen. »Schön wär's. Aber nein, das warst du selbst. Immerhin hast du mich bezaubert.«

Sie wiegte den Kopf. »Na, ich weiß nicht. Dein komischer Hinterhof mit diesen Trollen und Elfen, dein Atelier mit seinen Bildern, die mir Dinge über mich erzählen, die ich vergessen hatte. So ganz nehme ich dir den Unschuldigen nicht ab.«

»Na ja, vielleicht habe ich eine kleine Voodoozeremonie zustande gebracht. War aber nichts Besonderes. Ein Allerwelts-Voodoo.«

Wie Hella schloss nun auch ich die Augen und gab mich ganz dem Moment hin. Und dem Gefühl ihrer Nähe. Es war ein normaler, unbedeutsamer Moment: zwei Menschen am Strand. Und doch war er wie ein großes Geschenk. Ganz ohne Vorwarnung durchglühte mich mit einem Mal eine Wärme, die nicht mehr nur von der Sonne herrührte, und ich begriff, dass es Glück war, was ich fühlte.

Ich rührte mich nicht, wagte kaum zu atmen, denn ich wusste, dass das Glück ein scheues Wesen ist. Es lässt sich nicht befehlen und auch nicht halten. Alles, was wir tun können, ist, ihm Raum zu geben, damit es sich niederlassen kann. Und das war es, was wir taten an diesem Nachmittag.

Nachdem wir unsere Sachen im Hotel verstaut hatten, machten wir uns auf die Suche nach einem Restaurant.
»Ich mag keinen Fisch«, verkündete Maja, als wir ein Fischrestaurant betraten.
»Und woraus sind Fischstäbchen?«, fragte ihre Mutter.
»Weiß ich nicht.«
Ich erklärte ihr, dass Heringe aus Fischstäbchen gemacht werden. Das stimmte sie um, auch wenn sie später monierte, dass die »in echt« viel besser schmeckten.
Nach dem Essen steckte Hella sie ins Bett, und trotz ihrer Proteste war sie innerhalb von drei Minuten eingeschlafen. Ihr Zimmer teilte sich mit dem unsrigen einen Balkon, sodass wir sie noch ein wenig im Auge hatten, als wir uns mit einem Glas Wein ins Freie setzten. Der Himmel bot uns in dieser Nacht den Anblick seines großen, weiten Sternenzeltes. Eine leichte, ferne Brandung spielte ihre Melodie dazu. Hamburg war so weit weg.
Wir sprachen nicht viel, nicht nur, weil wir wegen Maja leise sein wollten, sondern weil wir keine Worte brauchten. Irgendwann standen wir einfach auf und gingen in unser Zimmer. Langsam und ohne Licht zu machen, zogen wir uns gegenseitig aus. Es war immer noch neu, obwohl wir uns bereits kannten. Und diese erste Stufe der Vertrautheit gab uns den Mut, einander weiter zu erkunden. Wir probierten aus, welche Worte ins Ohr geraunt unsere Lust steigerten. Hella suchte und forderte mich.

Ich berührte sie zart und vorsichtig, doch irgendwann nahm sie meine Hand, um den Druck zu erhöhen. Sie zu halten. Sie zu bändigen. Dann wieder wiegten wir uns einfach, als trieben wir auf dem Meer dahin. Als Maja uns in aller Herrgottsfrühe in quietschfideler Launigkeit weckte, hatten wir nur wenige Stunden Schlaf hinter uns.

Es geschah, als wir jeder mit einer großen Tüte Eis in der Hand die Straße zum Wasser hinuntergingen. Wir hatten bereits ausgecheckt und wollten nun noch einen Tag am Strand vertrödeln, bevor wir wieder nach Hause fuhren. Ich hatte Maja beim Frühstück diverse Versprechen geben müssen: einen Drachensteigewettbewerb, eine Wattwurmsuche, Hilfsarbeiten beim Sandburgenbau sowie die Lieferung von Krabbenbrötchen mit Pommes. Ich vertraute einfach auf ihr schlechtes Gedächtnis.

Hella leuchtete. So zumindest kam es mir vor. Aber das lag vermutlich daran, dass ich sie mit jedem Tag und jeder Stunde, die wir miteinander verbrachten, intensiver wahrnahm. ›Aber vielleicht‹, so dachte ich, als unsere Blicke sich wieder einmal kreuzten und all das, was wir miteinander nun schon besaßen, uns erfreute, ›vielleicht hat ja auch mein Allerwelts-Voodoo dazu beigetragen.‹

»Na Vati, jetzt mach mal Platz hier.«

Verblüfft drehte ich mich um. Fünf Kids, drei Jungen, zwei Mädchen, keiner älter als sechzehn, stapften grinsend hinter uns den Weg lang. Sie hatten einen Volleyball dabei und kamen sich mächtig wichtig vor.

»Dann überhol doch, du Spinner«, gab ich demjenigen mit der sichtlich größten Klappe Bescheid.

Sie drängten sich an uns vorbei, wobei sie meinten, mich und Hella anrempeln zu müssen. Ich dachte gerade dar-

an, eine kleine erzieherische Maßnahme einzuleiten, als Hella ihre Hand auf meinen Arm legte.
»Es sind doch nur Kinder.«
»Scheiß Touris«, rief das Großmaul über die Schulter zurück. Und in einem blitzartig auftauchenden Bild sah ich mich mit seinen Augen: ein Typ wie sein Vater, mit Frau und Kind auf dem Weg zum Strand. Samstags grillen auf der Terrasse, montags ins Büro. Oder was auch immer er sich dachte. Er und seine Freunde waren dümmer als Stroh und würden vermutlich in wenigen Jahren genau das sein, was sie nun verachteten.
»Du hast recht«, erwiderte ich schließlich an Hella gewandt. »Es sind nur Kinder.«
Und vergaß den Vorfall.

Es war Montagmorgen um Viertel nach acht. Obwohl ich einen Schlüssel hatte, klingelte ich an der Tür. Schließlich wollte ich sie nicht in einer unpassenden Situation überraschen. Doch die Lydia, die dann die Tür öffnete, war bereits perfekt gestylt.
»Du hast doch einen Schlüssel«, bemerkte sie und ging voraus in die Küche. »Willst du einen Kaffee?«, rief sie noch über die Schulter.
»Ja, okay.«
Ich stellte meine Tasche ab und folgte ihr. Dabei fragte ich mich, wieso ich mir in ihrer Gegenwart immer wie ein schmutziger Junge vorkam. Sie stand mit dem Rücken zu mir vor ihrer Star-Trek-Kaffeemaschine.
»Milchkaffee?«, fragte sie, während sie an ihr herumschaltete.
»Schwarz«, gab ich zurück.

Sie wandte sich mir kurz zu: »Ach ja, stimmt.« Dann fing die Maschine an zu mahlen, zu zischen und zu röhren. Da sie mir immer noch den Rücken zuwandte, konnte ich sie in aller Ruhe mustern. Ihre Bewegungen waren ruhig und beherrscht. Ihre schlanke Figur wirkte trainiert, ohne hager zu sein. Frisur, Make-up, alles war perfekt. Dabei stand das nicht wirklich im Gegensatz zu dem, wie sie früher gewesen war. All das war in der Zeit, die wir zusammen verbracht hatten, schon angelegt gewesen und hatte nun seine Vollendung gefunden. Unwillkürlich fragte ich mich, was mit den anderen Eigenheiten war, die sie damals gehabt hatte, zum Beispiel ihrer Kunst. Es hatte nur eine Figur in ihrem Atelier gestanden, und die stammte aus der Vergangenheit.

Sie reichte mir den Becher mit dem Kaffee, lehnte sich mir gegenüber an die Spüle und beobachtete mich schweigend über ihre Tasse hinweg.

»Bist du mit dem Farbton zufrieden?«, fragte ich sie schließlich. Ich hatte eine Wand zur Probe in dem, wie ich annahm, von ihr gewünschten Türkis gestaltet.

»Hm, ja«, bejahte sie, »er ist perfekt.«

Wieder trank sie von ihrem Kaffee. Dabei ließen mich ihre grünen Augen nicht los. Die Intensität ihres Blickes löste unterschiedliche Empfindungen in mir aus. Einerseits gingen von ihm Signale einer katzenhaft-lauernden Erotik aus, die unberechenbar und darum auch verführerisch wirkte. Damit sprach sie Gefühle aus der Vergangenheit an, die andererseits aber dadurch beeinträchtigt wurden, dass sie sich mittlerweile ihrer Macht ganz offensichtlich bewusst war und sie für ihre Zwecke einsetzte. Nur warum tat sie das bei mir? Ich besaß nichts, was für Lydia von

Interesse sein konnte. Also erwiderte ich einfach ihren Blick und wartete ab. Als hätte sie meine Gedanken erraten, kräuselte ein kleines Lächeln ihre Lippen.

»Malst du noch?«, fragte sie mich dann unvermittelt.

»Sicher«, gab ich zurück, »als Letztes eine türkisfarbene Wand.«

Ihr Blick gefror, meine Antwort hatte ihr nicht gefallen.

»Das meine ich nicht. Ich rede von deinen Bildern. Sie hatten etwas ganz Besonderes.«

War es das, was sie von mir wollte? Nachschub für ihre Galerie? Ich dachte an das Bild auf meinem Dachboden und an die Skizzen. Irgendetwas in mir wehrte sich.

»Nein«, log ich.

»Schade, ich habe deine Bilder geliebt.«

Bevor ich richtig erfassen konnte, was sie gesagt hatte, wandte sie sich ab. Geschäftsmäßig, ja fast gleichgültig verkündete sie, dass sie gehen müsste. »Soll ich dir noch erklären, wie die Kaffeemaschine funktioniert?«

Ich schüttelte den Kopf: »Nicht nötig.«

Sie war schon in der Tür, als sie sich noch mal umdrehte. »Stimmt, du trinkst ja immer noch deinen Cowboy-Kaffee.«

»Hm«, machte ich und wunderte mich über den Spott in ihren Augen. Aber dann fiel es mir ein und trieb mir augenblicklich die Hitze ins Gesicht. Sie hatte natürlich die Tasse gefunden, in der ich mir das letzte Mal Kaffee gemacht hatte. Aber sie hatte sie nicht in der Küche vorgefunden, sondern in ihrem Wohnzimmer, wo ich sie auf dem Glastisch abgestellt und dann vergessen hatte. Lydia wusste also, dass ich ihr nachspioniert hatte. Und hatte mich das gerade wissen lassen.

»Wenn du Lust hast, schau doch mal in der Galerie vorbei«, sagte sie. Dann hörte ich nur noch ihre hochhackigen Schuhe auf dem Eichenparkett und die Tür, die ins Schloss fiel.
Ich kam mir vor wie ein ertappter kleiner Spanner.

... ich habe deine Bilder geliebt.
Dieser Satz klang immer noch in mir nach, als ich am Abend auf meinem Dachboden stand, vor mir eine gemalte Hella im Feenkleid und um mich herum die auf dem Boden ausgebreiteten Skizzen. Ich versuchte mich zu erinnern, ob Lydia mir das schon jemals zuvor gesagt hatte. Aber mir fiel keine Situation ein.
Ich hob Hellas Bild von der Staffelei und stellte es an die Stirnwand. Dann suchte ich mir eine der Skizzen aus, heftete sie an einen Dachsparren, sammelte die anderen ein und verstaute sie in einer Mappe. Danach betrachtete ich die Zeichnung, es war die der Handgranatenfrau. Als Nächstes suchte ich mir unter den auf Rahmen gespannten Leinwänden eine passende Größe aus und stellte sie auf die Staffelei. Durch das aufgeklappte Fenster vernahm ich Cornelius' und Maritas Stimmen. Er hatte mich nicht bemerkt, als ich nach Hause kam. Das war mir recht, ich wollte allein sein.
... ich habe deine Bilder geliebt.
Während ich noch überlegte, wie ich das Motiv der Skizze auf die Leinwand übertragen konnte, versuchte ich mir darüber klarzuwerden, warum mich diese Bemerkung so berührt hatte. »Weil sie mit einem Schlag die Vergangenheit lebendig gemacht hat«, gab ich mir selbst die Antwort. Aber nicht die quälende Vergangenheit meiner eigenen

Erinnerung, sondern die, die in Lydias Gedächtnis lebte. Und da gab es anscheinend keinen Schmerz, nur ein lakonisches: Schade, ich habe deine Bilder geliebt.
Grün.
Ich könnte einen Grünton als Hintergrund des Bildes nehmen. Die Frau würde sich gut davor abheben. Grün. Oder Türkis?
Verdammt. Als ich merkte, wie die Begegnung mit Lydia meine Bildgestaltung beeinflusste, stellte ich mich ans Fenster und atmete tief die Abendluft ein. Was wollte sie von mir? Sie hatte nicht mit einem Wort, nicht mit einer Geste irgendetwas signalisiert, was ich als romantisches Interesse an mir auffassen könnte. Bei der heutigen Lydia konnte ich mir das auch beim besten Willen nicht mehr vorstellen. Die Frau, deren Wohnung ich gerade umgestaltete, hatte nicht mehr viel mit der Lydia von früher zu tun. Diese neue Lydia bevorzugte ganz sicher ein anderes Kaliber Mann.
Also waren es meine Bilder? Wollte sie neue Bilder für ihre Galerie? Das konnte ich mir ebenso wenig vorstellen. Meine waren zwar nicht schlecht, das wusste ich, doch mit einem Radomir oder Montoya würde ich niemals mithalten können. Im Übrigen hatte ich im Moment nur dieses eine Bild, und das würde ich ganz bestimmt nicht Lydia geben. Nein, es gab nichts, was Lydia und mich noch verband. Ich würde diese Woche ihre frei gewordenen Räume renovieren und dann nicht nur mit dem Kapitel Lydia abschließen, sondern auch mit dem Kapitel Johnny. In gewisser Weise war das sogar folgerichtig, schließlich war ich zu Johnny geworden, nachdem Lydia mich verlassen hatte.
Einigermaßen erleichtert durch diese gedankliche Klä-

rung, trat ich wieder an die unberührte Leinwand. In diesem Moment summte mein Handy.
»Wo steckst du?«, fragte Hella mich.
»In meinem Atelier, du weißt schon.«
»Ja, ich erinnere mich«, gluckste sie.
»Ich überlege gerade, ob ich einer terroristischen Hausfrau einen grünen oder blauen Hintergrund geben soll.«
»Wie wäre es mit einem roten?«
»Auch gut. Hey, wie geht es dir?«
»Sehr gut. Martin war hier. Ich habe ihm erzählt, dass wir das Wochenende zusammen verbracht haben.«
»Oha, wie hat er reagiert?«
»Es passte ihm nicht, aber ich habe ihm gleich klargemacht, dass das meine Angelegenheit sei und ihn nichts angehe. Darauf hat er nichts mehr gesagt. Du kannst dir nicht vorstellen, wie froh ich bin, dass dieser Druck aus meinem Leben verschwunden ist.«
»Das ist gut.«
»Was ist mit dir? Bist du immer noch an diesem anstrengenden Job dran?«
»Ja, wird aber diese Woche fertig.«
»Was ist denn daran so anstrengend?«
Kurz schoss mir durch den Kopf, dass ich ihr jetzt sagen sollte, was los war. Zumal ich gerade an den Punkt gelangt war, für immer mit der Geschichte abzuschließen. Aber ich entschied mich dagegen. Nicht nur, um Hella die Problematik zu ersparen, sondern auch, weil ich ihr, um alles zu erklären, viel von mir und meinem Leben hätte erzählen müsste. Darunter auch viele Dinge, auf die ich nicht gerade stolz war. Also lieferte ich ihr eine reduzierte Version der Wahrheit.

»Feinste Gegend«, erklärte ich, »direkt an der Alster. Die Fußmatte ist wahrscheinlich mehr wert als mein Auto. Die Lady wünscht einen Hauch von Türkis an ihren Wänden. Ich habe ständig das Gefühl, ich hätte Dreck unter den Fingernägeln. Gibt dir das eine Vorstellung?«

»Und wie«, lachte Hella. »Ich kenne diese Art Kundschaft. Kommst du damit zurecht?«

»Auf jeden Fall«, antwortete ich und meinte damit mehr, als ich sie jetzt wissen lassen wollte. »Außerdem bin ich ja bald damit durch.«

»Das könnten wir doch feiern. Wie wäre es, wenn ich uns etwas koche?«

»Das wäre sehr schön. Vielleicht am Freitag, dann bringe ich den Wein mit.«

»Ich freue mich.«

»Ich auch.«

Nach dem Telefonat starrte ich wieder auf die Leinwand, allerdings ohne sie wirklich wahrzunehmen. Obwohl ich meine Gründe hatte, Hella nichts von Lydia zu erzählen, fühlte ich mich nicht wohl dabei. Dann aber sagte ich mir, dass es nur noch ein paar Tage waren. Danach wäre alles ausgestanden. Dann wäre nicht nur die reale Lydia wieder aus meinem Leben verschwunden, sondern auch die meiner Erinnerungen. Denn ich setzte darauf, dass dieses Wiedersehen mit ihr die Last der Vergangenheit auflösen würde. Nichts hilft so gut gegen unheilvolle Erinnerungen wie die Realität.

Als ich mich mit diesem Gedanken gerade von der ganzen Problematik verabschieden wollte und mich zu fragen begann, ob Rot als Hintergrund für das Bild wirklich taugen würde, rutschte er mir wieder ins Bewusstsein, der Satz: *Ich habe deine Bilder geliebt.*

Entnervt wandte ich mich ab und entschied, heute nicht mehr mit dem Malen anzufangen. Es wurde wirklich Zeit, dass Lydia aus meinem Leben verschwand. Sie versaute mir den Spaß an der Malerei.

XXII

Kussmond

Irgendetwas stimmte nicht.

Ich bekam nicht raus, was es war. Lydia machte keine weiteren Andeutungen mehr. Unser Umgang war höflich und professionell. Sie hatte sehr klare Vorstellungen von der Gestaltung der Räume, die ich nur abzuarbeiten brauchte. Zwar waren ihre Wünsche anspruchsvoll, doch das war letztlich nur eine Frage des Preises, und diese Frage stellte sie nicht. Eigene Ideen oder gar Voodooqualitäten brauchte ich nicht einzubringen. Nein, Lydia war nicht die Ursache meiner Beunruhigung.

Auch mit Hella gab es kein Problem. Wir telefonierten beinah täglich, ohne dass es zu irgendwelchen Dissonanzen kam. Das war es also auch nicht. Dann dachte ich, dass mir vielleicht das Malen fehlte. Denn obwohl ich jeden Abend in mein Atelier schaute, hatte ich noch keinen einzigen Pinselstrich getan. Doch das schied ebenfalls als Ursache aus, denn ich hatte nicht das Gefühl, etwas zu versäumen. Ich hatte das Gefühl einer Bedrohung.

Das ging sogar so weit, dass ich mich eines Abends, als ich nach Hause ging, auf der Straße umdrehte, weil ich mich verfolgt fühlte. An diesem Punkt rief ich mich selbst zur Ordnung. Ich ließ das Atelier aus, ging gleich in meine Wohnung und machte mir mein Abendessen. Danach setzte ich mich mit einem Drink ans Fenster. Der Mond leuchtete weich und sinnlich. ›Kussmond‹, dachte ich. Aber irgendetwas stimmte auch mit ihm nicht, denn er sah krank aus. Dann kam der Freitag.

»Fast fertig, oder?«, fragte Lydia, als sie durch die Räume schritt, die immer noch mit Plastik ausgelegt waren. Die Absätze ihrer hochhackigen Schuhe bohrten kleine Löcher hinein, aber das war egal. Ich würde heute nicht mehr viel Dreck machen.

»Heute Nachmittag bin ich hier raus. Dann hast du deine Wohnung wieder für dich.«

Sie blieb vor mir stehen und musterte mich mit leicht schräggelegtem Kopf. Sie war schön, und ihre Augen waren immer noch faszinierend, doch sie berührte mich nicht mehr.

»Du hast dich verändert, Jonas«, sagte sie.

»Findest du?«

»Ja, ich weiß nicht genau, was es ist. Aber es macht mich traurig.«

»Ich weiß leider nicht, wovon du redest.«

»Warum machst du diese Arbeit?«

»Weil ich sie kann. Was soll das?«

Sie schüttelte den Kopf. »Ich verstehe dich nicht. Hast du denn deine Träume verloren?«

»Was weißt du von meinen Träumen?«

»Ach Jonas, es ist das, was in dir war. Etwas, das mich immer mitgerissen hat. Du hattest so viel Kraft und Mut. Wo ist das geblieben?«

So langsam hatte ich die Nase voll. »Hör zu, Lydia, wenn ich eine Therapie brauche, lege ich mich auf eine Couch. Das hier ist ein Job, weiter nichts. Ich rufe dich an, wenn ich fertig bin, damit wir die Abnahme machen können, okay?«

Ohne eine Antwort abzuwarten, wandte ich mich ab und kramte in meinem Werkzeug herum. Mittlerweile war ich so wütend, dass ich kurz davor war, sie anzufahren. Aber das gönnte ich ihr nicht.

Eine Weile vernahm ich nichts hinter mir, dann sagte sie leise: »Es tut mir leid, Jonas.«

Ehe mir darauf eine passende Antwort einfiel, hörte ich sie schon zur Haustür stöckeln. Als die Tür ins Schloss gefallen war, atmete ich erst einmal tief durch. Dann versuchte ich, mich zu beruhigen. Dabei wusste ich gar nicht, warum mich ihre Worte so aufgeregt hatten. Etwa weil sie recht hatte? Hatte ich wirklich meine Kraft und meine Träume verloren?

Ich spürte den Zweifel hinter meiner Wut, sah mich tagaus, tagein fremder Leute Wohnungen renovieren und verglich dieses Leben mit dem, das ich mir einmal erhofft hatte. Aber waren es denn überhaupt meine Hoffnungen gewesen? Oder die von Lydia? Sie war diejenige gewesen, die berühmt hatte werden wollen. Die ihre Bildhauerei aufgegeben hatte, um stattdessen Kunsthändlerin zu werden. Verdammt, wer von uns beiden hatte hier seine Träume aufgegeben?

Verbissen arbeitete ich mich durch den Vormittag, ließ sogar die Mittagspause ausfallen, um nur ja schnell aus dieser Wohnung rauszukommen. Vielleicht lag es ja gerade daran, dass ich nicht so schnell vorankam, wie ich gedacht hatte, oder auch, weil es oft so ist, dass die Dinge am letzten Tag länger brauchen als geplant. Wahrscheinlicher aber war, dass meine Unkonzentriertheit mich Fehler machen ließ. So wies die Deckenbemalung Streifen auf. Nur hatte ich für einen zweiten Anstrich nicht mehr genug Farbe dabei und musste noch mal Nachschub aus dem Lager holen. Beim Anrühren schwappte mir Farbe aus dem Eimer und landete natürlich genau dort, wo Lydia mit ihren Hacken Löcher in die Folie gebohrt hatte. Fluchend wischte ich das Parkett sauber. Als ich irgendwann auf die Uhr schaute, war es bereits kurz vor neunzehn Uhr.

Mir war klar, dass ich Hella anrufen musste, um ihr zu sagen, dass ich mich verspäten würde. Ich versuchte, mir meine Gereiztheit nicht anmerken zu lassen.

»Mach dir keinen Stress«, beruhigte sie mich sofort, woran ich merkte, dass es mit meinen Verstellungskünsten nicht so weit her war. »Sag einfach Bescheid, wenn du durch bist.«

Danach versuchte ich, auf andere Gedanken zu kommen, indem ich mir den Abend mit Hella ausmalte. Aber es gelang mir nicht. Es war, als würden Lydias Worte immer noch durch den Raum hallen und mir unablässig irgendwelche verlorenen Träume und meine vermeintliche Mutlosigkeit vorhalten. Ihr lautloser Klang verzerrte meine Gedanken, und mit einem Mal begann ich, mein Leben mit Lydias Augen zu sehen. Und da sah ich nur noch einen Kunststudenten, der sein Studium abgebrochen hatte und sich an eine Frau mit Kind ranmachte, um wenigstens ein bisschen heile Welt erleben zu können. Der einen auf Vati machte, auf einen von

der Sorte, über die sich die Kids am Strand lustig machten.
Ehe ich völlig durchdrehte, summte das Telefon. Ich schaute nicht auf das Display, weil ich annahm, dass es wieder Hella war.
»Gibt es Probleme?«, hörte ich Lydia fragen.
»Die gibt es immer, aber in spätestens einer Stunde bin ich durch.«
»Macht ja nichts. Aber ich kann hier jetzt nicht weg, ich habe noch zu tun. Du müsstest in die Galerie kommen, damit ich deine Rechnung abzeichne.«
»Was ist mit der Abnahme?«
»Ich vertraue dir, ich weiß ja, wie sorgfältig du bist.«
»Gut«, willigte ich ein, »dann komme ich nachher vorbei.«
Im Grunde war mir das nur recht. Ich wollte nichts anderes als hier raus und meine Unterschrift haben. Tatsächlich ging mir die Arbeit nun besser von der Hand. Nachdem ich alles aufgeräumt und meine Sachen zusammengepackt hatte, warf ich noch einen letzten prüfenden Blick in die Runde. Dann verabschiedete ich mich – wie ich hoffte – auf Nimmerwiedersehen von dieser Nobelbude. Kurz darauf parkte ich gegenüber der Galerie ein. Lydia sah ich in dem Eckzimmer am Schreibtisch sitzen, sie telefonierte.
Die Glastür war bereits verschlossen, also betätigte ich die Klingel. Die natürlich nicht läutete, sondern vermutlich irgendwelche, für mich nicht hörbare, Summtöne auslöste. Während ich wartete, dass Lydia herunterkäme, spürte ich auf einmal ein merkwürdiges Kribbeln im Nacken. Unwillkürlich schaute ich mich um, doch da war niemand.

Ich schob dieses Gefühl auf meine Gereiztheit und vergaß es wieder. Denn nun sah ich Lydia eine Wendeltreppe herunterkommen, die sich im hinteren Teil der Galerie befand. Das Telefon hatte sie immer noch am Ohr.
Sie schloss auf und winkte mich herein. Dabei verdrehte sie die Augen, was sich ganz offensichtlich auf das Telefonat bezog, und lächelte mich entschuldigend an. Ich folgte ihr die Wendeltreppe hinauf und bemühte mich, dabei nicht auf ihre Beine oder ihren Hintern zu schauen.
In ihrem Büro angelangt, lud sie mich mit einer Geste ein, auf der roten Ledercouch Platz zu nehmen, die dem Schreibtisch gegenüberstand. Sie stellte sich mit dem Rücken zu mir ans Fenster und unterhielt sich in gedämpftem Ton mit ihrem Gesprächspartner. Dabei hatte sie die Arme vor dem Körper verschränkt und den Kopf leicht gesenkt. Es war eine Defensivhaltung, und ihr rechter Fuß rutschte nervös auf dem Teppichboden hin und her.
Das Büro war nüchtern eingerichtet, das einzige Bild hing hinter mir an der Wand. Ich hatte es beim Reinkommen kurz begutachtet, aber nichtssagend gefunden. Also guckte ich wie Lydia aus dem Fenster. Unten auf der Straße ging ein Typ, der mir nur deswegen auffiel, weil er ebenfalls telefonierte. Irgendetwas an ihm kam mir bekannt vor, doch dann verschwand er aus meinem Blickfeld.
»ICH SAGTE NEIN!«
›Hoppla‹, dachte ich, als ich vernahm, wie die eben noch defensive Lydia zum Angriff überging.
»Nein, Stephen, ich will das nicht mehr.«
Aha, sie telefonierte also mit ihrem Ex, dem Obergaleristen. Ich versuchte mich daran zu erinnern, wie er ausge-

sehen hatte. Er war blond gewesen und hatte ein rundes Gesicht mit Pausbacken gehabt. Allerdings mit sehr eindringlichen Augen. Und eine Wampe. Aber vielleicht verarschte mich da auch meine Erinnerung.

»Was?« Lydias Fuß zuckte nicht mehr. Dann etwas leiser, aber dafür mit zornigem Unterton: »Ich schulde dir nichts, aber allein, dass du mir auf diese Weise kommst, ist ungeheuerlich.«

Da lief anscheinend etwas nicht ganz so rund, und irgendwie beruhigte es mich, dass die ansonsten ach so perfekte Lydia wenigstens ein vermurkstes Beziehungsleben hatte. Das war zwar nicht fair, aber heute griff ich auch nach kleinen Erfolgserlebnissen, selbst wenn sie mit mir nichts zu tun hatten.

»Ich werde das nicht unterschreiben. Und damit Schluss.«

Sie legte auf und wandte sich mir zu.

»Entschuldige«, sagte sie und strich sich mit den Fingern über die Stirn. »Es ist … ach, was soll's!«

Sie stieß den Atem aus und wirkte dabei auf ungewohnte Weise verletzlich.

»Willst du einen Drink?«, fragte sie dann und steuerte schon auf einen kleinen Schrank in der Ecke zu. »Ich könnte jedenfalls einen vertragen.«

»Okay.«

Sie holte eine Flasche hervor, in der ich meinen Lieblingswhisky erkannte.

»Ohne Eis, richtig?«

»Hm«, nickte ich.

Sie schenkte zwei großzügige Gläser ein, reichte mir eines und ließ sich dann neben mir auf dem Sofa nieder. Dabei ließ sie den Oberkörper nach hinten fallen und streckte die Beine lang aus. Eine für sie untypische, weil unelegante Haltung. Sie nahm einen großen Schluck, der das Glas zur Hälfte leerte.

»Scheiße«, murmelte sie dann.

Ich nippte an dem Drink und überlegte, wie ich möglichst schnell zu meiner Unterschrift kommen könnte.

»Also …«, begann ich.

»Bist du mit jemandem zusammen?«

Das brachte mich aus dem Konzept, auch weil ihre Stimme und die Art, wie sie mich anschaute, nichts Lauerndes mehr hatten. Jetzt war sie ein wenig so wie die Lydia von damals. Vielleicht gab ich ihr deshalb eine ehrliche Antwort.

»Zusammen wäre zu viel gesagt, es fängt gerade erst an.«

Sie trank erneut. »Der Anfang ist immer wunderschön.«

Ich wusste nicht, was ich darauf sagen sollte. So sah ich nur auf mein Glas hinab und drehte es zwischen den Fingern.

»Unser Anfang war der schönste von allen, nicht wahr?«

Das war nicht nur eine Frage, es klang wie eine Bitte. Immer noch ließ ich das goldgelbe Getränk durch mein Glas schwappen, während ich nachdachte. Was wollte Lydia? Absolution? Irgendetwas in der Art wie: War doch eine schöne Zeit damals? Das konnte ich ihr nicht geben. Aber ich wollte den Moment ihrer Schwäche auch nicht nutzen, um eine alte Rechnung mit ihr zu begleichen. Ich hatte schon vor langer Zeit entschieden, niemals eine Frau zu hassen. Egal, was sie mir angetan hatte. Vielleicht war es ja an der Zeit, Frieden zu schließen.

»Der Anfang war nicht schlecht«, gestand ich ihr zu und verkniff mir eine Bemerkung über das beschissene Ende.

»Es war die schönste Zeit meines Lebens«, sagte sie.
Ich dachte an das Zimmer mit der Figur und fand, dass es wie ein Altarraum ausgesehen hatte. Anscheinend schleppte auch Lydia ein Stück Vergangenheit mit sich rum.
»Jonas«, flüsterte sie, »es tut mir so unendlich leid.«
Ihre Augen glänzten, ihre Lippen waren leicht geöffnet, sie saß direkt neben mir. Nein, sie lag fast wie hingegossen. Es hatte so viele bittere Abende gegeben, an denen ich mir genau das sehnlichst gewünscht hatte.
»Das ist alles …«, ich räusperte mich, weil meine Stimme belegt war, »das ist lange her.«
Ich nahm einen Schluck aus meinem Glas und machte Anstalten, mich zu erheben. Aber da lag Lydias Hand auf meinem Arm. Sie hatte sich aufgerichtet, nun war ihr Gesicht ganz nah vor meinem.
»Ich habe nichts vergessen«, sagte sie leise, und ihr Atem streifte mich, »nicht einen Moment. Ich habe an dich gedacht, wenn ich die Bilder irgendwelcher Stümper begutachten musste. Ich habe deine Stimme gehört, wie du mir sagtest, dass ich nicht aufgeben soll, und ich hatte dein wunderschönes Lächeln vor Augen, wenn ich nicht einschlafen konnte und wach lag in der Nacht. Es gab keinen Tag, an dem ich nicht an dich gedacht habe, Jonas.«
Ich wollte etwas sagen, wollte sie fragen, warum sie dann all die Jahre nie etwas getan hatte. Wollte sie fragen, warum sie Stephen geheiratet hatte, wenn sie doch immer nur an mich gedacht hatte. Doch ich konnte nicht. Ihre Augen, ihre Stimme, ihr Duft schnürten mir die Kehle zu. Und von dort, wo ihre Hand mich berührte, jagten verstörende Impulse durch meinen Körper. Um den Bann zu brechen, trank ich von meinem Whisky. Der

Schluck geriet etwas zu groß und brannte in meiner Kehle. Ich stellte das Glas ab und erhob mich, vielleicht ein wenig zu schnell, denn diese Bewegung schien den Alkohol direkt in mein Gehirn zu jagen. Jedenfalls verspürte ich für einen kurzen Augenblick genau jene Leichtigkeit, die ich an einem gepflegten Feierabenddrink so schätzte. Die jetzt aber vollkommen unpassend war. Also konzentrierte ich mich auf das, was mich hierhergeführt hatte.

»Wir sollten unsere Angelegenheit abschließen«, brachte ich heraus und holte die Rechnung hervor.

Geschmeidig wie eine Katze kam Lydia auf die Beine. Sie ging zum Schreibtisch, stellte ihr Glas ab und nahm mir das Papier aus der Hand. Sie unterschrieb es, ohne es zu lesen. Dann hielt sie es mir wieder hin. Aber sie ließ nicht los, als ich danach griff.

»Ich musste es tun, Jonas.«

»Was, Lydia? Was musstest du tun?«

»Wir waren in einer Sackgasse. Wir hätten es niemals geschafft, unsere Kunst so zu verkaufen, wie wir sie leben wollten. Schon bald wären wir den ersten Kompromiss eingegangen, vielleicht nur einen kleinen. Aber dem wären weitere gefolgt, bis schließlich alles nur noch ein einziger, großer Kompromiss gewesen wäre. Es ist immer der erste Schritt, der über die Richtung entscheidet. Was wäre aus uns geworden? Aus unseren Ideen? Wir hätten sie erstickt mit unseren Kompromissen. Und weißt du, was erstickte Ideen machen? Sie machen krank.«

Lydia zog mir jetzt das Papier aus den Fingern und legte es auf den Schreibtisch. Dann trat sie ganz nahe an mich heran.

»Aber jetzt ist alles anders, Jonas. Jetzt gibt es einen Weg.

Auch wenn wir beide lange nichts mehr geschaffen haben, wir können es noch. Und diesmal soll alles für dich geschehen.« Sie legte mir die Hand auf die Brust und kam noch näher, sodass wir uns fast berührten. Ich bewegte mich nicht.

»So wie du damals alles für mich getan hast, werde ich nun alles für dich tun.« Ihr Gesicht war dicht vor mir, ihre Augen zwei Smaragde, deren Leuchten meine Seele durchdrang. Alles für mich?

»Die Zimmer, die du hergerichtet hast, sind für dich. Der Lichteinfall ist optimal. Ich möchte, dass du wieder malst, für mich, für dich, für deine Seele. Ich werde deine Bilder bekannt machen. Gib uns die Kunst zurück, und ich schaffe uns den Raum dafür.«

Uns?

Nun legten sich ihre Arme um meinen Hals, sie schmiegte sich an mich, ihr Kopf an meiner Schulter. Mit einer Wachheit, die mein Denken betäubte, nahm ich jede Berührung wahr, die ihrer Arme und ihrer Wange. Ihre Brüste, ihren Bauch und ihre Schenkel. Ich legte meine Hände an ihre Hüften.

»Ich weiß, wie sehr ich dich verletzt habe«, wisperte sie. »Und du hast mir nie einen Vorwurf gemacht. Kein einziges Mal. Bitte, Jonas, bitte, lass mich glauben, dass es auch für uns einen Weg gibt.«

Einen Weg? Einen anderen Weg als den, den ich ging? War er denn falsch, mein Weg?

Na Vati, jetzt mach mal Platz hier.

Wieder sah sie mich. »Ich werde nichts fordern. Aber ich habe so viel, was ich dir geben kann. Du musst es nur wollen. Sag ja, Jonas. Lass es uns einfach versuchen.«

Sie bot mir ihre Lippen dar wie ein Geschenk auf einem Altar. Es waren die Lippen, von denen ich jahrelang geträumt hatte. Darum küsste ich sie.

Als sie sich von mir löste, lag eine leichte Röte auf ihrem Gesicht. Ihre Lippen glänzten noch von unserem Kuss, und ihre Augen glitzerten mutwillig. Mit einer anmutigen Geste streifte sie ihre Kostümjacke von den Schultern und ließ sie einfach zu Boden fallen. Dann, während sie ihre Bluse aufknöpfte, wandte sie sich um und sagte über die Schulter hinweg: »Komm, Jonas, ich habe uns eine Flasche Champagner kalt gestellt.«

Ich sah ihr nach, als sie durch das Zimmer ging und die Tür zu einem Nebenraum öffnete. Bevor sie darin verschwand, glitt die Bluse zu Boden. Dort leuchtete sie wie eine weiße Wegmarkierung.

Aus einem Impuls heraus blickte ich durch die Glasfront nach draußen auf die schmale Gasse. Gegenüber, im Eingang der Boutique, von wo aus ich vor ein paar Tagen die Galerie beobachtet hatte, sah ich zwei Gestalten stehen, eine kräftige und eine schlanke. Die beiden blickten zu mir hoch. Im gleichen Moment, da ich sie wahrnahm, wandte sich die schlanke Gestalt ab und lief die Straße hinauf. Es war Hella.

Dann trat die andere vor, es war Martin. Selbst aus der Entfernung spürte ich seinen Triumph. Ich hob den Kopf zum Himmel. Dort hing der Mond. Er sah nicht mehr krank aus. Er hatte sich zu einer Sichel verformt. Zu einer Sichel so scharf wie eine Sarazenenklinge.

XXIII

Bittermond

Ich wütete.

Die Leinwand war das Ziel meiner Wut. Ich stieß sie. Ich schlug sie, ich beschmutzte sie. Am Ende würde ich sie liegen lassen, achtlos, wie eine Hure nach dem Akt. Ich gab ihr den Schmerz, die Scham und die Verzweiflung. Und alles, was sonst noch mitschwamm auf der Woge der Wut. Es stand im Gesicht der Frau, die eine Paprika in der Hand hielt. Der lange unterdrückte Zorn in ihren Augen ließ sie zur Killerin werden. Die Farbe war noch nicht trocken, als ich das Bild beiseitestellte.

Eine Konfirmation, ein junges Mädchen im rosafarbenen Kleid, das Gesicht so rein und weiß wie ein unbeschriebenes Blatt Papier. Der Blick so unschuldig, das Lächeln so fein, doch aus ihren Mundwinkeln rann ein Tropfen Blut.

Es ist immer der erste Schritt, der über die Richtung entscheidet.

Eine Schwangere! Mit der Linken stützte sie ihren prallen Bauch, ihr Blick war melancholisch gesenkt. In der Rechten hielt sie eine Waffe. Der Tod lag hinter ihr, unter einem verschlierten Himmel.

Und weißt du, was erstickte Ideen machen? Sie machen krank.
Dazwischen der Whisky. Meine Lieblingsmarke. Die gleiche, die auch Lydia trank. Jedenfalls an jenem Abend.
Irgendwann sank ich auf die Matratze und dachte an Serge Gainsbourg. Er war am Whisky und an Zigaretten verreckt. Wenigstens rauchte ich nicht.
»Ich nehme mal eine Woche frei«, hatte ich zu Cornelius gesagt. Offenbar in einem Ton, der keinen Widerspruch zuließ, denn er hatte nur genickt: »Okay.«
Dann kam der Sex.
Ich malte Akte. Die Frauen waren schön, voller Leben, sinnlich und frei. Dennoch haftete ihnen etwas Befremdliches an. Die Lösung dieses Rätsels erschloss sich bei genauerem Betrachten. Da lag eine Männerhülle im Gras, verschrumpelt und benutzt wie ein altes Kondom. Oder mit einem seligen Lächeln: ein abgeschlagener Kopf.
War das Kitsch? War das Schrott? Es war mir egal. Anfangs übertrug ich alles, was mich durchtobte, jedes Gefühl und jede Vision unverstellt eins zu eins in diese Bilder. Doch das genügte mir bald nicht mehr. Zuerst löste ich mich von den Farben, setzte sie neu zusammen. Dann löste ich mich von den Formen. Ich ließ die Konturen der Menschen zersplittern und formte aus diesen Splittern den Hintergrund, sodass die Menschen nur noch eine leere Stelle im Chaos bildeten. Oder ich ließ sie zerfließen und formte aus den Tropfen Neues. Nach und nach erinnerte ich mich verschiedener Techniken und erfand neue. Ich überschritt Grenzen, sowohl im Malen als auch im Leben. Ich malte, ich soff, ich fraß. Der Lieferant vom

Pizzaservice war der einzige Mensch, mit dem ich noch redete.

Du musst es nur wollen. Sag ja, Jonas.

Anfangs klingelte das Telefon. Ich stellte es aus, ohne zu schauen, wer angerufen hatte. Lydia? Hella? Es war mir egal. Manchmal waren Stimmen an der Luke gewesen. »Hey Jonas?« Cornelius. Sam sagte kein Wort, sie klopfte nur. Aber ich wusste, dass sie es war. Ich hockte neben der Luke und strich mit der Hand über das Holz. Dabei stellte ich mir vor, dass sie es auf der anderen Seite genauso machte. Gute alte Sam, sie hätte es am ehesten verstanden. Aber ich wollte kein Verständnis.

Bitte, Jonas, bitte lass mich glauben, dass es auch für uns einen Weg gibt.

Irgendwann war es genug. Es war nach dem Bild einer Frau mit Katzenaugen. Ich legte einfach den Pinsel beiseite, streckte mich auf der Matratze aus und schlief. Während dieses Schlafes ging die Sonne unter und wieder auf. Als ich erwachte, fühlte ich mich leer, matt und durstig. Ich öffnete die Luke, pisste hinter den Schuppen und wusch mich an dem Wasserhahn für den Gartenschlauch. Marita kam mit einer Einkaufstüte in den Hof, als ich mich abtrocknete.

»Du siehst beschissen aus«, sagte sie.

Ich nickte. »Ich glaube, ich brauche mal ein bisschen frische Luft.«

»Da wirst du wohl recht haben.«

Erst wollte ich das Motorrad nehmen, aber dann lief mir Loui über den Weg und schaute mich erwartungsvoll an. »Was ist? Willst du mit?«, fragte ich sie. Sie wedelte mit dem Schwanz und hetzte in Richtung Tordurchgang. »Ja, ja, gleich«, sagte ich, ging kurz in meine Wohnung, packte eine Tasche und fuhr dann mit dem Auto los. Durch das halbgeöffnete Beifahrerfenster hechelte Loui in den Wind, als wir die Stadt hinter uns ließen.

Ich schwöre, es war nicht meine Absicht, aber irgendwann waren wir auf der Straße nach St. Peter-Ording. Als ich es merkte, bog ich ab, weil ich mir dachte, dass es doch noch andere Plätze geben müsste. Aber das war alles nichts. Schließlich gab ich nach. ›Immerhin‹, so dachte ich mir, ›gibt es dort einen guten Hundestrand.‹

Ich mietete ein Appartement. Das war am einfachsten, wenn man mit einem Hund unterwegs war. Außerdem musste ich mich auf diese Weise um keine Frühstückszeiten kümmern und hatte meine Ruhe. Den ersten Tag verbrachten wir mit einem stundenlangen Spaziergang weitab jenes Strandes, an dem ich mit Hella und Maja gewesen war. Trotzdem war natürlich alles präsent, der Tag am Strand, unsere gemeinsame Nacht, von der wir nicht gewusst hatten, dass es unsere letzte sein würde. Und natürlich zerrte es an mir. Aber die Bewegung, der Wind und das Meer taten mir gut. Und Loui schien im Hundeparadies angekommen zu sein. So war wenigstens einer von uns glücklich.

Die Sauferei ließ ich auch sein, darum war mein Kopf am nächsten Tag schon ein wenig klarer. Wir liefen über den Strand, durch die Dünen, über die Wiesen, futterten und schliefen fest und lange. Am dritten Tag ließ das Fieberglühen der Wut nach, am vierten hatte ich eine Halluzination. Zumindest dachte ich das im ersten Moment.

Wir hatten gerade einen großen Bogen gemacht und näherten uns auf dem Rückweg dem Drachensteigestrand, wie ich ihn nannte. Es gab keinen Grund, ihn zu meiden, ebenso wenig, wie es einen Grund gab, ihn zu suchen. Er lag einfach auf dem Weg. Ich war mit meinen Gedanken sowieso ganz woanders. Aber das war ja gerade das Angenehme an diesen Spaziergängen, dass einem bei all den sinnlichen Eindrücken die Gedanken einfach nur im Kopf herumgingen, ohne sich an irgendeinem Punkt länger aufzuhalten. Darum glaubte ich auch im ersten Moment an eine Art Flashback: »JOHNNY!«

Verwirrt blieb ich stehen. Dann raste Loui los, und da sah ich sie angehüpft kommen: blauer Strohhut, rote Shorts, braune Beine, Schaufel und Eimer in der Hand. Während Loui ihren Begrüßungszirkus zelebrierte, nahm Maja mich einfach bei der Hand und zog mich mit sich. »Los, Wattwürmer suchen.«

»Hey, warte mal, was …« Und dann erst fiel bei mir der Groschen. Wenn Maja hier war …

Ich schaute mich um, suchte den Strand nach ihrer Silhouette ab. Aber ich konnte Hella nirgendwo entdecken. Maja zerrte immer noch an mir. »Komm schon, bald ist Flut. Dann finden wir keine Würmer mehr.«

Verdammt, darauf war ich nicht gefasst gewesen. Und Hella würde ganz bestimmt alles andere als erfreut sein, mich zu sehen. Was sollte ich tun, wenn ich ihr gegenüberstünde? Was sollte ich sagen? ›Ganz bestimmt keine Entschuldigung‹, dachte ich und merkte, wie der Zorn zurückkam. Was hatte sie an jenem Abend dort zu suchen gehabt? Warum hatte sie mir nachgeschnüffelt? Und das auch noch zusammen mit Martin Kotzbrocken.

»Ich kann nicht mit dir Wattwürmer suchen.«

»Warum nicht?«

»Weil ich mich mit deiner Mama gestritten habe.«

Das stimmte zwar nicht ganz, aber die Wahrheit war noch schlimmer. Seit dem Abend bei Lydia herrschte zwischen Hella und mir Funkstille.

»Och, Mann.« Maja zog eine Schnute. »Warum streitet ihr Erwachsenen euch immer? Das ist doof.«

Damit hatte sie recht. Es tat mir weh, dass ich die Kleine wohl nicht mehr wiedersehen würde, und mein Stolz fing an zu bröckeln. Ich war versucht, den ersten Schritt zu tun. Jetzt, da wir doch beide hier an unserem Strand waren. Ihr zu sagen, dass es mir leidtat und dass das, was sie gesehen hatte, ohne Bedeutung war. Ohne Bedeutung? Schon als ich diese Sätze in Gedanken formulierte, spürte ich das Abgeschmackte in ihnen. Ich müsste mich winden und erklären. Und dann? Vielleicht würde sie mir glauben, aber nie zu hundert Prozent. Es würde immer ein Zweifel bleiben, und gegen den könnte ich dann den Rest meines Lebens anbetteln. Nein!

Und doch, als die Kleine mich mit ihrem vorwurfsvollen Schmollblick anschaute, war ich schon fast bereit dazu. Dann, mehr aus Verlegenheit, sagte ich: »Hübscher Hut, ist der neu?«

»Hat Papa mir vorhin gekauft.«

In mir zog sich etwas zusammen. »Vorhin? Ist dein Papa denn auch hier?«

»Ja, aber der mag keine Wattwürmer.«

Der Schmerz kam schneller als die Erkenntnis, die brauchte noch eine lahme halbe Sekunde. Dafür kam sie dann aber so wuchtig, dass mir der Atem stockte. Hella war mit Martin hierhergekommen. Das war starker Tobak. Ich holte tief Luft, um die Beklemmung loszuwerden. Aber ich konnte mir noch so oft sagen, dass das schließlich ihr gutes Recht war und dass ich am wenigsten Grund hatte, mich zu beschweren. Es half nicht groß weiter. Vor allem kam es nicht gegen die kleine, hässliche Stimme in meinem Inneren an, die einfach nur sagte: *Lange hat sie ja nicht gebraucht.*

Maja beäugte mich neugierig. Ich ging vor ihr in die Hocke. »Weißt du, Maja«, begann ich, aber sie unterbrach mich:

»Magst du Wattwürmer?«

Das brachte mich aus dem Konzept. »Ähm, sicher. Also, ich habe nichts gegen sie.«

»Weißt du, wie man sie findet?«

»Ja, du musst erst nach kleinen Sandhäuflein gucken, die aussehen wie Wurmkacke.«

Sie kicherte. »Wurmkacke?«

»Ja, ist aber nur Sand. Und dann schaust du nach einem Loch oder einem kleinen Trichter etwa zwanzig Zentimeter entfernt. Dazwischen musst du graben.«

»Gut, komm.« Sie schnappte meine Hand.

»Nein, das geht nicht.«

»WARUM nicht?«

»Weil deine Eltern das bestimmt nicht gut finden.«

»Mama schon, Papa nicht.«

›Schau an‹, dachte ich, ›nicht dumm, die Kleine.‹ Ich mochte sie gerne, aber es hatte keinen Sinn. Ich legte ihr kurz die Hand an die Wange und erhob mich.

»Ich muss los«, sagte ich.

Sie beäugte mich mit schiefgelegtem Kopf und zusammengekniffenen Augen, weil die Sonne sie blendete.

»Okay.«

Das klang nicht besonders traurig, was wahrscheinlich auch besser so war. Ich wandte mich ab. »Komm, Loui.« Die zauderte, schaute zwischen mir und Maja hin und her, bevor sie mir folgte. Nach einer Weile drehte ich mich um. Da stand Maja immer noch, in der einen Hand den Eimer, in der anderen die Schaufel, und sah uns nach. Ich winkte, sie winkte mit der Schaufel zurück und rannte schließlich ins Watt.
»Tolles Mädchen«, murmelte ich und fragte mich, was in ihrem kleinen Kopf jetzt wohl vorging. Wahrscheinlich irgendetwas mit riesigen Wattwürmern.
Das zeigte aber nur, wie wenig ich von kleinen Mädchen verstand, nämlich noch weniger als von großen. Ich dachte tatsächlich, ich hätte sie das letzte Mal gesehen. Darum kam ich mir auch vor wie ein verdammt einsamer Cowboy, als ich mich zu meiner treuen Begleiterin hinabbeugte, ihr über die Schnauze strich und leise sagte: »Komm, Loui, es wird Zeit, dass wir verschwinden.«

Was in den darauffolgenden Tagen geschah, habe ich nie zur Gänze kapiert, schon gar nicht, während es ablief. Und erst recht nicht, welch perfide Art von Manipulation gegen mich in Gang gesetzt wurde. Als ich Cornelius später einmal darauf ansprach, verkündete er pathetisch: »Man muss einen Backstein hinwerfen, um einen Jadestein herauszulocken.« Ich verzichtete darauf, ihn zu fragen, was er damit eigentlich sagen wollte.
Marita wechselte auf meine Nachfrage hin einfach das Thema, und Sam meinte nur trocken: »Hast du wirklich geglaubt, dass ich einfach zuschaue, wie dieses Miststück dir zum zweiten Mal das Leben versaut?«

Keiner dieser Kommentare gab mir Aufschluss über die entscheidende Frage: Woher wussten die drei – oder besser gesagt vier, denn mein alter Kumpel Anton mischte natürlich auch noch in dieser Geschichte mit, wenn auch vermutlich eher assistierend –, woher also wussten die vier von dem, was an jenem Unglückstag in und vor der Galerie geschehen war? Nicht von Hella, das war klar, sie wurde genauso wie ich am Nasenring durch die Arena gezogen. Nein, der Initiator dieses Ränkespiels, das eines Kardinals Richelieu würdig gewesen wäre, war eine kleine, altkluge Achtjährige, die einfach beschlossen hatte, den dummen Erwachsenen auf die Sprünge zu helfen.

Unmittelbar nach unserer Begegnung in St. Peter-Ording war Maja offenbar bei Cornelius auf der Baustelle aufgekreuzt. Woher sie wusste, wo sich diese Baustelle befand? Das blieb selbst den Eingeweihten ein Rätsel. Ich persönlich verdächtige die viertelchinesischen Töchter meines halbchinesischen Kumpels. Weibliche Netzwerke werden heutzutage immer früher gesponnen. Jedenfalls gelang es Maja, Cornelius für ihr Vorhaben zu gewinnen. Das scheint auf den ersten Blick verwunderlich, ist es aber nicht. Maja handelte ohne den geringsten Zweifel. Eine überzeugendere Haltung ist kaum möglich. Außerdem machte Cornelius immer, was eine Frau ihm sagte, egal wie alt sie war. Auf alle Fälle kam es daraufhin zu einem konspirativen Treffen in der Küche meines Chefs, an dem auch Sam und Anton teilnahmen.

In meiner Vorstellung sehe ich sie dort sitzen, die vier Erwachsenen, wie sie über den Fall beraten, und, von ihnen mittlerweile kaum noch beachtet, die Kleine, die

das Ganze angestoßen hatte, halb in ihrem Stuhl runtergerutscht, mit den Beinen wippend und ganz sicher hochzufrieden damit, dass sich alle daran beteiligten, ihr ein neues Zuhause zu zimmern. Dass sie ihre Mutter und ihren Vater geschickt gegeneinander ausgespielt hatte, indem sie beide glauben ließ, ihre Tochter befinde sich zu diesem Zeitpunkt gerade beim jeweils anderen Elternteil, ahnten nicht einmal die beteiligten Mitintriganten.
Ich bekam von alldem nichts mit. Nicht nur, weil sich alle bemühten, ihr Tun vor mir zu verbergen, sondern auch, weil ich keine Augen dafür hatte. Immer noch weigerte ich mich, wieder zur Arbeit zu erscheinen, durchstreifte stattdessen Kunstmuseen und alle möglichen Galerien – bis auf die eine in Pöseldorf – und kostete ansonsten die bittere Frucht der Kränkung. Denn dass Hella und ihr Ex offensichtlich wieder zusammengefunden hatten, verletzte mich mehr, als ich mir eingestehen wollte. Damit nicht genug, war sie sogar noch mit ihm in St. Peter-Ording gewesen. Unserem St. Peter-Ording.
Nein, wenn es anfangs nur der Stolz gewesen war, der mich davon abgehalten hatte, zu Hella zurückzufinden, war mit diesem Vorgehen eine Grenze gesetzt worden, die für mich nicht mehr zu überschreiten war. Ich hatte geliebt, ich tat es noch. Ich hatte gefehlt und war gescheitert. Nun musste ich damit leben. Und ich hatte nicht die Absicht, irgendjemandem die Ohren vollzuheulen. Also lebte ich sehr zurückgezogen. Auch deshalb bekam ich nichts von dem mit, was um mich herum geschah.
Oft hockte ich in meinem Atelier, aus dem ich die leeren Whiskyflaschen entsorgt hatte. Ich studierte die Bilder, die ich in meinem Wahn gemalt hatte, und fand an allen

etwas auszusetzen. Aber, ich fand auch an allen etwas, was mir gefiel. Nicht einen Moment dachte ich an eine Ausstellung oder einen Verkauf. Dieses Thema mied ich, so wie ich auch versuchte, den Abend in der Galerie zu verdrängen. Dann aber kam Cornelius damit an. Sein Besuch diente, wie mir später klarwurde, der Vorbereitung ihres Planes. Er erwischte mich, weil ich gerade heimgekommen war und die Luke noch nicht geschlossen hatte.

»Wow«, meinte er, als er sich umschaute, »hier ist ja einiges passiert. Was ist mit meiner Miete?«

Ich zuckte mit den Achseln. »Such dir eines aus. Bis auf das da.«

Das große Bild mit Hella hatte ich umgekehrt an die Wand gestellt. Cornelius wanderte die Bilderreihe mit den sich auflösenden Frauengestalten ab. Ich beobachtete ihn. Er blieb vor dem Bild mit der Katzenfrau stehen.

»Das da.«

Es war mir recht. Meiner Meinung nach handelte es sich um das uninteressanteste Bild: eine Frau, die sich aus einer sitzenden Haltung erhebt. Augen und Mund hatten etwas katzenartig Lauerndes, ohne dass der Grund dafür genau zu bestimmen war.

Cornelius hielt das Bild mit ausgestreckten Armen vor sich hin und betrachtete es. Er schien sehr zufrieden. Ohne mich anzusehen, fragte er beiläufig: »Hast du eigentlich irgendwelche Pläne für eine Ausstellung?«

Die Frage überraschte mich zwar etwas, kam mir aber nicht verdächtig vor. »Überhaupt nicht.«

Er nickte, hielt sich immer noch das Bild vors Gesicht und kam dann mit seinem Anliegen rüber.

»Jonas, ich weiß, dass du im Moment deine Ruhe haben willst. Ich will dich ja auch nicht nerven, aber ich muss wissen, was du vorhast. Willst du dich wieder ganz der Malerei widmen?«

Das holte mich das erste Mal wieder aus meinen selbstbezogenen Grübeleien. Und einen Moment lang war ich beschämt. Ich begriff, dass er sich natürlich die ganze Zeit Sorgen gemacht hatte. Was nun wirklich nicht verwunderlich war, so wie ich mich aufgeführt hatte. Ich dachte daran, dass er mich immer unterstützt hatte, während ich ihm nicht einmal die Luke aufgemacht hatte. Ich konnte ihm nicht erzählen, was mich wirklich bewegte, aber es wurde Zeit, dass ich ihm klarmachte, wie es zwischen uns stand.

»Nein, Cornelius. Ich möchte nicht von meinen Bildern leben müssen.«

Ich schaute mich um in meinem Atelier und ließ diese Antwort in meinem Kopf wirken.

»Ich kann dir gar nicht sagen«, erklärte ich dann, »wie wichtig mir das hier ist. Erst jetzt sehe ich, wie sehr mir die Malerei gefehlt hat. Aber von diesem mörderischen Betrieb des Kunsthandels möchte ich nicht abhängig sein.«

Ich machte eine Pause, weil sich gerade Gedanken in meinem Kopf sortierten, die wie aus einem Wirbel aufzutauchen schienen und sich nun an genau den Platz legten, der für sie vorgesehen war.

»Ich arbeite gerne für dich«, fuhr ich fort und wusste um die Wahrheit dessen, was ich sagte. Was vor Jahren als Notwendigkeit begonnen hatte, um Schulden abzuzahlen, und was ich insgeheim immer als eine vorübergehende Phase betrachtet hatte, war in Wirklichkeit mein Leben. Ich brauchte es nur noch zu bejahen, und mit dieser Erkenntnis überkam mich eine ungeheure Erleichterung.

»Es ist ein guter Job. Und das hier ist mein Zuhause.«

Cornelius strahlte mich an.

»Das ist ... ja, also ...«

Kurz hatte ich die Befürchtung, dass er mir um den Hals fallen wollte, aber dann klemmte er sich einfach das Bild unter den Arm und marschierte zur Luke. Er war schon die ersten Stufen hinabgestiegen, als ihm noch etwas einfiel: »Ach übrigens, mit der Kundin ist wohl alles klargegangen, oder?«

»Ich denke schon«, gab ich gleichmütig zurück.

»Tja, ich auch. Jedenfalls hat sie anstandslos gezahlt. War es anstrengend?«

Ich zuckte mit den Achseln: »Ging so.«

»Na ja, das war's dann wohl mit Johnny, oder?«

»Hm«, bejahte ich.

»Ja, nun gut, aber mir wäre es ganz lieb, wenn du zukünftig die Akquise und Planung der Innenarbeiten übernehmen würdest.«

»Okay, kein Problem.«

»Du kannst dann ja auch die Leute einteilen.«

»Einteilen?«

»Ja, ich denke, dass du am besten einschätzen kannst, wer was wann macht.«

»So? Na gut.«

»Wir können uns dann ja überlegen, wie wir das organisieren, betriebswirtschaftlich, meine ich. Aber das hat noch Zeit.«

Sprach's und verschwand. Ich kaute noch ein Weilchen auf diesen rätselhaften Worten herum, dann vergaß ich sie wieder. Man durfte bei Cornelius nicht davon ausgehen, dass alles, was er sagte, immer Sinn machte. Diesmal sollte ich mich allerdings täuschen, denn Cornelius hatte sich sehr genau überlegt, wie er vorzugehen hatte.

Aber das war auch nur der erste Schachzug. Der zweite folgte kurze Zeit später, und zwar von ganz anderer Seite.

Sie schickten Anton vor. Er rief an und lud mich zum Essen ein.

»Wie meinst du das: zum Essen?«, fragte ich und sah uns in Gedanken in der Werkstatt sitzen, jeder eine frisch gelieferte Pizza auf den Knien und ein Bier in der Hand.

»Sam macht mexikanische Tacos. Die sind so scharf, die knallen dir den Auspuff frei.«

»Wer könnte da noch widerstehen? Sieben Uhr?«

Anton legte auf, ohne zu antworten. Was typisch für ihn war.

Auf dem Weg zu ihm entschied ich, dass ich für heute Abend mein Gelübde aussetzen konnte, und kaufte eine Flasche Whisky. Als ich in den geteerten Hof trat, in dem Anton nebst einigen anderen Gewerbetreibenden seine Werkstatt hatte, fiel mir ein, dass es zwischen Sam und Anton an dem gleichen Abend losgegangen war, an dem ich mit Hella mein erstes Date hatte. Ich wehrte mich gegen diesen Gedanken, aber er machte mir zu schaffen, und der sentimentale Mistkerl in mir wollte sich unbedingt in der Vorstellung baden, wie es wäre, nun mit Hella diesen gemeinsamen Abend verbringen zu können. Anton rettete mich.

»Hey Jonas!«
Verwirrt schaute ich auf. Antons Stimme kam aus einer Richtung, aus der ich sie nicht erwartet hatte: von oben. Er stand auf dem Dach seiner Werkstatt, hinter einer Balustrade, die dort vorher nicht gewesen war.
»Was ist denn hier los?«, fragte ich.
»Wir bauen aus«, verkündete er. »Komm rauf.«
Ich durchquerte die Werkstatt und fand Sam in der Küche.
»Hier hat sich ja einiges getan«, meinte ich, nachdem wir uns umarmt hatten. Auch die Küche sah neu aus.
Sam bedachte mich mit einem prüfenden Blick. »Geh schon hoch«, sagte sie dann. »Ich komme gleich.«
Ich war noch nie oben in Antons Wohnung gewesen. Wir hatten immer in der Werkstatt oder in der Küche gehockt. Dennoch war ich mir sicher, dass es in den zwei Zimmern vorher anders ausgesehen hatte. So viel jedenfalls verstand ich vom Einrichten, dass ich die Handschrift einer Frau sofort erkannte. Durch eines der Fenster konnte man auf das Dach der Werkstatt klettern. Dort standen Tisch und Stühle. Rund um die Balustrade herum waren Blumenkübel aufgestellt. Ich stellte die Whiskyflasche auf den Tisch. Anton reichte mir ein Bier.
»Nicht schlecht«, kommentierte ich das neue Geländer.
»Warum hast du nicht Bescheid gesagt?«
»Wie denn? Du hattest dich ja eingeschlossen.«
Ich verzog das Gesicht. »Du hast recht. Tut mir leid, ich hatte eine etwas schwierige Zeit.«
»Und jetzt? Ist sie vorbei?«
Ich zuckte mit den Achseln, sagte aber nichts mehr dazu. Anton akzeptierte das natürlich. Dass meine Schwester

sich ebenso leicht würde abspeisen lassen, bezweifelte ich allerdings. Doch obwohl sie mich während des Essens immer wieder mit ihrem Röntgenblick musterte, ließ sie sich recht viel Zeit, ehe sie mit ihren Fragen kam.

Die Tacos waren in der Tat scharf wie die Hölle. Uns allen brach der Schweiß aus. Hinterher saßen wir satt und matt in unseren Korbstühlen und betrachteten den Abendhimmel. Anton erzählte gerade, dass er die Nachbarwerkstatt demnächst übernehmen würde und auch die darüberliegende Wohnung.

»Sam hat keine Lust, nur rumzuhängen«, erzählte er, »darum richten wir einen Laden für Ersatzteile ein. Oder irgendetwas anderes. Und die Wohnungen legen wir zusammen.« Er stellte drei Gläser auf den Tisch und goss uns Whisky ein.

Sam hatte sich bisher auffallend schweigsam verhalten. Nun schaute sie mich über ihr Glas hinweg an. Nach dem, was Anton gerade erzählt hatte, wollte sie sich diesmal anscheinend richtig niederlassen. Das gefiel mir sehr.

»Ich freue mich, dass ihr Pläne zusammen habt.«

»Soso«, machte sie. Anscheinend sinnierte sie noch über irgendetwas. Ich hatte schon so eine Ahnung, was das sein könnte.

»Na komm, Sam«, sagte ich. »Spuck es aus.«

»Was ist passiert?«, fragte sie mich geraderaus. »Was ist mit Hella? Hast du Mist gebaut?«

Ich verspürte den alten Reflex, ihren Fragen auszuweichen. Aber davon würde sie sich kaum beeindrucken lassen. Außerdem stellte ich zu meinem eigenen Erstaunen fest, dass es mir nichts mehr ausmachte, über diese Dinge zu sprechen. Irgendetwas hatte sich geändert bei mir. Also legte ich los.

Ich berichtete in nüchternem Ton, ohne jeden Versuch, mich rauszureden oder mich gar als Opfer darzustellen. Ich erzählte es so, wie ich es erlebt hatte. Anton pfiff durch die Zähne, als ich an dem Punkt ankam, wo Lydias Bluse fiel.

»Und da entdeckte ich draußen Hella. Sie stand auf der anderen Straßenseite zusammen mit ihrem Ex. Irgendwie überraschte mich das nicht. Ich hatte schon die ganze Zeit über das Gefühl gehabt, dass mich jemand beobachtete. Das war Martin gewesen. Er fühlte sich anscheinend von mir verarscht.« Ich zuckte mit den Achseln. »In gewisser Weise hatte er damit sogar recht. Also hat er sich an meine Fersen geheftet, um rauszukriegen, wie er mir das heimzahlen konnte. Als er mich und Lydia zusammen sah, hat er Hella angerufen. Sie hat ihm offenbar ohne weiteres geglaubt, denn sie muss sofort losgefahren sein. Dann hat sie gesehen, was sie sehen wollte.«

»Und was hat sie gesehen?«

»Mich und Lydia in einem schicken Pöseldorfer Büro. Wir haben uns umarmt, und ich habe sie geküsst, zwar ziemlich lau, aber das mag von draußen anders ausgesehen haben.«

»Und dann?«, fragte Anton. »Hast du sie auch …« Er machte eine ziemlich eindeutige Handbewegung.

»Natürlich nicht.«

»Wie, natürlich nicht?«, hakte Sam nach. »Die Frau, der du seit Jahren hinterhertrauerst, hält dir ihre Titten unter die Nase, und du bleibst cool?«

»Ja, Sam«, sagte ich betont. »Denk dir, Männer reagieren nicht immer gleich wie Neandertaler.«
»Genau«, assistierte Anton sofort.
»Ist ja gut«, meinte sie beschwichtigend. »Ihr seid Helden.«
»Weißt du, es ist so eine Sache mit den erfüllten Wünschen. Die Lydia, der ich, wie du so schön sagtest, immer hinterhergetrauert habe, war nicht die, der ich in der Galerie gegenüberstand. Ja, ich gebe zu, sie hat mich gerührt, weil ich sie auf einmal als eine Verlassene wahrgenommen habe. Und ja, die Vorstellung, sie zurückzugewinnen, hat mich verlockt. Vielleicht habe ich sogar einen Moment lang geglaubt, da weitermachen zu können, wo wir damals aufgehört haben. Sie hat mich zumindest genau das glauben lassen wollen. Ihr Angebot war in jeder Beziehung großzügig.«
Ich setzte das Glas an die Lippen, ließ es dann aber wieder sinken. Es würde wohl noch ein Weilchen dauern, bis mir der Whisky wieder schmeckte.
»Sie wollte meine Bilder ausstellen, wollte mir Raum geben für meine Kunst. Wollte alles für mich tun.«
Ich blickte Sam an, die mir einfach nur zuhörte. Und dann Anton, der mich vielleicht auf eine andere Weise als meine Schwester verstand.
»Aber das war eine Täuschung«, fuhr ich dann leise fort. »Nicht ich brauche Lydia. Lydia brauchte mich. So war es schon immer gewesen. Und an diesem Abend habe ich das begriffen.«
Ich schaute in den Himmel und suchte den Mond. Aber den hatte jemand geklaut.
»Es gibt so verdichtete Momente, in denen eigentlich

nichts geschieht und sich doch alles ändert. Lydia ging in das Nebenzimmer, dieses Séparée, das sie vorbereitet hatte, inklusive des gekühlten Champagners. Das war so ein Moment. Ich glaube, es war diese Bemerkung von ihr, die alles klärte. Die mir zeigte, dass sie nicht nur diesen Abend, sondern unser ganzes Wiedertreffen von Anfang an geplant hatte. Es war ein Moment, in dem die Diskrepanz zwischen unser beider Denken und Fühlen nicht größer hätte sein können. Sie hat geglaubt, dass sie mich zurückgewonnen hätte. Und ich hatte endgültig und unwiderruflich mit ihr abgeschlossen.«

»Das heißt, du bist ihr nicht in dieses Séparée gefolgt?«, kam es von Anton.

»Nein«, antwortete ich und fühlte mich dabei in die Situation zurückversetzt, von der ich gerade erzählte. »Ich erinnere mich, dass ich gezögert habe, nicht etwa weil ich mir nicht sicher war, sondern weil ich mir vorstellte, wie peinlich es für sie sein würde. Wahrscheinlich stand sie dort drinnen oder vielleicht lag sie auch in irgendeiner Pose und wartete, dass ich durch die Tür käme.«

Anton nickte verstehend, Sam schnaubte aus und verdrehte die Augen.

Jetzt endlich nippte ich an meinem Whisky.

»Weiter«, drängelte Sam nach einer Weile.

»Nichts weiter, ich bin gegangen.«

»Und Hella?«

»Hella? Du meinst die Hella, die sofort darauf angesprungen ist, als ihr Arschloch von Ex mich denunziert hat?«

»Du hättest es ihr erklären können.«

»Tja, vielleicht. Dann hätte ich aber auch erklären müssen, wieso ich ihr nicht erzählt hatte, dass ich bei meiner Ex arbeite. Dass ich auch dann nicht mit ihr geschlafen hätte, wenn Hella mich nicht überrascht hätte. Das sind verdammt viele Erklärungen, um mich von etwas reinzuwaschen, was ich nie getan habe. Und ob sie mir geglaubt hätte, ist nicht einmal sicher. Mit Sicherheit wären Zweifel geblieben, und ich hätte irgendwann wieder irgendetwas erklären müssen. Und weißt du was? Ich bin diese Erklärungen leid. Sie hätte mir vertrauen können.«

»Du bist ja richtig wütend, Jonas«, staunte Sam.

Ich atmete einmal tief durch. Ich war tatsächlich wütend. Auf Hella, auf Lydia, auf mich.

»Und wenn du noch mal in Ruhe darüber nachdenkst?«, fragte sie dann.

Diesmal nahm ich einen etwas größeren Schluck.

»Du meinst, so wild ist das doch alles nicht und man könnte doch darüber reden?«

»So ungefähr.«

»Ich fürchte, dafür ist es zu spät. Ein paar Tage nach diesem Abend ist Hella mit Martin und Maja ins traute Familienwochenende gefahren. Nach St. Peter-Ording.«

»Autsch«, machte Sam.

XXIV

Feuermond

Das mit St. Peter-Ording hat uns ganz schön zu schaffen gemacht«, erzählte mir Sam später. »Wenn es wirklich stimmte, dass Hella wieder mit Martin zusammen war, waren wir nämlich alle auf dem falschen Dampfer. Wir waren kurz davor, die ganze Geschichte abzublasen. Aber Anton meinte, wir müssten vorher mit Maja sprechen, das seien wir der Kleinen schuldig. Hast du eine Ahnung, wie schwierig es ist, sich mit einer Achtjährigen zu verabreden, wenn die Eltern nichts davon erfahren dürfen?«

Sie schickten Pia vor. Die hatte zwar keine Ahnung, worum es ging, fand das alles aber mächtig aufregend.

»Habt ihr denn kein schlechtes Gewissen gehabt, dass ihr Kinder für eure finsteren Zwecke benutzt?«, fragte ich Sam.

»Nein, wieso?«

Pia rief also bei Hella an und verlangte, Maja zu sprechen. Deren Mutter wunderte sich zwar, hatte aber natürlich nichts dagegen, dass die beiden Mädchen Kontakt hielten. Es fielen verschwörerische Formeln von Kriegs-

rat und großer Gefahr für den Stamm der Rotnasen, und am darauffolgenden Tag simulierte die tapfere Mini-Squaw Maja in der Schule einen heftigen Übelkeitsanfall. Marita fing die Schwerkranke mit Pia vor der Schule ab und schleppte sie zwecks baldiger Genesung in eine Eisdiele. Die Therapie wirkte sofort. Rechtzeitig zum Schulschluss stand Maja auf dem Pausenhof, um sich von ihrer Mutter abholen zu lassen.
Und Marita, mit Pia an der Hand, kehrte hochzufrieden in ihr Tipi zurück.

Zwei Tage später holte Cornelius mich aus meinem Atelier. »Komm mal mit, ich muss etwas mit dir besprechen.«
Arglos folgte ich ihm.
»Dieser elendige Dachstuhl«, schimpfte er, als er mir in das Treppenhaus des Nebengebäudes vorausging. »Hat mich ein Höllengeld gekostet. Darum habe ich mir überlegt, dass ich ihn ausbauen werde, um ein …« Er blieb stehen und stierte mit leerem Blick in die Luft. Ich wartete. Dann überkam es ihn: »Ah, ein Loft! Ich werde ein Loft daraus machen und es schweineteuer vermieten.«
»Ein Loft?«, fragte ich, während ich ihm weiter treppauf folgte. »Was meinst du damit: ein Loft?«
»Na, irgendetwas, was man schweineteuer vermieten kann. Was glaubst du, weswegen ich dich hier hochschleppe?«
Seitdem wir den Schwamm aus dem Gebälk rausgeholt hatten, war ich nicht mehr hier gewesen. Erst jetzt, wo die Baugerüste raus waren, konnte ich die Größe dieses Dachgeschosses ermessen. An seinen zwei äußeren Enden waren jeweils Zwischenböden eingezogen, unter denen sich

Abstellräume befanden, die nun aber alle leer waren. Dazwischen war ein riesiger, freier Raum bis hoch zum Dachfirst, nur durchschnitten von einem einzelnen Balken, der waagerecht etwas oberhalb der beiden Zwischenböden in gut fünf Meter Höhe zwischen zwei senkrechten, bis zum Dachfirst reichenden Stützbalken verlief.

»Also gut«, sagte ich, während ich mich umschaute, »weswegen hast du mich hier hochgeschleppt?«

»Weil das ab jetzt dein Problem ist«, verkündete er zufrieden.

Ich muss wohl etwas blöd geguckt haben, denn er betrachtete mich mit zusammengekniffenen Augen, kratzte sich am Kopf und begann dann zu erklären: »Also, den Johnny-Job willst du nicht mehr machen. Alles klar. Aber wenn ich dich einfach nur zum Malochen schicke, wirst du irgendwann unzufrieden und gehst allen auf die Nerven. Deswegen«, schloss er seine merkwürdigen Ausführungen mit gewichtiger Miene, »gebe ich dir jetzt eine gehobene Position.«

»Eine gehobene Position?«

»Jawohl.«

»Du meinst, ich soll jetzt immer im Dachgeschoss arbeiten?«

»Nein, mein langnasiger und begriffsstutziger Freund, du wirst die Leitung dieses Umbaus übernehmen.«

»Aha.«

»Noch irgendwelche Fragen? Nein? Gut, dann lass ich dich mal allein mit deiner neuen Aufgabe.« Er klopfte mir auf die Schulter und wandte sich zum Gehen.

»Cornelius!«

»Ja.«

»Was genau soll denn hier entstehen?«
»Das ist jetzt dein Problem. So ist das nun mal, wenn man eine gehobene Position hat.«
Eine ganze Zeitlang stand ich nur ratlos da. Dann begann ich mich umzuschauen und versuchte mir vorzustellen, was ich aus diesem Dachgeschoss machen könnte. Ich fand eine Leiter und kletterte auf einen der Zwischenböden. Aus dieser neuen Perspektive entdeckte ich die Möglichkeiten, die sich für den Umbau boten, und begann langsam, Interesse an dieser Aufgabe zu finden. In meinem Kopf bildeten sich Strukturen. Ich formte Pfeiler, zog neue Böden ein, verwarf wieder alles, setzte neu an. Eine Wendeltreppe. Vielleicht das Dach öffnen, um eine Terrasse zu bauen. Auf jeden Fall Licht, viel Licht. Alles müsste so gestaltet werden, dass der Raum einer optimalen Nutzung zugeführt werden würde, ohne seiner Großzügigkeit beraubt zu werden.
Als Erstes bräuchte ich ein Aufmaß, genaue Abmessungen, eine komplette Zeichnung, mit der ich dann …
Als ich das Problem erkannte, trat ich an den Rand des Bodens. All das, was ich mir vorstellte, würde ich bauen können. Aber ich konnte es nicht korrekt planen.
Ich kam nicht drumherum: Ich brauchte einen Architekten.

Im Nachhinein muss ich die Durchtriebenheit meiner intriganten Freunde bewundern. Denn ich roch den Braten immer noch nicht. Natürlich fiel mir Hella ein, als ich über mögliche Kandidaten für die Planung nachdachte. Aber das geschah eher mit einem schmerzlichen Bedauern, weil es ja unmöglich war. Und weil es, wenn die blö-

de Geschichte mit Lydia nicht passiert wäre, eine wirklich tolle Gelegenheit gewesen wäre, um zusammenzuarbeiten.
Ich dachte über Alternativen nach. Aber leider kannte ich keinen Architekten, den ich hätte fragen können. Ich ging zu Cornelius.
»Dir ist doch klar, dass wir einen Architekten brauchen?«, fragte ich.
»Echt?« Cornelius saß am Küchentisch und machte seine Abrechnungen. Er sah nicht einmal auf.
»Es sei denn, du willst einen Schwarzbau machen.«
»Auf keinen Fall.«
Ich wartete. »Also?«
Er geruhte, mich endlich wahrzunehmen. »Also was?«
»Kennst du einen Architekten, der den Job machen kann?«
»Für jemanden in einer gehobenen Position sollte es …«
»Hör endlich mit diesem Quatsch auf! Du hast doch einen Architekten, mit dem du manchmal zusammenarbeitest. Gib mir einfach seine Nummer.«
»Hat das vielleicht bis morgen Zeit?«
»Was ist so schwer daran, mir eine Telefonnummer zu nennen?«
»Ich habe sie nicht im Kopf.«
»Dann schau doch nach.«
»Ich muss jetzt Rechnungen schreiben. Also geh mir nicht auf die Nerven.«
»Rutsch mir doch den Buckel runter.«

Meine Arbeit in der gehobeneren Position fing komisch an. Ohne Architekt konnte ich nicht loslegen, hatte aber auch keine Lust, Cornelius hinterherzurennen. Außerdem wusste ich nicht genau, ob mein Urlaub schon vorbei war oder noch nicht. Sollte ich vielleicht erst mal wieder mit auf eine Baustelle gehen? Wohl kaum, schließlich war ich ja jetzt in einer anderen, einer gehobenen Position. Ich wusste aber nicht so genau, was man in einer gehobenen Position so machte. Also ging ich am nächsten Tag erst mal wieder in mein Atelier und versuchte mich an neuen Bildern. Das funktionierte aber nicht sehr gut, weil meine Gedanken immer wieder zu dem Dachgeschoss zurückkehrten. Die Sache hatte mich gepackt. Es war zwar nicht das Gleiche wie beim Entstehen eines neuen Bildes, doch es war dem durchaus verwandt. Die Möglichkeit, einen Raum neu zu entwerfen, etwas Dreidimensionales zu erschaffen, war eindeutig ein kreativer Akt. Und zum ersten Mal verstand ich den Reiz, der im Beruf des Architekten liegen konnte.

Ich ging also wieder nach oben ins Dachgeschoss und begann, es auszumessen. Mit diesen Maßen versuchte ich dann abends eine Zeichnung zu erstellen, was aber in einem kolossalen Murks endete. Genervt zerknüllte ich das Papier mit meinem jämmerlichen Entwurf und trat ans Fenster.

Erst fiel es mir nicht auf, weil ich nach unten in den Hof schaute. Schließlich aber hob ich den Kopf. Ein ferner Mond hing am Firmament. Ich runzelte die Stirn, denn seine Farbe war rötlich. Der Mond glühte.

Feuermond.

Das sah nach Schwierigkeiten aus.

Am nächsten Morgen passte ich Cornelius ab, bevor er zur Arbeit fuhr.

»Der Architekt kommt um zehn«, rief er mir zu, bevor

ich auch nur ein Wort sagen konnte, und verschwand durch den Toreingang.
Ich überlegte gerade, ob ich mir nicht bei Marita einen Kaffee schnorren sollte, als diese mit Pia an der Hand über den Hof gehastet kam.
»Hallo Jonas«, rief sie.
»Hallo Onkel Jonas«, rief Pia.
»Wir müssen los«, sagte Marita.
»Zur Schule«, sagte Pia.
Und schon waren sie weg. Dann kam Loui angefegt.
»Hey Kleine«, begrüßte ich sie, als sie an mir hochsprang. »Leistest du mir wenigstens Gesellschaft?«
Loui raste los und verschwand im Gebüsch. Dieser Tag schien nicht gerade mein Glückstag zu werden.
»Hey Onkel Jonas«, rief Laura und stob an mir vorbei.
Das reichte mir. Bevor es so weit käme, dass ich Madame Li um Gesellschaft bitten würde, schnappte ich mir meinen Skizzenblock und stieg ins Dachgeschoss hoch. Ich wusste zwar nicht, wie man eine Bauzeichnung anfertigte, aber ich wusste, wie man eine Idee auf dem Papier festhält.
Gleich als ich oben ankam, wusste ich, dass das eine gute Entscheidung gewesen war. Der Tag war jung, die Luft unverbraucht und das Licht eines Sommermorgens fiel in schrägen Bahnen durch die Dachluken. Ich erklomm die Leiter zum Zwischenboden und suchte mir einen Platz etwas weiter hinten, von dem aus ich alles überschauen konnte. Lange saß ich da und ließ den Raum auf mich wirken. Betrachtete die vom Alter dunkel gefärbten Balken, studierte das Licht und kalkulierte, wie es sich im Lauf des Tages verändern würde. Suchte Farben und Formen,

die dem Veränderlichen und dem Unveränderlichen entsprechen könnten. Dann begann ich zu zeichnen.
Wieder versank alles um mich herum in Stille. Meine erste Zeichnung zeigte einfach das, was ich von meiner hockenden Stellung aus sah: den sich erweiternden Zwischenboden bis zu seiner Kante, ab der der freie Raum begann. Den dicken, senkrechten Stützbalken, daneben die oberen Sprossen der Leiter, die über die Kante ragte. In einer perspektivisch abfallenden Linie der waagerechte Balken, der zum anderen Zwischenboden führte, und dessen fast geheimnisvoll wirkende Tiefe. Dann entwarf ich auf dieser Grundlage die verschiedenen Möglichkeiten, die ich in diesem Dachgeschoss erkannte. Dabei legte ich mir noch nicht die Fesseln der Machbarkeit an, sondern ließ einfach meinen Ideen freien Lauf. Ich übernahm die Methode, die ich auch für ein neues Bild anwendete, und entwarf Vorskizzen, aus denen ich dann später all das auswählen würde, was ich verwirklichen konnte. Dabei vergaß ich die Zeit.
Obwohl meine Zeichnungen fiktiv waren, vergewisserte ich mich zwischendurch immer wieder, dass sie mit der Realität übereinstimmten. Irgendwann stutzte ich. Da stimmte etwas nicht.
Ich überprüfte meine Zeichnung, musterte wieder die Wirklichkeit. Dann die Fiktion. Da fehlte etwas. Nicht in den Skizzen, sondern in der Wirklichkeit. Ich blätterte die Entwürfe durch, bis hin zum ersten Blatt. Inspizierte es, sah auf, betrachtete den Raum vor mir und dann wieder die Zeichnung. Die Leiter!
Verblüfft suchte ich nun in der Wirklichkeit die Leiter, auf der ich hier hochgestiegen war. Sie war weg. Ich legte

den Block beiseite und stand auf. Seit wann bewegten sich Leitern selbsttätig von ihrem Platz? Da entdeckte ich sie. Sie stand auf der anderen Seite, lehnte an der Kante zum gegenüberliegenden Zwischenboden. Wahrscheinlich lag es an dem Umstand, dass ich so in meine Arbeit versunken gewesen war, dass mir nun auf einmal ganz merkwürdige Ideen durch den Kopf schossen. War ich wie »Alice im Wunderland« in eine andere Wirklichkeit geglitten? Hatten sich die Zwischenböden vertauscht? Hatte ich auf dem gegenüberliegenden Boden zu zeichnen begonnen und war dann durch eine mir unbekannte Magie auf die andere Seite gelangt?

Glücklicherweise glaubte ich nicht wirklich daran. Derartige Wahrnehmungsstörungen hätten meiner neuen Arbeit in der gehobenen Position nämlich abträglich sein können. Und gleich darauf entdeckte ich auch die Ursache dieser vermeintlichen Sinnestäuschung. Natürlich hatte ein durchaus realer Mensch, ohne dass ich es mitbekommen hatte, die Leiter genommen und umgestellt. Und diesen Menschen erkannte ich nun auf dem anderen Zwischenboden. Was allerdings beinah schon wieder ein Grund war, der Wirklichkeit zu misstrauen. Ich trat an die Kante meines Zwischenbodens, sodass sie mich sehen konnte.

Hella.

Ich kriegte es nicht sofort auf die Reihe. Was tat sie hier? War sie etwa die Architektin? Wieso hatte Cornelius mir das nicht gesagt? Und vor allem: Hatte sie erwartet, mich hier zu sehen? Zumindest das konnte ich sehr schnell ausschließen. Hella schien genauso überrascht zu sein wie ich.

»Was machst du denn hier?«, fragte sie mit einer Stimme, die ein wenig dünn klang.
»Ich soll die Bauleitung machen. Und du?«
»Die Pläne. Aber Cornelius hat nicht gesagt … er sagte nur, es wäre dringend. Habt ihr das zusammen geplant? Was soll das?« Ihre Stimme wurde jetzt lauter. »Wollt ihr euch über mich lustig machen?«
»Cornelius, du verdammter Idiot«, schimpfte ich lautlos in mich hinein.
»Ich wusste nichts davon, Hella. Mich hat er genauso hinters Licht geführt.«
Danach standen wir uns schweigend gegenüber, sie auf ihrem Zwischenboden, ich auf meinem und zwischen uns ein mindestens drei Meter tiefer Graben. Als ich ihr zugleich trauriges und wütendes Gesicht betrachtete, vergaß ich meine eigenen Kränkungen. Was immer sie seither getan hatte, es ging ihr nicht gut damit. Nun wollte ich sie einfach nur noch in den Arm nehmen.
»Du hast mir gefehlt«, rief ich.
Sie zögerte, dann antwortete sie: »Du mir auch.«
Ich wollte etwas tun, um das, was zwischen uns stand, zu überbrücken, aber ich wusste nicht, wie. Gleichzeitig fürchtete ich, dass sie im nächsten Moment die Leiter wieder runterklettern und verschwinden würde. Und dann, da war ich mir ganz sicher, würde es für immer sein. Ich musste etwas sagen, musste zu ihr durchdringen. Was dann aber aus meinem Mund kam, war nicht gerade das Klügste: »Warum hast du mir nicht vertraut?«
Augenblicklich verfinsterte sich ihr Gesicht. »Ich dir? Wie kannst du so etwas fragen? Erst erzählst du mir, dass

diese Edeltussi dich nervt, und dann knutschst du mit ihr rum? Wie soll ich dir da trauen?«

Ich hatte es verbockt. War ihr mit einem Vorwurf gekommen, ich Idiot. Jetzt stand es auf Messers Schneide.

»Ich will nicht mit dir streiten, Hella. Ich will, dass wir dieses ganzen Mist aus der Welt schaffen. Aber das geht nicht, wenn wir uns auf diese Entfernung hin anbrüllen. Stell mir bitte die Leiter wieder rüber.«

»Nein«, rief sie.

»Hella, ich komm hier sonst nicht runter. Willst du, dass ich mir die Knochen breche?«

»Das ist mir egal«, schrie sie. »Warum habe ich dich bloß getroffen? Du tust mir nur weh. Warum machst du das? Lass mich doch einfach in Ruhe.«

Das war deutlich. Noch vor ein paar Wochen hätte ich es akzeptiert. Doch ich wusste, dass es nicht die Wahrheit war. *Mach dich gerade, Jonas,* hatte Cornelius gesagt.

Ich musterte den waagrechten Balken, der von einem Zwischenboden zum anderen reichte. Er war nicht sehr breit, vielleicht zwölf Zentimeter. Die beiden senkrechten Pfeiler, die ihn trugen, standen direkt an der Kante zum Abgrund. Ich umfasste den Pfeiler und zog mich an ihm hoch.

»Was machst du da?«, fragte Hella. Ich registrierte das leichte Beben in ihrer Stimme.

»Ich komme jetzt rüber.«

»Hör auf damit. Das ist doch Blödsinn.«

Ich stemmte mich auf den Querbalken.

»Jonas. Das tust du nicht!«

Ich richtete mich auf, beide Hände hinter mir am Pfeiler.

»Jonas, geh da sofort wieder runter. Ich stelle dir die Leiter hin.« Sie machte Anstalten, die Leiter runterzuklettern.

»Zu spät«, rief ich und ließ den Pfeiler los.

»JONAS!«

»Pscht«, sagte ich, »ich muss mich konzentrieren.« Dann machte ich den ersten Schritt.

»Jonas, bitte, lass das.«

Der Balken war verdammt schmal. Ich breitete die Arme aus, um die Balance zu halten, und machte den nächsten Schritt.

»Nein, Jonas, hör auf. Wir können über alles reden. Aber komm da runter.«

Ich hielt kurz inne und betrachtete ihr liebes, besorgtes Gesicht. Jetzt war es nicht mehr angespannt. Ich lächelte.

»Jonas, bitte!«

›Es ist ganz einfach‹, dachte ich und machte wieder einen Schritt. Dabei fiel mein Blick nach unten. Es ging sehr weit nach unten.

Verdammt, was tat ich hier?

Ich verharrte, merkte, wie meine Muskeln sich verhärteten. Ich wurde unsicher, meine Knie schienen auf einmal wackelig zu werden.

»Jonas?« Jetzt klang ihre Stimme wirklich beunruhigt. »Setz dich bitte hin. Halte dich mit den Händen fest und dann komm langsam zu mir rübergerutscht.«

Rübergerutscht?

Pourtant quelqu'un m'a dit …

Es war kein Unsinn, was ich hier tat. Dieser Balken war ein guter Weg, um zu Hella zu gelangen.

... que tu m'aimais encore ...

Es war ein Weg, auf dem ich den ganzen Ballast, der mir so sehr zu schaffen gemacht hatte, nicht mitnehmen konnte. Also ließ ich ihn zurück und tat den nächsten Schritt.

Du musst auf die andere Seite. Und wann immer du glaubst, dass du das nicht kannst, ist es genau der Moment, wo du es tun musst.

»Jonas, setz dich hin. Du kannst dich doch mit den Händen festhalten.«

Wieder schaute ich zu ihr hinüber, und da begriff ich, dass es völlig gleichgültig war, ob sie mit Martin in St. Peter-Ording gewesen war. Ebenso gleichgültig wie mein Besuch in Lydias Galerie. Wir hatten beide einen Fehler gemacht, doch keiner von uns hatte die Liebe verraten. Dessen war ich mir sicher.

»Jonas, du ...«

»Nein, Hella«, rief ich und tat den nächsten Schritt. »Das musst du verstehen. Ich kann nicht zurück, und ich kann nicht kriechen. Ich möchte aufrecht gehen, wenn ich zu dir komme. Und ich werde mich nicht rechtfertigen.«

Nun fühlte ich mich sicherer. Die nächsten drei Schritte tat ich in schneller Folge und hörte, wie Hella nach Luft schnappte.

»Ich liebe dich, und ich habe nicht mit Lydia geschlafen.«

Wieder zwei Schritte.

»Einst bedeutete sie mir viel, aber nun ist sie Vergangenheit.«

Eins, zwei, drei.

»Die Vergangenheit hatte mich lange im Griff. Nun will ich eine Zukunft. Mit dir.«

Eins, zwei. Eine Unebenheit. Ich wankte.
»Jonas!«
»Alles gut«, sagte ich und ging weiter. Denn es war alles gut. Mit jedem Schritt, den ich getan hatte, war die Schwere zurückgeblieben. Und als ich Hella nun schon ganz nah vor mir sah, hatte ich den Eindruck, dass sich auch ihre Last in nichts auflöste. Eine wilde Freude durchströmte mich, als ich begriff, dass ich endlich, endlich das Richtige tat. Einen halben Meter vor dem Pfeiler auf ihrer Seite blieb ich stehen. Noch immer waren unter mir fünf Meter freier Raum.
»Was ist«, fragte ich. »Willst du mich?«
»Ja, aber komm jetzt endlich da runter.«
Da tat ich den letzten Schritt.

»Mach das nie wieder«, sagte Hella leise.
»Das muss ich doch auch nicht.«
Wir saßen nebeneinander an der Kante des Zwischenbodens; sie hatte sich an mich gelehnt, und unsere Beine baumelten in der Luft.
»Es ist schön hier oben«, meinte sie dann, und sie hatte recht.
Mittlerweile fiel an mehreren Stellen das Sonnenlicht durch die Dachluken und teilte den Raum mit seinen Lichtpfeilern. Es roch nach Zement, Holz und Staub. Es war ein Raum ohne Dämonen.
»Da kann eine schöne Wohnung draus werden«, fuhr sie nachdenklich fort.
»Ich habe schon ein paar Zeichnungen gemacht, aber die liegen noch da drüben.« Ich wies auf den anderen Zwischenboden. »Soll ich sie holen?«

Sie schüttelte ihren Kopf, ohne ihn von meiner Schulter zu nehmen.
»Hat ja auch noch Zeit.«
Hella seufzte einmal genussvoll, hakte sich unter und griff nach meiner Hand. »Es muss ganz viel Licht her«, meinte sie dann.
»Sehe ich auch so. Vielleicht noch eine Dachterrasse, was meinst du?«
»Unbedingt. Und den großen Raum in der Mitte sollten wir so lassen.«
»Hm.«
»Also machen wir diesen Job?«
»Na klar.«
»Das ist schön. Ich freue mich darauf, mit dir zu arbeiten.«
Dann schwiegen wir, vielleicht weil wir es noch gar nicht fassen konnten, dass wir uns nun wiedergefunden hatten.
»Wir müssen uns mehr erzählen«, meinte ich schließlich. »Damit solche Dinge nicht wieder passieren.«
»Ja, das machen wir.«
Ich kannte sie ja noch nicht so gut, deswegen merkte ich nicht, dass sie schon seit ein paar Minuten über etwas ganz anderes nachdachte.
»Sag mal …«, fing sie langsam an.
»Ja.«
»Hat Cornelius eigentlich schon einen Mieter hierfür?«
Es dauerte ein paar Sekunden, ehe ich die Bedeutung dieser Frage begriff. Überrascht schaute ich sie an. Ihre Augen blitzten vergnügt.
»Du meinst …?«

»Genau. Was denkst du?«
Ich wusste sofort, dass sie recht hatte. Das hier war unsere Wohnung. Eine Wohnung, die keinen Voodoo brauchte. Und ich hatte auch so eine Ahnung, dass wir uns mit Cornelius würden einigen können.
»Ich denke, dass ich dich jetzt küssen sollte.«
»Das wird aber auch Zeit.«

XXV

Neumond

Dieser Sommer war groß gewesen. Nun trug er bereits das Lächeln des Abschieds. Doch immer noch war es warm. Immer noch blies ein milder Wind vom Meer her und ließ die Drachen steigen.

Ich fing das Licht und das Leuchten auf, speicherte alles in meinem Hirn und meinem Herzen, um mich später daran zu erinnern, wenn ich Farben anrühren und die ersten Striche auf die Leinwand auftragen würde. Dafür war aber noch Zeit.

Eine Böe blätterte die Seiten meines Zeichenblocks um. Daran merkte ich, dass ich mal wieder vor mich hin geträumt hatte. Das passierte mir häufiger in letzter Zeit. Ich nahm es mir nicht übel. Es kommt so selten vor in unserer umtriebigen Zeit, dass wir Gelegenheit zum Träumen bekommen. Es wäre fahrlässig gewesen, eine solche Chance nicht wahrzunehmen. Ich schob meinen Strohhut aus der Stirn und hielt nach Hella Ausschau.

Ich entdeckte sie seitlich direkt vor der Düne, vielleicht fünfzig Meter entfernt. Sie war allein und inspizierte etwas, das sie in den Händen hielt. Ich sah sie im Profil.

Der Wind drückte ihr von vorn das helle Strandkleid an den Körper und ließ es an ihrem Rücken ein wenig flattern. Sie trug einen roten Strohhut, und die kleine Rundung ihres Bauches wäre einem Uneingeweihten nicht aufgefallen.

Maja hatte natürlich ihren blauen Hut dabei. Loui brauchte keinen Hut, und der von Madame Li war gelb. Wahrscheinlich erklärte Cornelius' Mutter der Kleinen und dem Hund gerade auf Chinesisch, wie man aus Wattwürmern eine schmackhafte Mahlzeit zubereitete. Weiß der Teufel, wie Hella und Maja es geschafft hatten, die alte Hexe weichzukochen. Aber damit hatten wir bei Cornelius punkten können. Dass seine Mutter nach nur vierzig Jahren schon Freunde gefunden hatte, war für ihn so überwältigend gewesen, dass er beinah alles unterschrieben hätte.

Beinah.

Hella hatte ihm angeboten, ihre Arbeit umsonst zu machen. Und ich musste ihm ewige Treue schwören. Oder Gefolgschaft. Oder sonst irgend so einen Quatsch. Na ja, es war jedenfalls ein Moment der großen Worte und innigen Umarmungen gewesen. Aber in sechs Wochen würden wir einziehen. Als ich Sam anrief, um sie zu der Einweihungsfeier einzuladen, sagte sie nur: »Da sind wir nicht da.«

Sam ging das alles zu schnell mit dem Laden und der zusätzlichen Wohnung. Darum machten sie und Anton erst mal einen mehrmonatigen Trip durch Arizona und New Mexico. »Vielleicht komme ich ja schwanger zurück«, meinte sie noch, »und mache einen auf brave Mutter.«

Als Mutter konnte ich sie mir schon vorstellen. Aber brav?

Lydia hat sich nie wieder gemeldet. Das konnte ich gut verstehen. Ich wäre auch angepisst gewesen, wenn mich jemand so hätte abblitzen lassen. Vier Wochen später las ich in der Zeitung, dass ihre Galerie die Bilder eines jungen Russen ausstellte. Es war ein Foto von ihm dabei, er sah gut aus. Um Lydia brauchte ich mir keine Sorgen zu machen.

Auch Martin hatte sich beruhigt. Dazu mochte beigetragen haben, dass er nun mit Sonja Trauernicht liiert war. Ich hatte schon immer gefunden, dass die beiden ein prächtiges Paar abgaben. Ab und zu zockelte er mit Maja los, zum Eisessen oder in den Zoo. Wir bekamen ihn selten zu Gesicht. Tja, und ich?

Ich würde im nächsten Frühjahr meine erste Ausstellung ausrichten. Das freute mich sehr. Genauso wie es mich freute, dass ich auf einen Erfolg nicht angewiesen war. Wieder schaute ich zu Hella hinüber, die das Ding in ihren Händen, was auch immer es war, gegen das Licht hielt. Dann, als ob sie meinen Blick gespürt hätte, wandte sie sich mir zu. Als sie mir lachend zuwinkte, war mir, als würde ein wärmendes Flämmchen in meinem Inneren entfacht werden. Ich wusste, es war das Glück, das mich gefunden hatte. Und nun wagte ich kaum zu atmen, um es nicht zu vertreiben. Als es wieder verging, schien es mich auszulachen, so als wollte es sagen: Du bist jetzt mein Diener, und ich lass dich nicht mehr los.

Charles Baudelaire schrieb einmal ein Prosagedicht, ein poème en prose, das er »Le désir de peindre« nannte, »Der Wunsch zu malen«. Es handelt von den Frauen, und am Schluss heißt es:

Es gibt Frauen, die die Lust auslösen, sie zu erobern und sich an ihnen zu erfreuen; doch manche Frauen wecken die Sehnsucht, langsam unter ihrem Blick zu sterben.

Das mag schon sein. War aber nicht das, was ich suchte. Ich denke, es gibt Frauen, für die es sich einfach zu leben lohnt.
Und eine solche Frau hatte ich gefunden.

That's all, folks.